# 글은 어떻게 삶이 되는가

삶을 질적으로 변화시키는 글쓰기의 쓸모

# 글은 어떻게 삶이 되는가

삶을 질적으로 변화시키는 글쓰기의 쓸모

김종원 지음

서사원

# 차례

## 1장  괴테의 글쓰기를 당신의 삶에 적용하면 일어나는 변화

# 대상,
# 누구를 위해 쓸 것인가?

2장

# 3장 질문, 어떻게 하면 도움을 줄 수 있는가?

# 4장

## 보는 힘, 남과 다른 것을 어떻게 발견할 것인가?

# 5장 변주, 발견한 것을 읽는 이에게 전달하려면 어떻게 해야 하나?

## 6장 쓰기, 가장 쉽고 생생한 언어로 바꾸려면 어떻게 해야 하나?

# 지금 여기에서
# 글쓰기로 승부를 보겠다고 결심하라

"뜻을 품고 방법을 알면 누구나 괴테처럼 쓸 수 있다.
물론 괴테의 글 쓰는 법을 하루아침에 배울 수 있는 사람은 없다.
하지만 일단 배우고 나면 하루아침에 인생이 바뀐다."

무려 두 달을 고심해 선택한 문장이다. 내가 이 책에 담은 열정과
세월의 깊이를 보여줄 수 있도록, 가장 뜨거운 문장으로 프롤로그
를 시작하고 싶었다.

어떤가? 이 책을 통해 당신이 글쓰기를 시작한다면, 나는 분명 이
렇게 확신할 수 있다. "당신의 인생이 바뀔 것이다!" 우리는 아는 만
큼 볼 수 있다. 하지만 반대로 보는 만큼 알 수 있다는 근사한 사실
도 기억해야 한다. 보는 힘을 제대로 길러주는 게 바로 글쓰기다. 글
은 자신이 보고 느낀 것을 텍스트로 변주하는 행위이기 때문이다.

그래서 우리는 쓰면 쓸수록 보는 수준을 높일 수 있으며, 동시에 아는 범위와 분야까지 순식간에 확장할 수 있다.

괴테가 자신이 아는 분야를 문학과 과학, 자연과 정치로까지 평생 확장할 수 있었던 이유가 바로 여기에 있다. 그는 천재이기 이전에 글을 쓰는 사람이었다. '아! 한국에 괴테를 소개해야겠다.' 그 가치를 깨닫고 나는 바로 독서법을 바꿨다. 매년 100권 넘게 읽던 독서 습관에 안녕을 고하고 1년에 한 권, 그것도 괴테의 저서만 읽는 삶을 시작한 것이다. 그렇게 독서 방식을 바꾸자 당장 내가 쓰는 글의 깊이와 수준이 달라졌다. 괴테의 힘을 강력하게 체감한 것이다. 매년 100권을 읽었던 시절보다 더 많은 책을 썼지만, 더 깊게 멀리 퍼지는 글을 쓸 수 있게 되었다. 이 책은 15년이 넘는 시간 동안 매년 괴테의 책 한 권을 깊게 읽으며 그에게 영혼까지 전수받은 내가, 우리 두 사람이 나눈 글쓰기에 대한 농밀한 대화라고 볼 수 있다.

이 책은 반드시 당신이 쓸 수 있도록, 글쓰기 방법에 따라 총 6장으로 구성했다. 1장에서는 '괴테의 글쓰기를 삶에 적용하면 일어나는 변화'에 대해 다루며 글쓰기의 가치와 글쓰기가 당신의 삶을 어떻게 바꿀 수 있는지 보여준다. 2장부터 6장까지는 괴테와 내가 15년 동안 나눈 대화를 통해 발견한 5가지 글쓰기 방법을 하나하나 소개한다. 2장은 '대상, 누구를 위해 쓸 것인가?', 3장은 '질문, 어떻게 하면 도움을 줄 수 있는가?', 4장은 '보는 힘, 남과 다른 것을 어떻게 발견할 것인가?', 5장은 '변주, 발견한 것을 그에게 주려면 어떻게 해야 하나?', 마지막으로 6장은 '쓰기, 가장 쉽고 생생한 언어로 바꾸려면 어떻게 해야 하나?'로 이루어져 있다. 그리고 부록으로 필사와 낭독을 통해 글쓰기 근육을 키울 수 있게 돕는 45개의 팁을 넣었다. 팁은 글쓰기를 하는 중간중간 필사하고 낭독하며 내면의 힘을 기르는 데 활용하면 좋다. 그럼 당신은 중간에 멈추지 않고, 반드시 쓰는 인간으로 살게 될 것이다.

괴테는 글을 쓰려는 자에게 늘 이런 조언을 했다.

"대충대충 살아서 얻을 수 있는 건, 후회와 자책하며 살아가는 미래뿐이다. '이제 시작했으니 잘 봐달라'는 안이한 마음이 아닌, '지금 여기에서 승부를 보겠다!'라는 강인한 의지가 필요하다."

그의 조언처럼 '내가 만든 것이 최고다'라는 삶의 태도도 중요하지만, 최고라고 부를 만한 것을 창조하는 것이 우선이다. 목적과 결론은 하나도 정하지 말고, 그저 지금부터 쓰는 삶을 시작하라. 당신이 무엇을 만들어내든 그 가치는, 이 순간의 의지가 모여 결정되니까.

그리고 사랑을 기억하라. 지금까지 쓴 내 책이 증명하고 있듯, 나는 언제나 사랑을 강조한다. 우리는 사랑하는 사람에게서만 무언가를 배울 수 있기 때문이다. 그래서 사랑이 없는 자는 글로 쓸 것도 없다. 우리가 쓴 글의 대부분은 모두 사랑에서 나온다. 사랑이 없는 삶, 혹은 사랑하는 사람이 없는 일상, 그것은 불이 꺼지면 모두 돌아가는 허무한 연극 무대에 지나지 않는다. 그러므로 우리는 매일 사랑할 것들을 찾거나 치열하게 만나야 한다. 쓰는 자에게는 사랑하는 것이 인생이다. 그게 바로 내가 괴테에게 배운 쓰는 자의 책임이

자 숙명이다.

　특별히 다음의 책에 고마운 마음을 전하고 싶다. 《괴테와의 대화》 《색채론》《이탈리아 기행》《시와 진실》《친화력》까지, 강연할 때마다 종종 언급하기도 했던 위의 책들은 내게 이 책을 써야 할 이유를 알려줬다. 앞의 책들이 없었다면 나는 이 책을 쓰지 못했을(않았을) 것이다. 물론 지난 15년 이상 사색하고 수정하면서 쓴 글이기 때문에 원문 그대로 인용한 문구는 전혀 없다. 독일 프랑크푸르트와 바이마르에서 괴테의 흔적과 사색을 내면에 담았고, 수많은 나날 속에서 그가 내게 한 줄의 영감을 주면 나는 그 한 줄로 오랫동안 사색에 잠겨 한 권의 책으로 완성했으니까. 상상의 대화를 통해 그의 삶을 느끼고, 또 경험한 것들을 더해 최종으로 구성한 글이 지금의 형태라고 볼 수 있다. 그러니 당신은 우리가 보냈던 지난 15년이라는 세월을 믿고, 그저 지금 여기에서 글쓰기로 승부를 보겠다고 결심하면 된다. 우리는 모두 알고 있다. 시작이 곧 기적이다.

　이제는 콘텐츠에 담긴 진정성은 기본이고, 콘텐츠를 생산하는 사람이 가진 팔로워, 즉 지지하는 사람들의 힘이야말로 성과를 내는 가장 큰 요인이 되었다. 그 힘이 강력해야 최소한 한 번은 무대에 서서 자신이 하고 싶은 말을 할 수 있다.

　단 하루도 낭비하지 말고,
　사라지지 않는 글을 써라.
　그 세월이 당신을 기억할 수 있도록.

## 1장

괴테의 글쓰기를
당신의 삶에 적용하면 일어나는 변화

## 동시에 10가지 분야에 대해 쓰면 일어나는 인생의 변화

먼저 이 질문에 한번 답해보라.

"동시에 10가지 분야에 대해서 글로 쓴다는 것은 무엇을 의미하는 걸까?" 하나 분명한 것은 당신이 누구든 아마도 그런 존재를 아직 본 적 없을 가능성이 높다는 것이다. 그런데 내가 바로 그렇다. 매년 10권 정도의 책을 내고 있는데, 분야가 서로 다른 책이 많다. 2023년 9월에 출간 예정인 도서를 포함해서 지금까지 내가 쓴 83권의 책을 살펴보면 분야가 10가지 정도 된다. 내가 그런 현실을 살 수 있었던 건, 내 안에 어떤 특별한 능력이 있었기 때문일까? 글을 빠르게 그리고 쉽게 써서? 만약 당신이 그렇게 생각한다면, 그렇게 생각하는 이유가 바로 당신이 동시에 10가지 분야에 대한 글을 쓰지 못하는 결정적인 이유일 것이다.

지금부터 내 이야기를 잘 들어보라. 동시에 10가지 분야에 대해 글로 쓴다는 것은, 순간순간이 주는 영감을 최대한 많이 붙잡는다는 것이며, 붙잡은 영감에 하나도 빠짐없이 모두 각자의 쓸모를 부여할 능력을 갖추고 있다는 사실을 의미한다. 더 자세히 말하면 주변을 관찰하는 능력과 정확하게 원하는 부분만 도려내는 안목, 도려낸 것을 각각의 분야에 맞게 분배하는 능력이 있다는 말이다. 그렇게 나는 매일 그것들을 하나로 잇는 연결력을 통해 10가지 분야의 글을 완성한다. 한 분야의 글만 쓸 수 있는 사람에게 세상이 하나라면, 나는 10개의 세상을 갖고 산다고 보면 된다. 내 세계는 그래서 더 농밀하고 더 다양하다. 그게 바로 내가 여러분에게 글쓰기를 추천하는 이유이며, 이 책을 쓰는 이유다.

이런 능력을 갖추려면 '세상에 쓸데없는 생각은 없다'라는 태도로 일상을 시작해야 한다. 역할을 정해주지 못해서 그것을 할 수 없이 쓰레기라고 부르는 것처럼, 떠오른 생각에 역할을 부여하지 못해서 많은 사람이 그것을 쓸데없는 거라고 치부하며 고민이나 잡생각이라고 부른다.

"에이 무슨 헛소리야!"

"쓸데없는 생각 그만하고 일이나 해!"

이런 방식의 모든 말이 바로 생각의 가치를 제대로 정해주지 못해서 나오는 대표적인 표현이다. 만약 그 모든 것에 쓸모를 부여할수 있다면 그것들은 순식간에 '잡생각'에서 '위대한 영감'이 될 수 있다. 영감과 생각은 스스로 위대해질 능력이 없다. 언제나 그것을 바라보며 사색하는 인간의 눈에서 기적은 탄생한다. 다음 3단계 방법으로 그런 삶에 도달할 수 있다.

## 1단계 | 먼저 관심 있는 영역을 나누고 구분하라

이를테면 나는 여행, 사색, 자녀교육, 재테크, 시, 에세이, 자기계발, 다이어트, 괴테, 인문학 등 10개의 영역을 나누고 그 시선으로 세상을 바라보며 관찰하고 있다. 당신도 스스로 관심 있는 분야를 선정하는 시간을 가져보라. 굳이 10개를 채울 필요는 없다. 일단은 하나라도 갖는 게 기적의 시작이다. 지금까지는 하나도 없어서 아무것도 제대로 판단하지 못했을 테니까.

## 2단계 | 메모장을 하나 만들어라

비싼 장비나 시스템, 이런 것은 전혀 필요하지 않다. 스마트폰 메모장에 당신이 지금 정한 주제의 폴더를 만들어서 영감을 발견할 때마다, 각자 영역에 맞는 곳에 간단하게 글로 써서 기록하면 된다. 이런 작업을 나는 10년 이상 반복해왔는데, 그 사이에 내가 쓸 수 있는 분야가 폭발적으로 늘었으며 글의 깊이와 농밀함이 완전히 달라졌다. 나도 실제로 경험해서 그 위대한 가치를 알고 있으니 당신도 시작해보라.

## 3단계 | 각 영역에 맞는 질문을 준비하라

메모장을 만든 후에 질문을 통해 사물이나 사건을 바라보면 이전과 전혀 다른 풍경이 보인다. 처음에는 쉽지 않으니 메모장에 써놓고 매일 습관적으로 읽고 실천해보라. 만약 '육아' 분야를 정했다면 다음과 같은 식으로 질문하는 것이다.

"나는 육아를 뭐라고 생각하나?"

"누구에게 어떤 도움을 주고 싶나?"

"도움을 받은 사람이 어떻게 되길 바라나?"

이런 3가지 질문을 각 영역에 맞게 바꿔서 기록하고 그 질문의 눈으로 세상을 보라. 이제 다른 세상이 열릴 것이다.

하나를 보면서 동시에 자신이 선택한 다양한 분야로 생각의 확장이 중요한 이유는, 직장이나 조직에서도 얼마든지 응용할 수 있기 때문이다. 쏟아지는 모든 정보와 스치는 영감을 가장 쓸모 있게 사용하려면 나와 같은 방식으로 접근하면 도움이 된다. 실제로 나는 직장에서 이 방법으로 각종 영역에 대한 기획안을 작성하며 도움을 받은 적이 있다. 결국 내가 가진 모든 능력과 아이디어를 누군가에게 보여주려면 글쓰기라는 도구를 사용하는 게 가장 간단하며 실용적이다. 이때 여러분이 설정한 수많은 분야가 당신을 원하는 곳으로 안내할 것이다.

# 챗GPT와 각종 인공지능을 이기는 힘

"퇴근하는 길에 한두 시간 가볍게 배달하세요."

배달을 전문으로 하는 업체에서 라이더를 모집하며 내건 광고 카피다. 물론 현시대에 제대로 맞는, 그리고 배달할 사람이 필요한 업체와 용돈이라도 벌고 싶은 직장인 모두에게 도움이 되는 일이다. 그러나 나는 카피를 읽는 내내 조금 슬픈 마음이 들었다. 하루 종일 치열하게 일하고도 퇴근 후에 일을 더 해야 한다는 것, 우리는 과연 무엇을 위해서 살아가는 것인지, 삶의 이유까지 묻게 되는 카피라서 그렇다. '한두 시간 가볍게'라고 표현했지만 내게는 그 한두 시간이 억겁의 세월처럼 매우 무겁게 가슴에 내려앉았다.

내가 지금 글쓰기와 전혀 관련이 없어 보이는 문제에 대해서 굳이 언급하는 이유가 뭘까? 글쓰기를 부업으로 삼는 게 더 낫다는 말을 하는 걸까? 전혀 그렇지 않다. 요즘 챗GPT를 비롯한 인공지능과 인간이 더불어 살아가는 문제로 말이 많은데, 전혀 다른 시각으로 접근해서 던지는 질문의 힘과 그렇게 나온 답을 글로 표현하는 힘만 가질 수 있다면, 당신이 어디에서 무엇을 하는 누구든 내일을 걱정하지 않고 살 수 있다는 소식을 전하려고 배달 이야기를 꺼낸 것이다.

자, 이야기를 하나하나 풀어보자. 과거 대면 미팅을 주로 할 때는 말하기가 매우 중요했지만, 비대면 일상의 핵심으로 글쓰기가 떠오르고 있다. 이제는 작가가 되어 책을 내기 위해 글을 써야 하는 것이 아니라, 먹고살기 위해서 글을 써야만 하는 시대가 왔다. 화상으로 만나는 방법도 있지만, 그렇게 영상으로 나눈 이야기를 정리하고 체계화하는 과정에 다시 글쓰기 능력이 필요하다. 당신이 만약 머리에 있는 생각을 글로 정확히 표현할 수 있는 능력을 갖추고 있다면 매우 강력한 삶의 무기로 활용할 수 있다.

다시 말해서 당신이 만약 당신이 일상에서 겪고 느끼는 것에 질문해서 나온 답을 모두 글이라는 틀에 붙잡아둘 수 있다면 당신은 지금까지와는 전혀 다른 삶을 살 수 있다. 남이 시키는 일이 아닌 자신이 원하는 일을 할 수 있고, 더 많은 것을 생산하지만 더 짧은 시간에 해낼 수 있으며, 더 놀라운 사실은 당신만 창조할 수 있는 유일한 것을 세상에 보여줄 수 있다는 것이다. 이를테면 이렇게 예를 들 수 있다. 당신이 만약 일상에서 느낀 모든 것을 글로 표현할 수 있다면, 앞서 말한 퇴근 후 한두 시간 배달 일을 하면서 동시에 '삶의 이유' '하루 2시간의 힘' '주도하는 삶' 등의 주제에 당신만의 질문을 던져 나온 답을 글로 써서, 아래에 제시한 것처럼 당신만의 콘텐츠를 창조할 수 있게 될 것이다.

'삶의 이유를 찾는 지혜로운 방법'

'하루 2시간을 바꾸면 생기는 일'

'주도적으로 사는 사람들의 생각법'

배달을 하면서 경험한 것들을 위의 주제에 맞게 글로 쓸 수 있다면, 당신은 배달'만' 하는 사람이 아니라 배달'도' 하는 사람이 될 수 있다. 모두가 그냥 광고를 보며 지나갈 때, 질문을 통해 이런 주제를 잡아낸 후 글을 쓸 수 있다면 당신의 인생은 그 이전과 이후로 구분될 정도로 달라질 것이다. 그리고 그것을 창조한 후에는 퇴근 후 2시간씩 하던 배달 일을 그만둘 가능성이 높다. 이제는 일상에서 발견한 것들을 글에 붙잡아두는 힘을 가졌기 때문에 남이 시키는 일을 굳이 하지 않아도 살 수 있게 되었기 때문이다. 그게 바로 챗GPT와 싸워서 이길 수 있는 인간 최고의 경쟁력이다. 앞으로 자세히 설명하겠지만, 인공지능은 누구보다 빠르게 검색해서 적절한 자료를 찾아 또 적절하게 편집해서 하나의 콘텐츠를 만들 수는 있지만, 가장 중요한 '이것'을 못한다. 그건 바로 '무엇을 찾아야 하는가?'라는 질문이다. 하지만 인간만이 질문을 창조할 수 있으며, 그 힘을 통해 챗GPT와 인공지능을 이길 경쟁력을 확보할 수 있다.

✉

질문은 오직 생각하고 그걸 글로도 쓸 수 있는 인간만이 할 수 있다.
이 모든 것은 일상을 글로 남길 수 있느냐 없느냐의 문제에서 시작한다.

## 이어령 선생도
## 도저히 도울 수 없었던 일

세상엔 좋은 글을 쓰는 멋진 작가가 참 많다. 그들 모두 자기만의 글쓰기 노하우를 갖고 있으며, 다양한 방식으로 글쓰기를 시작하는 사람들에게 빛나는 조언을 전파한다. 나도 마찬가지로 주로 이런 조언을 한다.

"화려하게 쓰려고 하지 말고, 읽고 이해하기 쉽게 써야 한다."
"많은 것을 전하려고 하지 말자. 하나만 제대로 전하면 성공이다."
"네가 본 것을 생생하게 그린다고 생각하며 써라."

위에 소개한 3가지 방법은 조언 하나하나로 1시간 이상 강연도 할 수 있을 정도로, 내 삶에서 나온 농밀한 글쓰기 조언이라고 말할 수 있다.

한국을 대표하는 작가 고(故) 이어령 선생에게는 글쓰기를 시작하려는 사람들을 위한 어떤 특별한 조언이 있을까? 가끔 이어령 선생을 만나면, 그가 주변 사람들에게 마치 습관처럼 이렇게 말하는 것을 볼 수 있었다.

> "지금 자네가 말한 이야기, 그거 글로 써봐.
> 내가 지금까지 쓰라고 한 이야기를 다 썼으면,
> 자네는 이미 책을 몇 권이나 낸 작가가 되었을 거야.
> 그럼 인생이 완전히 달라졌을 텐데."

그 조언에 공감하는 이유는, 나도 지난 10여 년 전부터 사람들을 만날 때마다, "당신이 지금 입으로 한 이야기를 손으로 쓰면 좋겠어요. 그럼 최소한 1년에 책 한 권은 낼 수 있을 겁니다"라고 말했기 때문이다. 그러나 나는 거의 100퍼센트라고 말할 정도로, 입으로만 말하고 쓰지는 않는 사람들의 모습을 보며 매우 중요한 사실 하나를 깨달았다. 모든 작가들에게는 나름의 글쓰기 비법(?)이 있다. 그러나 딱 하나 우주 최고의 작가도 도저히 가르칠 수 없는 것이 하나 있다. 그건 바로 이것인데, 여기까지 이야기를 들었던 이어령 선생도 나와 동시에 이렇게 외쳐서 서로를 바라보며 웃었던 적이 있었다.

> "말로만 쓰려는 자에게,
> 손으로 쓰게 만드는 일이다."

스스로 쓰는 것이 가장 큰 재능이다. 말로 하는 이야기를 손으로 쓰면서 우리는, 그 이야기로 책을 내며 전문가가 될 수 있다. 누군가의 이야기를 듣기만 하는 게 아니라, 저 앞에서 강의를 하며 자신의 이야기를 전할 수 있다. 그렇게 혼자서만 말하던 당신의 이야기를 손으로 쓰면, 많은 사람이 귀를 기울이며 듣는 이야기가 된다. 떠밀려서 남이 시킨 글을 억지로 쓰는 사람이 아닌, 스스로 쓰는 사람이 가장 영민한 크리에이터다. 그들은 스스로를 경험하며, 결국 자기만의 방법을 찾아내기 때문이다. 쓰려는 의지가 곧 써나갈 힘이다.

✉

당신이 어떤 대가에게 삶을 관통하는 지혜를 들었더라도
일단 써야 그들의 조언을 활용할 수 있다.
쓰는 자에게는 도움을 줄 수 있지만, 쓰지 않는 자를 쓰게 만들 수는 없다.
결국 쓰려는 의지를 가진 자가, 가장 앞서서 진화하게 되며
자기 삶을 완벽에 가깝게 완성한다.

26

## 이제는 모든 사람이 예술가 수준으로 자신의 일을 해야 살아남는다

챗GPT 시대에는 뭐든 적당한 수준으로 해내는 사람은 제대로 살아가기 힘들다. '적당한 수준'을 가장 빠르게 해내는 존재가 바로 인공지능이기 때문이다. 과거에는 적당한 수준으로 해내는 사람도 여기저기에서 편안하게 살 수 있었지만, 이제 그런 수준의 능력을 갖춘 자는 생계를 걱정해야 할 위기에 놓이게 될 가능성이 높다. 세상에 존재하는 직업은 매우 다양하지만, 수준에 따라 이렇게 3단계로 구분할 수 있다.

### 1단계 │ 비전문가

이들의 특징은 보고 듣고 느낀 모든 것을 내면과 머리에 쌓기만 한다는 사실이다. 그래서 아무리 열심히 해도 성장할 수 없다. 다양한 삶의 무기를 활용하지 못하고 보관만 하는 창고와도 같은 삶을 살고 있다.

### 2단계 │ 전문가

이들은 인공지능이 나오기 전까지 매우 잘 살아가는 존재였다. 이유는 간단하다. 그들은 보고 듣고 느낀 모든 것을 말과 글로 표현할 줄 안다. 표현할 줄 알기 때문에 어디에 가더라도 "내가 그 분야의 전문가입니다"라고 말할 수 있다.

### 3단계 │ 예술가

그럼 전문가와 예술가는 뭐가 다른가? 전문가가 보고 듣고 배운 것을 표현할 줄 안다면, 예술가는 자신이 표현한 말과 글에 대해서 왜 그렇게 생각하는지 설명까지 할 수 있다. 누구든 자신이 내뱉은 말과 쓴 글에 대해서 그걸 아예 모르는 타인에게 설명할 수 있다면 그 분야의 예술가로 살 수 있다.

앞서 살펴봤지만 비전문가와 전문가 정도의 수준으로는 인공지능을 이길 수 없다. 적당한 수준으로는 경쟁 자체가 불가능하기 때문이다. 어떤 일을 하고 있든 자신의 말과 글을 설명할 수 있는 예술가 수준에 도달해야 한다. 그래서 우리에게 글쓰기가 필요한 것이며, 글쓰기를 통해 예술가 수준의 삶에 도달할 수 있다.

간혹 글쓰기를 매일 다짐했지만 세월만 흐르고 전혀 글을 쓰지 못한 자신을 책망하는 경우를 자주 본다. 하지만 전혀 그럴 필요가 없다. 글을 실제로 쓰는 시간만 소중한 게 아니다. 아무것도 하지 않았다고 생각할 수도 있지만, 결코 그런 게 아니다. 당신은 글을 쓰지 않았던 시간에도 글을 썼다. 아니, 조금 더 분명하게 말하자면, 글을 쓸 준비를 했다. 세상에 글을 쓰지 않는 사람은 없다. 쓰거나, 쓸 준비를 하고 있으니까.

✉

만약 당신이 어떤 구속도 받지 않고 세상을 관찰할 수 있다면,
또 그걸 보며 느낀 것들을 글로 쓸 수만 있다면,
당신은 세상에 존재하는 모든 것을 자기만의 방식으로 활용하면서
평생 성장만 거듭하며 살 수 있다.

## 성공한 사람이 자신의 능력을 100퍼센트 활용하는 법

성공한 사람에게는 어떤 특징이 있는 걸까? 어떤 분야든 재능 하나만으로는 성공하기 어렵다. 이유가 뭘까? 문제는 재능 그 자체에 있거나, 재능의 개수에 있는 것이 아니다. 답은 '글쓰기'에 있다. 글이라는 통로가 있어야 가지고 있는 재능을 원하는 곳에 활용할 수 있는데, 그 통로가 없으니 어떤 곳에도 사용을 하지 못해서 성공이라는 글자를 쓰지 못하는 것이다. 당신이 어디에서 활동하는 사람이든 글을 써야 재능을 다방면으로 활용해 원하는 것을 가질 수 있다.

성공한 사람들이 글쓰기에 진심을 다하는 이유가 또 하나 있다. 글을 쓴다는 건 좋은 것을 남기는 일이기도 하지만 반대로 나도 몰랐던 내 안의 수많은 부정적인 것을 지우는 일이기도 하다. 한 줄의 좋은 글을 쓸 때마다, 우리는 99줄의 보여주기 싫은 수준 이하의 글을 버리게 된다. 100줄을 쓰면 한 줄만 남는다는 사실은 무엇을 의미할까? 글을 쓰는 게 그 정도로 힘들다는 사실이 중요한 게 아니라, 앞서 언급한 것처럼 99줄의 글을 버리면서 동시에 내 삶에 존재하지만 미처 발견하지 못한 99개의 나쁜 것들도 버릴 수 있게 된다는 것이다. 그렇게 글을 쓰면 쓸수록 우리는 더 나은 내가 되며, 부정적인 것들이 사라지므로 무엇을 하든 성공 가능성이 높아지게 된다.

세상에 타고난 좋은 작가는 별로 없다. 그들은 단지 다른 사람들보다 자주 고쳐 쓸 뿐이다. 그래서 좋은 작가 중에는 좋은 사람이 많다. 매일 글을 고쳐 쓰면서 자신의 일상에 존재하는 보기 싫은 부분도 함께 고치기 때문이다. 아주 오랫동안 글을 쓰면, 자기 자신에 대해서 깊이 알게 되고, 무엇이 부족한지도 알기 때문에 자신에게 필요한 것들을 배울 안목과 의지도 가질 수 있게 된다. 어떤 교육으로도 닿을 수 없는 수많은 삶의 무기를 갖게 되는 셈이다. 그래서 이들은 일상에서 무엇을 시도해도 쉽게 실패하지 않으며 결국 목표로 정한 결과를 이루어낸다.

그래서 내게 글쓰기란 내가 배워야 할 것을 스스로에게 가르치는 작업이다. 이상향을 만들고 나를 다듬고 깎고 보태서 그렇게 보이도록 만드는 게 아니라, 그렇게 되기 위해 내가 배워야 할 것을 스스로 가르치는 작업이라고 말할 수 있다. 좋은 팁 하나를 전하자면, 그런 단계에 도달하려면 단어를 대하는 태도를 바꾸는 게 좋다. 쓰고 싶은 단어가 있으면 사전으로 그 쓰임과 의미를 찾지 말고, 삶에서 실천하며 스스로 발견해야 그 단어를 제대로 활용할 수 있게 되며 내 안에 존재하는 나쁜 것들을 더 빠르게 찾아내 지울 수 있다. 성공한 사람들이 가장 중요하게 생각하는 부분이 바로 이 지점이다. 단어를 대하는 태도를 바꾸면서 일상을 대하는 자신의 태도까지 순식간에 바꿀 수 있기 때문이다. 그래서 자신의 삶이 정의한 단어를 가지고 있다는 건 매우 근사한 일이다. 앞으로 책을 통해서 그 내용도 차근차근 알려줄 예정이니 당신도 그 삶을 이제 시작해보라.

✉

쓰는 사람만 쓸 수 있다.
좋은 글을 쓰려고 하지 마라.
그것은 너무나 어려운 일이니까.
나쁜 글이라도 일단 완성하라.
완성의 경험과 과정을 거친 배움이
그대에게 또 쓰게 할 힘을 줄 것이다.

## 마음을 다해 글을 쓰는 사람에게
## 좋은 소식만 생기는 이유

괴테가 평생 쓴 글을 하나하나 섬세하게 살펴보면 어렵지 않게 이런 느낌을 만나게 된다.

1. 마치 내게 들려주는 이야기처럼 느껴진다.
2. 힘든 마음에 위로가 되는 글이다.
3. 다시 일어나 힘을 낼 수 있게 해준다.

괴테가 쓴 거의 모든 책에서 유독 이런 느낌이 드는 이유가 뭘까? 글을 쓰는 괴테의 마음이 어떤 것인지 알게 되면, 저절로 그 이유를 깨닫게 된다. 바로 이 마음이다.

"나는 사랑하는 연인에게 속삭이듯이 글을 쓴다. 사랑과 좋은 마음이 담긴 연애편지를 쓰듯 글을 쓰는 셈이다. 쓰는 일이 곧 사랑하는 일이다."

그 결과 어떤 일이 생길까? 괴테의 삶에서 볼 수 있듯, 그는 베스트셀러《젊은 베르테르의 슬픔》을 20대 중반의 나이에 썼고, 이를 통해서 자신이 사는 독일의 문화 수준을 높였으며, 20대 후반의 나이에 귀족이라는 신분을 스스로 쟁취하여 바이마르 공국을 책임지는 재상이 되었다. 이후에도 좋은 소식은 끊이지 않는다. 철학자 니체, 황제 나폴레옹, 음악가 리스트와 베토벤 등 수많은 분야의 최정상에 있는 사람들의 존경과 사랑을 받으며 평생 성장하는 현역으로 살았다. 그를 추종하는 수많은 대중의 탄생 역시 좋은 소식 중 하나였다. 자고 일어나면 짐작도 못 했던 좋은 소식이 선물처럼 들려왔다. 이런 소식이 끊임없이 나오는 이유는 결국 앞에서 소개한 3가지 지점을 다수의 대중이 느끼고 공감했기 때문이다.

괴테라서 가능한 게 아니라, 마음을 다해 글을 쓴다면 누구나 가능한 일이다. 나는 지난 2년 동안 코로나 사태로 인해 강연 대부분을 온라인으로 진행하면서 내 질문에 멋진 답을 주신 분들께 내 사인이 담긴 책을 100권 이상 보냈다. 물론 모두 내가 직접 서점에서 산 책이고, 조금 비싸더라도 모두 빠른 등기로 보냈다. '더 빠르고 안전하게' 내 마음과도 같은 책을 보내고 싶었기 때문이다. 아무리 바쁜 일이 있어도 강연이 끝나면 보내기로 한 분들께 바로 우체국에 달려가 책을 배송했다. 내 책을 기다리는 그 마음에 작은 상처나 의심도 주고 싶지 않아서다. "바쁘시니 잊었을 수도 있지." "말로만 보낸다고 했던 건가?" 이런 생각을 아예 시작도 하지 않도록 늘 내가 먼저 서둘러 행동하는 거다.

사람과 함께 있거나 따로 있을 때도, 늘 나는 내 글의 독자가 되어줄 그들의 마음과 함께 이야기를 나누며 시간을 보낸다. 운전을 할 때도 마찬가지다. 우측 차선에 있는 자동차가 차선을 바꾸려는 기미가 보이면 나는 그가 내 앞에 설 수 있게 자연스럽게 속도를 조절한다. 그와 동시에 내 앞에 있는 자동차와 좌측 차선에 있는 자동차 그리고 뒤에 있는 자동차의 경로까지 함께 생각하며 움직인다. 모두가 놀라거나 급하지 않게 최대한 방향과 속도를 조절한다. 초행길에 차선을 잘못 타서 끼어들어야 할 때도 끼어들지 않고 다시 돌아와 제대로 된 차선에 선다. 막히는 차선에서 자신의 차례를 기다리며 서 있는 수많은 자동차에 탄 운전자와 동승자의 힘든 마음이 그려지기 때문이다. "저거 저거, 얌체처럼 또 끼어들려고 그러네." "사람들이 왜 이럴까? 차례도 안 지키고. 세상에 바쁘지 않은 사람이 어디 있다고!" 들리지는 않지만 눈에 보이는 그 소리를 들으며 운전하는 것이다.

여러분이 꼭 이 사실을 알았으면 좋겠다. 쓰는 일은 곧 사랑하는 일이다. 그리고 그 사랑은 일상에서 시작해야 한다. 잘 사는 사람이 잘 쓸 수 있다. 모든 일상에서 주변에 있는 사람의 마음을 부드럽게 안고 힘낼 수 있게 손을 잡는 일, 그리고 다치지 않고 예쁘게 살 수 있게 진실로 애쓰는 일, 그게 바로 글을 쓰는 사람이 보내면 좋은 일상이다. 지금 이 순간에도 여기저기에 있는 수많은 마음의 소리가 들린다. 우리는 다만 조용히 다가가 귀를 기울여, 소리를 글로 바꿔서 쓰면 된다. 그게 바로 글이 '마음을 쓰는 일'인 이유다.

## 매일 쓰고 쓴 대로 살면 인생은 이렇게 달라진다

나는 언제나 내가 본 것에 대한 생각을 적는다. 주제는 인물, 상황, 물건 등 눈이 가는 모든 것이라 매우 다양하다. 특이한 건, 내 글을 읽은 사람들의 반응이다. 보통은 사람에 따라 반응이 이렇게 예상되는 경우가 많다.

"이 사람은 이렇게 반응할 것 같다."

"저 사람은 아마 이렇게 주장하겠지?"

이렇게 세상에는 의견을 예상할 수 있는 사람이 있다. 성향이 분명하다고 볼 수도 있지만, 오히려 사는 데 별 도움이 되지 않는다. 독서로 예를 들자면 이들은 같은 책을 읽고 거기에서 또 같은 문장에 줄 치는 사람들과 어울릴 가능성이 높고, 지적 판단에 필요한 생각은 아예 하지 않고, 인물과 상황, 물건이 가진 가능성을 무시하고, 오직 자신의 성향을 유지하는 데 필요한 것만 선택하고 주장하며 살 가능성이 높다. 1000년을 살아도 인생이 전혀 달라지지 않아서, 하루를 사는 것과 100년을 사는 것이 큰 차이가 없게 된다.

　이유는 그들의 삶에 있다. 어떤 사람도 1000번 내내 잘못할 수도, 반대로 1000번 내내 잘할 수도 없다. 하지만 특정 성향에 매몰된 사람은, 어떻게든 자기 성향에 맞는 사람을 응원한다. 거기에서 무리한 말과 행동이 시작되고, 다른 성향을 지지하는 사람들과의 다툼이 일어난다. 나는 인물과 상황, 물건에 따라 전혀 다르게 자기 생각을 표현하는 사람이 좋다. 그래야 성장이 일어나고 변화도 시작되기 때문이다. 어떤 울타리에도 기대지 않고, 오직 자기 판단과 생각에 의지해서 무언가를 선택하고, 유연한 의지로 무언가를 지지하는 사람은 그걸 못하는 사람들보다 강하고 내면이 탄탄하다. 모든 것이 철저하게 본인의 뜻이기 때문에 아무도 그의 선택과 내일을 예측하지 못한다. 상황마다 다른 기준으로 생각하기 때문이다.

　그들도 처음부터 그런 유연한 삶을 살았던 것은 아니다. 글쓰기라는 지적 도구를 만나기 전까지 그들 역시 스스로 생각하지 못하는 사람에 불과했다. 그들은 스스로 자기 삶에 글쓰기를 선물로 준 것이다. 누구나 자신에게 기회가 찾아오길 간절하게 소망한다. 하지만 나는 내게 기회가 찾아오길 바라지 않는다. 다만 누군가에게 내가 기회가 될 수 있기를 소망한다. 나의 글과 나의 삶이 한 사람의 삶을 변화시킬 멋진 기회가 되기를 절실한 마음으로 바란다. 그게 바로 내가 어제보다 오늘 더 열심히 쓰고, 쓴 대로 실천하며 사는 이유다.

　이를테면 글쓰기를 통해 우리는 모두가 싫어하는 단어를 아름답게 바꿀 수 있다. 노력이라는 단어가 싫으면 다시 이렇게 정의하는 것이다. '지긋지긋하게 반복해야 하는 힘든 노동'이 아닌, '사랑하는 일에 최선을 다하는 마음'이라고 바꾸면, 훨씬 좋은 느낌으로 다가와 노력을 사랑할 수 있게 된다. 마음에 들지 않으면, 마음에 들게 바꾸면 된다. 이게 바로 매일 본 것을 쓰고 쓴 대로 살아가는 사람에게 허락된 특권이다.

✉

이제는 세상이 정한 기준을 갖지 않고 살아가는 사람이
세상을 바꿀 새로운 기준을 만드는 세상이다.
글쓰기를 통해서 선택과 기준을 예상할 수 있는 사람의 삶에서 벗어나라.
매일 쓰고 쓴 대로 살면 인생은 그렇게 달라진다.

## 차곡차곡 성장하는
## 자기 삶의 창조자들의 습관

"그가 '좋아요'를 누른다는 건, 곧 그가 '댓글'을 쓴다는 사실을 의미한다." 각종 SNS를 운영하다 보면 이런 공식에서 늘 벗어나지 않는 사람이 있다. 그들은 자신의 생각을 자극한 글에 대한 감정을 늘 댓글로 쓰며 선명하게 전달한다. 바로 제목에서 언급한 차곡차곡 성장하는 자기 삶의 창조자들이다. 주로 '댓글'에서 그들의 차별성이 나오는데, 이런 특징을 갖고 있다. 여러분도 아래 특이성을 그대로 흡수한다면, 그간 잘 풀리지 않았던 사업이나 공부가 생각 이상으로 잘 풀리게 될 가능성이 매우 높다. 세상에 존재하는 모든 콘텐츠를 대하는 태도 자체가 완전히 바뀌는 거라서 그렇다.

**01.** '네가 뭔데 이런 글을 쓰냐는 비난'이나 '내가 더 많이 안다는 사실을 전하고 싶은 과시'를 목적으로 글을 읽지 않는다.

39

**02.** '여기에서 나는 무엇을 배울 수 있을까'라는 시각으로 차분하게 글을 읽은 후, '좋아요'를 누르며 깊은 사색에 잠긴다.

**03.** 댓글을 쓰기 시작한다. 그러나 여기에서 다른 사람과 마인드가 다르다. 상대에게 대댓글을 받기 위한 댓글이 아닌, 자신이 느낀 그대로 글을 남긴다.

**04.** 댓글을 쓸 때 원문에 대한 평가가 아니라, 공감의 시선으로 본 자신의 느낌을 쓰려고 노력한다. 평가가 아닌 공감에서 나온 댓글만이 자기만의 글이 될 수 있기 때문이다.

**05.** 또 다른 특징 하나는 자신이 일하는 분야에서만 활동하지 않는다는 사실이다. 다양한 분야에서 일하는 사람들의 글을 읽고 거기에 대한 자기만의 느낌을 댓글로 남기면서 그들은 경험하지 못한 수많은 분야에 대한 자신의 기준을 세울 수 있게 된다.

차곡차곡 성장한다는 것은 차곡차곡 쓴다는 사실을 의미한다. 이때 다른 분야에 종사하는 사람들이 쓴 글에 대한 댓글 쓰기는 매우 중요한 역할을 한다. 세상에는 같은 글도 그냥 스치고 지나가는 사람이 있고, 쓱 읽은 뒤에 '좋아요' 정도만 누르고 가는 사람도 있지만, 반드시 읽고 자기만의 느낌을 좋은 기운이 가득한 언어로 남기는 사람도 있다. 당연히 그들이 사는 세계도 다를 수밖에 없다. 보고 느낀 것을 쓰는 만큼, 우리는 더 나은 인간이 되는 법이니까.

쓰는 삶이 힘들 때 힘을 주는
괴테의 8가지 글쓰기 조언

내가 괴테를 통해 여러분께 글쓰기 방법을 제시하는 이유는, 아무리 찾아봐도 그처럼 글쓰기를 근사하게 활용한 사람이 없기 때문이다. 앞서 언급한 것처럼 그는 실제로 글쓰기 능력 하나만으로 수많은 것들을 이루어냈다. 신분의 상승이나 재물, 명예가 전부가 아니라, 문해력이나 5개 국어를 구사하는 능력까지도 모두 글쓰기라는 무기 하나로 쟁취했다. 물론 매일 글을 쓰는 건 너무나 힘든 일이다. 나도 마찬가지로 매일 원고지 50매 분량의 글을 지난 20년간 써왔지만, 매우 어려운 일이라 아무리 오래해도 습관이 되지 않는다. 다만 괴테가 내게 남겨준, 다음에 소개하는 8가지 글쓰기 조언을 낭독하고 필사하며 흔들리려고 하는 나를 다시 바로 세운다. 여러분도 낭독하고 필사하며, 글을 쓰는 삶이 힘들 때마다 스스로에게 힘과 용기를 주는 도구로써 활용하길 바란다.

01. 글 쓸 수 있는 시간이 언제나 당신을 기다리고 있을 거라고 생각하지 말라. 진실로 글을 쓰고 싶다면 가는 시간을 붙잡아야 한다.

02. 진실을 사랑하는 마음이 필요하다. 진실은 가공할 필요가 없어서 그대로 옮겨서 쓰기만 하면 된다. 가공한다는 것은 거짓을 쓴다는 증거다.

03. 게을리 써도 원하는 글을 완성할 날이 찾아올 것이라는 믿음은 이루어지지 않는다. 부지런하게 쓰지 않으면 앞으로 나아갈 수 없다. 하루하루 전력을 다하지 않고는 쓰는 보람을 느끼지 못한다.

04. 제발 완벽해지려고 하지 말라. 신만이 완벽할 뿐이고, 다만 인간은 완벽을 소망할 뿐이다. 소망으로만 끝내야, 엉뚱하게 소비하는 시간을 줄일 수 있다.

05. 글을 쓰며 살아가는 삶은 모든 지식 활동의 시작이 아니라 끝이다. 글로 써야 비로소 배운 지식을 내면에 담을 수 있고, 원하는 곳으로 가라고 지식에게 명령할 수 있다.

06. 신문을 읽으면 정보를 얻기보다는 분노와 슬픔에 빠지지만, 누군가에게 정보가 될 글을 쓰면 마음이 태평하고 기분이 좋아진다. 이유는 간단하다. 누군가에게 도움이 되었기 때문이다.

**07.** 보통 사람들은 너무 남의 일에만 신경을 쓰고 자기 눈앞의 의무는 쉽게 잊어버린다. 남의 일에서 벗어나야, 자신의 의무를 마주할 수 있고, 그날그날의 영감도 발견할 수 있다. 늘 자신을 보라.

**08.** 조각가가 작품을 탄생시킬 원재료를 가지고 있듯, 누구나 자신의 운명을 바꿀 글쓰기의 소재를 가지고 있다. 다만, 그 귀한 소재를 원하는 모양으로 빚어내는 기술은 매일 공들여 배우고 계발해야 한다.

✉

당신이 세운 최후의 목표에 도달하려면,
최선을 다해 보고 느낀 것을 매일 써야 한다.

# 글을 쓰면서
## 당신의 색은 더욱 진해진다

　3년 이상 규칙적으로 글을 쓴 사람을 보면 느낌이 다르다. 체격이나 사회적 지위와는 상관없이 어디에서든 당당하며 세상의 변화에 쉽게 흔들리지 않는다. 단, 모든 글쓰기가 그런 근사한 특권을 주는 건 아니다. 스스로 쓴 글에서 자유로울 때만 가능하다. 자신이 쓴 글에 연연하거나 그 안에 계속 머물러 산다면 오히려 나약해지거나 글을 쓰기 전보다 낮은 의식 수준으로 내려갈 가능성이 높다.

　'쓴 글에 대한 자유'는 이런 것을 말한다. 나는 30여 년 전 처음 글을 쓰기 시작한 후부터, 매우 자주 내가 쓴 글에서 이름만 쏙 빼고 마치 자신이 쓴 것처럼 글을 올리는 사람을 봤다. 최근까지도 매우 자주 보고 있으며 지인들에게 제보도 받는다. 하지만 '전혀'라고 말할 정도로 신경을 쓰지 않는다. 누군가 내 글을 그대로 사용해도 내가 쓴 느낌까지 담을 수는 없기 때문이다. 더구나 어차피 그건 그 사람의 일이지 나의 일이 아니다. 내가 쓴 글은 내가 써야 느낌이 산다. 그래서 아무리 남이 내 글을 도용하거나 훔쳐가도 상업적으로 활용하지 않는 이상 크게 신경 쓰지 않는다.

외부의 시선이나 움직임을 엄격하게 통제하고 내게만 집중하며 전부를 투자하는 나날, 그게 내 집필 철학이다. 그런 집필 철학을 세우면 이후의 삶이 달라진다. 삶에 그 철학이 녹아 있기 때문이다. 그리고 서서히 나의 색도 분명해지고 진해진다. 이후에는 다음 두 단어와도 이별을 고하게 된다. 하나는 '통쾌하다'라는 말이고, 나머지 하나는 '후회'라는 말이다. 살다 보면 그냥 미운 사람이 생긴다. 하지만 내게는 특별한 삶의 태도가 하나 있다. 그냥 밉게 느껴지던 사람의 나쁜 소식에 통쾌함을 느끼지 않고, 스스로 선택한 일상 속에서 어떤 후회도 하지 않는 것이다. 이제는 그냥 미운 사람조차 생기지 않는다. 헛된 감정이라는 사실을 알기 때문에 그렇게 일상을 글 쓰는 삶에 최적화한다.

당신도 자기만의 분명한 색을 갖고 싶다면 당장 글쓰기를 시작하라. 그리고 매일 자신이 쓴 글을 떠나며, 스스로에게 자유를 선물하라. 그럼 자연스럽게 타인에게 시간을 빼앗기지 않고, 주어진 24시간 전부를 당신이 하려는 일에만 전념할 수 있게 될 것이다. 쓰면 쓸수록 우리는 자유로워지며, 그 자유는 우리에게 선명한 색을 전해준다.

## 3가지를 기억하며 글을 쓰면
## 1년 안에 모든 게 달라진다

글을 써야 한다고 아무리 말해도 대부분은 쓰지 않는다. 이유를 들어보면 보통 이런 것들이다.

"한가하게 글을 쓸 여유가 없다."

"내 상황이 그럴 때가 아니다."

"먹고사는 걱정을 하는데 글이라니!"

만약 그런 상황이라면 당신은 더욱 글을 써야 한다. 글은 자신을 활용하려는 자에게 매우 관대해서, 당신이 지금까지 얼마나 인생을 낭비하며 살았거나, 또는 공부를 하지 않았거나 환경이 풍족하든 하지 않든 상관없이 같은 선에서 출발할 수 있게 도와주기 때문이다.

1년 정도만 글을 써보면 이런 사실을 쉽게 체감할 수 있다. 누구든 쓰기 시작하면 삶이 공평해지고, 오랫동안 쓰면 앞서 나아갈 수 있다. 그래서 처음 쓰는 게 어렵지만, 1년 이상 글을 쓴 사람은 대부분 죽는 날까지 쓰는 삶을 멈추지 않는다. 쓰는 나날이 곧 쓰지 않는 다수의 사람들을 앞서가는 나날이라는 사실을 자각하고 있으니, 굳이 그 좋은 것을 멈출 필요성을 느끼지 못하기 때문이다. 다음 3가지를 기억하며 1년만 글을 써보라. 당신의 삶이 완전히 달라질 것이다.

## 01. 아무것도 우습게 생각하지 말라

우리가 바라보는 모든 대상에는 무게가 없다. 무게를 결정하는 건 그걸 바라보는 사람의 시선이다. 가벼운 시선은 대상까지 가볍게 만든다. 어리석은 사람은 모든 것을 우습게 생각하지만, 분별 있는 사람은 아무것도 우습게 생각하지 않는다. "이 안에 무언가 있다. 내가 천천히 하나하나 발견할 생각이다"라는 생각으로 하루를 살면 어제와 다른 일상이 펼쳐진다. 그리고 그렇게 나온 것을 글로 쓰면 저절로 무게가 다른 글이 완성된다.

## 02. 안다고 생각한다는 건 모른다는 증거다

세상에서 가장 위험한 말 중 하나가 '안다'라는 표현이다. 진정으로 아는 사람은 '안다'라고 말하지 않는다. 그걸 실천하기 위해 몰입하느라 말할 시간조차 없기 때문이다. 언제나 입으로만 아는 사람이 거만하게 안다고 말하며 정작 실천하지는 않는다. 오히려 우리는 아는 것이 거의 없을 때 정확하게 안다고 착각한다. 남과 다르게 또 깊이 있는 글을 쓰려면 안다는 착각에서 벗어나서

의심의 대지에 올라서야 한다. 앎과 함께 의심이 늘어나는 이유는, 실천해서 경험했기 때문에 다른 곳이 보여서이다. 의심은 해본 사람만 발견할 수 있는 실천의 부스러기다.

## 03. 말하기 전에 먼저 치열하게 써보라

인간이란 입으로는 재빨리 말하지만, 글로 쓰는 건 가장 뒤로 미루는 어리석은 동물이다. 쓸 수 있는 재능을 가졌지만 미련하게도 잘 사용하지 않는다. 말이라는 가장 편리한 소통 도구를 가지고 있기 때문이다. 말하기 전에 먼저 치열하게 쓰는 시간을 갖는 게 좋다. 생각을 글로 먼저 쓰면서, 당신의 말수는 줄겠지만 글은 짐작할 수 없을 정도로 깊어진다. 말은 옆으로 퍼지지만, 글은 아래로 깊어진다. 더 많이 쓰고, 덜 말하라. 삶을 구성하는 모든 분야에 대해 깊이를 갖게 될 것이다.

## 더 생각하고, 늘 생각하면,
## 언제나 쓸 수 있다

내가 각종 SNS에 글을 올릴 때마다, 가장 자주 듣는 이야기는 바로 이런 반응들이다.

"오, 그거 저도 생각했던 내용인데. 제 마음을 글로 잘 풀어주셨네요."

"비슷한 내용을 예전에 생각한 적이 있는데, 이렇게 글로 정리해 주셔서 반갑네요."

두 사람은 모두 내 글을 보고는 자신'도' 생각했던 거라고 말하며, 내게는 '풀어주었다' 혹은 '정리했다'라는 말을 들려주었다. 그렇다면, 생각만 한 사람과 그걸 글로 표현한 사람, 이 두 사람 사이에는 어떤 차이가 있을까? 먼저 글을 바라보는 시각의 차이가 존재한다. 생각한 것을 글로 쓰려면 '풀어내는 것'과 '정리하는 수준'으로는 아주 많이 부족하다. 그런 시각으로 글쓰기를 대하면 끝을 맺지 못하고 중간에 포기할 가능성이 매우 농후하다. 그들이 생각한 것을 내가 글로 쓸 수 있었던 건, 내가 그들과 '이것'이 달랐기 때문이다.

> 그는 생각했지만
> 나는 더 생각했고,
> 그는 가끔 생각했지만
> 나는 늘 생각했고,
> 그는 쉽게 자리를 떠났지만
> 나는 생각나지 않으면 자리를 떠나지 않았다.

이쯤에서 당신은 그저 생각만 하는 삶과 그걸 글로 선명하게 쓰는 삶이 비교할 수도 없을 정도로 격차가 크다는 사실을 인지해야 한다. 변화는 가치를 인지하면서 시작되기 때문이다. 우리는 생각한 것을 글로 쓸 수도 있고, 쓰지 않을 수도 있다. 원하는 글을 쓰지 못했다면, 당신은 재능이 없는 게 아니라 그저 쓰지 않는 것을 선택했을 뿐이다. 중요한 건 재능이 아니기 때문이다. 더 생각하고, 늘 생각하고, 계속 생각하면 결국 우리는 자신의 생각을 글로 선명하게 쓸 수 있다. "바로 이거야! 이게 바로 내 생각이지!"라는 탄성을 부르는 글을 당신도 쓸 수 있다는 말이다.

글쓰기는 마라톤이다. 원하는 표현이 생각나기 전에 멈추면 끝을 볼 수 없다. 그래서 나는 글쓰기가 결코 쉽지 않다고 말한다. 하지만 희망은 있다. '누가 먼저 도착했는가?'라는 사실은 중요하지 않으니까. 순위도 물론 중요하지만, 그럼에도 결승점을 통과하는 그 자체

로 희열을 느끼는 마라톤처럼, 포기하지 않고 자꾸만 걸어가면 쓰
는 삶의 희열을 느낄 수 있다.

✉

"지금 뛰는 사람이 마라토너고,
지금 쓰는 사람이 작가다."

## 일상을 살아가며 중간중간 삶의 목차를 써보라

일상은 우리가 가진 최고의 힘이자 자산이다. 시간은 누구에게나 공평하게 주어진 지성의 재료이기 때문이다. 하지만 모두가 시간을 지성의 재료로 근사하게 사용하는 것은 아니다. 시간이 언제나 자신을 기다린다고 생각하는 사람들은 시간을 마음껏 소비하며 일상을 푼돈 취급한다. 그들의 특징은 글을 쓰지 않는 삶을 산다는 것이다. 일상을 소중히 여기는 사람은 저절로 글을 쓰게 되며, 그런 나날을 반복하면 삶도 글처럼 빛나게 된다.

이처럼 책에서 가장 중요한 건 목차이고, 삶에서 가장 중요한 건 일상이다. 책이 삶이라면 목차가 곧 일상이라고 볼 수 있다. 일상이라는 목차를 스스로 마음에 들게 완성할 수 있다면, 이미 삶의 반은 완성한 것과 다름없다. 그러나 이 말을 오해해서 서둘러 목차를 완성하려는 사람들이 있다. 그럼 자신도 인생의 반을 완성했다는 느

꿈을 가질 수 있을 거라고 생각해서다.

하지만 전혀 그렇지 않다. 실제로 인생의 절반 정도를 이미 머릿속에서 완성한 사람만이 목차를 완성할 수 있기 때문이다. 다음 2가지를 늘 기억해야 한다. 하나는 억지로 목차를 완성했다고 삶의 절반을 완성했다고 볼 수 없다는 것이고, 나머지 하나는 매우 당연한 사실이지만 삶의 절반 정도는 완성한 사람만이 목차도 쓸 수 있다는 것이다. 이것을 일의 개념으로 변주해서 쉽게 설명하면 이렇다.

"프로라면 돈이 되는 일을 해야 한다고 굳이 말할 필요는 없다. 당신이 프로라면 세상은 당신에게 돈이 되는 일만 맡길 테니까. 뭐든 갑자기 이루어지는 것은 없다. 그 수준에 도달했기 때문에 이루어진 것이다. 그래서 목차를 쓰지 말라는 것이 아니다. 오히려 사는 중간중간 목차를 써보라. 그래야 당신이 실제로 인생을 스스로 끌고 나갈 역량을 지니고 있는지 확인할 수 있으니까."

## 아픈 마음을 치유하는
## 9단계 글쓰기

"내 아픔을 제발 알아줘."

"나 정말 죽을 만큼 힘들어!"

인간은 자꾸만 자신의 힘든 현실을 구체적으로 하나하나 세상에 공포해서 이해를 받으려고 한다. 타인의 시각에서 조금 극단적으로 말하면, 그건 이해를 구걸하는 것과 같다. 게다가 더 외롭고 힘들수록 그런 경향이 더욱 강해진다. 우리는 세상에 자신을 진정으로 돕고 생각해주는 사람은 오직, 자기 자신뿐이라는 사실을 기억할 필요가 있다. 내 마음과 같은 사람은 세상에 거의 존재하지 않는다. 스스로도 자신을 이해하지 못할 때가 많은데, 대체 누가 타인을 온전히 이해하고 받아들일 수 있을까?

이것이 바로 우리가 지금 당장 자신을 위한 치유의 글쓰기를 시작해야 하는 근본적인 이유다. 삶을 둘러싼 문제를 제대로 풀지 못

54

하면 글도 제대로 쓸 수 없다. 게다가 누구의 삶이든 대부분의 시간은 혼자만의 시간으로 채워져 있다. 외롭다고 누군가를 찾기보다는, 홀로 고독한 시간을 즐길 여유를 갖는 게 좋다. 현실이 두려울 때 우리는 외로워지지만, 그 안에서 여유를 찾으면 오히려 고독을 즐길 수 있다. 세상에서 가장 강한 사람은 힘이 센 사람이 아니라, 같은 공간에서 오랫동안 무언가 하나를 바라보며 사색에 잠길 수 있는 자다. 자신을 견딜 수 있는 자가, 세상에서 가장 강한 자다. 그런 삶을 살게 할 치유의 글쓰기는 다음 9단계로 완성할 수 있다. 필사와 낭독으로 익숙해지게 만들면 앞으로 글을 쓰며 살아가는 일상에 도움이 되니, 하나하나 곰곰이 사색하며 실천해보라.

## 1단계

당신이 어떤 이유로 아픈지 먼저 생각하라. 가장 솔직한 자신을 만난다고 생각해야 진짜 아픔을 발견할 수 있다. 거짓은 생각도 하지 말자.

## 2단계

그 아픔의 시작이 무엇인지 살펴보라. 내가 느낀 아픔은 나의 결핍일 수 있다. 내면을 볼 수 있는 매우 중요한 과정이니 최대한 천천히 살펴보라.

## 3단계

어떤 과정을 통해 슬픔이 발달했는지 관찰하라. 슬픔은 씨앗처럼 서서히 커나가며 맺히는 열매와 같다. 슬픔의 발달을 들여다보며 자신에 대해서 많은 것을 새롭게 알게 될 것이다.

## 4단계

그 안에 속한 사람들을 모두 떠올려라. 고통과 슬픔은 주로 주변 사람들과 연결되어 있다. 주변에 어떤 사람이 있는지 확인하는 과정이니 사람을 대하 듯 정성을 다하자.

## 5단계

사람을 자신의 기준으로 정의하고 각종 사건과 상황도 정의하라. 우리는 정의한 것만 이해하고 수용할 수 있다. 정의는 매우 아름다운 것이다. 타인에 게 맡기지 말고, 스스로 주변의 모든 것을 하나하나 정의해보라.

## 6단계

모든 내용을 종합해서 얻은 결론을 한 줄로 압축하라. 가장 단순한 한 줄이 진리일 가능성이 높다. 한 줄로 간단하게 압축할 수 있어야, 비로소 슬픔과 고 통을 제어할 수 있게 되었다고 볼 수 있다.

## 7단계

한 줄을 주제로 자기만의 글을 써라. 이제 본격적으로 쓰는 거다. 당신이 찾은 한 줄을 주제로 차분하게 글을 써나가라. 잘 쓸 필요가 없다는 사실을 기 억하라. 세상에는 좋은 슬픔도 나쁜 슬픔도 없다. 그냥 그것을 쓸 뿐이다.

## 8단계

글에서 등장하는 사람은 오직 자신 한 명뿐이어야 한다. 중요한 지점이다. 타인을 향한 원망이나 분노는 완벽하게 차단하자. 글에는 오직 나의 감정만 존재해야 한다. 타인은 삭제하라.

## 9단계

글에서 분노와 슬픔이 느껴지지 않을 때까지 수정하라. 처음에는 쉽게 분노를 지우지 못할 것이다. 하지만 한 번, 두 번 수정하고 다시 읽다 보면 점차 마음이 가벼워지면서 글에서 나타나는 슬픔도 사라질 것이다. 슬픔이 사라져야 당신이 담은 마음이 남는다.


상황을 자기만의 눈으로 분석하고, 모든 사람과 사물을 정의하면서 우리는 자신을 아프게 만든 모든 상황을 장악할 수 있게 된다. 그 이후에 다시 조용히 내면을 들여다보면서 온갖 부정적인 것들과 우발적인 마음을 지우며 우리는 자신에게 집중할 수 있게 된다. 그렇게 치유하는 9단계 글쓰기를 통해 모두 자신을 견딜 수 있는 강한 자가 되어, 이전에는 도저히 용납할 수 없던 것도 지혜롭게 대처하게 된다. 굳이 쓸데없는 분노와 슬픔을 드러내지 않고도, 자신을 찾아온 힘든 것들을 더 나은 글로 창조하는 에너지로 전환하며 현명한 일상을 보내게 된다. 그게 바로 자신의 슬픔을 글로 써낼 수 있는 자만이 누릴 수 있는 특권이다. 그걸 놓치지 말라.

# 2장

# 대상,
# 누구를 위해 쓸 것인가?

## 삶을 그대로 글로 옮기면 일어나는 변화

이제, 본격적으로 글을 쓰기 위해 무엇이 필요한지 전하려고 한다. 먼저 다음 문장을 읽어보라. 어떤 생각이 드는가?

"이건 남들이 싫어하니까, 굳이 말하지 말자."

"그냥 다들 하는 대로 따라가자."

"하던 대로 하는 게 가장 편하지."

일상에서 자주 반복하게 되는 생각들이다. 이렇게 생각하면서 우리 내면에 어떤 변화가 생길까? 세상이 원하는 대로 잘 살고 있다고 생각하겠지만, 시간이 지나 어느 순간 돌아보면 이런 끔찍한 사실을 목격하게 된다.

"나만의 고유한 색이 다 지워졌네."

누구에게나 자기만의 생각과 개성이 있지만, 세상과 사람들을 생각하며 지우고 참고 버티면서, 결국 나중에는 없어도 되는 사람이

61

된다. 수백, 수천 명의 사람과 다를 게 하나도 없으니 한 명 없다고 티도 나지 않기 때문이다. 하지만 지금 본 것과 그것에 대한 생각을 글로 매일 쓰는 사람은 매일 새로워지며 자신의 고유한 색도 잃지 않고 간직할 수 있다. 그 사람이 대단해서 그렇게 된 것이 아니라, 숨기지 않고 생생한 언어로 표현해서 그런 수준에 도달하게 된 것이다.

그럼 나를 잃지 않고 간직하며 자신 있게 글로 표현하려면 무엇이 필요할까? 대상이 필요하다. "누구를 위해 글을 쓸 것인가?"라는 질문에 답할 수 있어야 한다. 나는 10가지 분야의 글을 쓴다. 다시 말해서 서로 다른 역할을 수행하는 10명을 위해 글을 쓰는 것이다. 대상을 분명하게 정하는 게 왜 중요할까? 만약 당신이 자녀교육으로 분투하는 부모님을 위해서 글을 쓴다면, 일상에서 만나는 모든 것을 그들의 시선으로 바라보며 글을 쓸 수 있다. 어떤 장소에서도 자녀교육의 메시지를 발견해서 글로 가공하는 능력을 순식간에 갖게 되는 셈이다. 우리 주변에 아무리 영감이 넘쳐도 "누구를 위해 글을 쓸 것인가?"에 대한 대답을 하지 못한 상태라면, 그 넘치는 영감을 하나도 낚아채지 못하게 된다. '대상'은 영감을 잡는 '그물'이다.

내가 자주 쓰는 글 중 하나는 자녀교육에 대한 메시지인데, '아이들 문제로 고민하는 부모님'이 늘 내 안에 들어 있기 때문에 무엇을 보든 그들의 시선으로 보고 해석하게 된다. 예를 들면 이렇다. 우리가 사는 세상에는 고통받는 수많은 아이가 존재한다. 각종 구호단체에서는, 다양한 광고로 대중의 도움을 호소한다. 그 간절한 마음은 나도 잘 알고 있어서, 그런 영상을 보면 자세히 관찰한다. 최근에는 뇌종양으로 고통받는 아이의 소식을 접했다. 영상이 없는 라디오 광고였는데, "아이 머리에는 아직 종양이 존재합니다"라는 문구가 메인 카피였다.

나는 순간적으로 많이 안타까웠다. 이유는 다음 3가지 때문이었다. 하나는 듣는 사람이 불편한 단어가 가득했고, 또 하나는 부정적인 뉘앙스로 들렸으며, 마지막 하나는 결정적으로 공감이 되지 않았기 때문이다. 뇌종양에 걸려서 삶을 마감하는 아이가 불쌍한 건 사실이지만, 그건 일상에서 자주 일어나는 일은 아니라서 공감대를 형성하기 매우 힘들다. 순간적으로 나는 이런 과정을 통해 좀 더 나은 방식의 글을 생각해봤다.


1. 아이 머리에 남아 있는 아픈 종양보다는, 행복한 기억이 남아 있기를 바라는 관점으로 접근하는 게 어떨까?

2. 다시 말해서, 남아 있는 종양이 아닌 남기를 바라는 행복과 사랑을 말하는 게 어떨까?

3. '아이의 머리에 여전히 종양이 남아 있다'라는 시선보다는, '아이의 머리에 사랑과 행복만 남기를 바랍니다'라는 시선이, 듣는 사람의 가슴을 더 울릴 수 있을 거라고 생각했다.


어떤가? 전혀 다른 시각으로 바라본 것이라는 느낌이 들 것이다. 내가 이렇게 다른 시각으로 바라보며 그 느낌을 생생하게 글로 표현할 수 있었던 이유는, 계속 강조했듯이 내 눈에는 늘 '아이들 문제로 고민하는 부모님'이라는 존재가 자리 잡고 있기 때문이다. 그들의 시선으로 바라보니 그들 마음에 맞는 글로 세상을 칠할 수 있게 된 것이다.

매일 새로워지며 자기만의 고유한 색을 갖고 싶다면 "누구를 위해 글을 쓸 것인가?"라는 질문에 좀 더 치열해져야 한다. 그 대상이 분명히 정해지면 당신은 살아가는 모든 나날을 그대로 글로 쓸 수 있게 될 것이다.

## 글쓰기로 자기 삶을
## 근사하게 개척하고 싶다면

대상을 분명하게 구분하고 세상을 바라보면서 내 하루는 이렇게 바뀌었다. 그날은 아이들 독서 문제로 고민하는 부모님을 대상으로 강연을 하는 날이었다. 강연 직전에 미용실에 들러서 드라이를 했는데, 처음 방문한 곳이 늘 그렇듯 원장은 내게 "어떻게 해드릴까요?"라고 물었다. 나도 역시 그럴 줄 알고 준비해 간 사진을 보여주며 "이런 스타일로 부탁합니다"라고 답했다. 그러자 '그 정도야 쉽지!'라는 표정으로, 그는 드라이를 시작했고 나는 휴식을 위해 눈을 감았다.

하지만 10분 후, "다 됐습니다"라는 말에 눈을 뜬 나는, 거울에 비친 내 모습에 놀라지 않을 수 없었다. '이게 뭐지! 나한테 왜 어떻게 해드릴까요, 라고 물어본 거야? 자기 마음대로 할 생각이었으면서!' 강연 직전이라 매우 난감한 상황이었지만, 나는 바로 이 사건(?)을

'독서 문제로 고민하는 부모님'의 시선으로 바라봤고, 그렇게 나온 영감을 강연장에서 활용했다.

"여러분 아이들 독서 문제로 고민 많으시죠? 그런데 왜 여러분은 아이들이 읽으면 좋을 것 같은 책만 사서 책상에 올려주시는 거죠? 정작 아이들이 읽고 싶거나 읽을 수 있는 수준의 책은 따로 있는데 요! 읽을 수 없는 것을 자꾸 읽으라고 하니 아이들이 점점 독서에서 멀어지게 되는 것입니다."

그러자 내 말을 듣고 있던 한 독자가 자신을 소개하며 자신의 과거를 반성했다.

"전 다국적 기업에서 인사 업무를 담당하는 임원입니다. 작가님 말씀을 들으니 제가 그간 직원들에게 너무 잘못했다는 것이 느껴지네요. 직원들이 할 수 있는 일을 시켰어야 했는데, 제가 생각했을 때 하면 좋을 일을 시켰습니다. 반성하게 되네요."

어떤가? 미용실에서의 사소한 사건이 내게는 아이들 독서 문제로 고민하는 부모님을 위한 지혜로운 제안으로, 다국적 기업의 임원에게는 직원의 능력을 제대로 활용하는 방법으로 의미가 바뀐 것이다. 각자 자신의 생각 안에 누구를 넣고 다니느냐에 따라서 보이는 것도 다를 수밖에 없다. 하지만 안타깝게도 대부분의 사람들은 안에 아무도 넣지 않고 살고 있다. 그래서 무엇을 봐도 아무런 영감이 떠오르지 않는 것이다. 내 안에는 열심히 일했지만 성과가 나지 않아 고민하는 직장인과 체계적으로 돈을 모아 여유로운 인생 2막을 준비하고자 하는 사람, 그리고 자기계발을 통해 성장하는 인생을 살고 싶은 청년 등 10명의 각기 다른 목표를 가진 사람들이 살고 있다. 그래서 무엇을 보든 10개의 시각으로 바라보며 가장 적절한 것으로 보내서 글로 완성할 수 있는 것이다. 이런 방식으로 하루를 보내면 그 하루는 이전과 비교할 수 없을 정도로 농밀해진다.

그런 방식으로 내 안에 도움을 주고 싶은 수많은 사람을 담고, 글을 쓰며 살아야겠다고 생각한 세월이 30년이 지났다. 그간 좋은 글을 쓰려는 수많은 시도가 있었다. 서울역에 대한 시를 쓰기 위해서 실제로 서울역 노숙자들과 1박을 하며 경험을 해본 적도 있고, 쓰고 싶은 글 하나를 쓰려고 잘 다니던 직장을 그만두고 1년 넘게 글이 될 경험을 쌓은 적도 있었다. 이런 과감한(?) 모든 시도를 해봤지만, 딱 하나 안 해본 것이 있는데 바로 이것이다.

"나의 글을 평가받기 위해 누군가에게 읽히는 것!"

내가 지금부터 전하는 이야기를 여러분이 꼭 기억해주면 좋겠다. 나는 비평가의 이야기에 전혀 관심이 없다. 마찬가지로 그것과 유사하다고 생각하는 온갖 공모전에도 고개를 내민 적이 없다. 설령 공모전 수상을 해서 1등으로 온갖 상품이나 상금을 받는다고 해도, 나는 전혀 기쁘지 않을 것 같다. 세월이 많이 지났지만 지난 30년 내내 같은 생각인 이유는, 결국 누군가 자기 기준으로 선정하는 그 과정에서 수상을 한다고 내가 얻을 수 있는 것이 아무것도 없기 때문이다. 평생 그 사람 마음에 드는 글을 쓰며 살 생각이 아니라면 말이다.

글쓰기를 통해 더욱 근사한 자기만의 삶을 살고 싶다면 더욱 내 이야기에 귀를 기울일 필요가 있다. 취미로 쓰거나 수상을 목적으로 하는 것이 아닌, 글로 자기 삶을 개척하고 싶다면 방법은 역시 단 하나다.

"당신만 쓸 수 있는 글을 써라!"

자꾸 다른 곳을 바라보지 말자. 수상을 해서 얻은 명예와 받은 돈은 당신의 글에 아무런 영향도 주지 못한다. 몇 사람 마음에 드는 글을 쓰느라 아까운 인생을 낭비하지 말자. 세상에는 더 많은 사람이 있고, 그들에게 나아가기 위해서는 나만의 독특한 생각을 담은 글이 필요하다. 글쓰기는 결국 인생 쓰기인데, 왜 남의 인생에 맞는 글로 아부를 하는가? 글로 자기 인생을 개척한 사람들이, 과거에 모임을 갖고 서로 글을 비평하며 누군가의 마음에 들기 위해 분투했다는 이야기를 나는 들어본 적이 없고 앞으로도 일어나지 않을 거라고 생각한다. 수험생들이 대학에 진학하기 위해 같은 학원에서 같은 선생에게 배우는 논술, 원하는 대학에 맞는 방식의 글을 쓰기 위해 기계처럼 글쓰기 기술을 배우는 모습, 그것과 다를 게 무엇인가?

그래서 더욱 자기만의 글을 쓰기 위해서 글쓰기의 제1원칙인 "누구를 위해 글을 쓸 것인가?"라는 질문에 답하고 그 대상을 내 안에 담고 사는 게 중요하다. 그 대상이 우리의 시각을 더욱 풍부하게 해주며 동시에 나만의 색을 더욱 생생하게 만들어주기 때문이다. 글쓰기로 자신의 삶을 가장 확실하게 개척한 대문호 헤밍웨이는 말한다. 아니, 강력하게 외친다.

"남들에게 네가 쓴 글을 평가받으려고 하지 말고, 작가라면 나의 글이 최고라고 세상에 대고 외쳐라!"

✉

당신이 글을 쓰는 사람이라면, 자신이 쓴 글을 굳게 믿어라.
그건 당신이 도움을 주기로 생각한 그 사람을 향한 사랑과도 같으니까.

## '더 읽히는 한 줄'은 어떻게 탄생하는가?

이 시간에도 많은 사람이 각자의 글을 써서 공개하고 있지만, 불행하게도 모든 글이 원하는 성과를 내는 건 아니다. 나는 글을 써서 세상에 선보이는 사람들을, 그들이 쓴 글의 내용을 기준으로 이렇게 4가지 부류로 나눈다.

1. 세상에 필요하지만 나는 잘 모르는 내용
2. 세상에 필요하고 나도 잘 아는 내용
3. 세상에 필요 없고 나도 잘 모르는 내용
4. 세상에 필요 없지만 나는 잘 아는 내용

어떤가? 한번 깊이 생각해보라. 어떤 방식으로 쓴 글이 '가장 많은 독자의 마음'을 사로잡을 수 있을까? 여기에서 중요한 부분은 독자는 매우 다양하고, 모든 글에는 나름의 가치가 있어서 세상 어딘가에는 당신의 글을 좋아할 사람이 있다는 사실이다. 하지만 같은 글이지만 좀 더 많은 독자의 마음에 닿기 위해서는 "(누구를 위해) 어떤 방식으로 글을 써야 좋을까?"라는 질문에서 쓰기를 시작하는 게 좋다.

보통 2번이 가장 좋은 경우라고 생각하고, 3번이 가장 나쁜 경우라고 생각하는 사람이 많다. 그러나 그것은 철저히 읽히지 않는 글을 쓰는 사람의 시각에서 나온 생각이다. 왜 그럴까? 가장 많이 읽히는 글은 1번에서 나온다. 그리고 2번, 3번, 4번 순으로 점점 읽히지 않는 글이 탄생한다. 이유는 간단하다. 일단 읽히는 글을 쓰려면 세상에 필요한 주제의 글을 써야 한다는 사실은 맞다. 그런데 핵심은 다음에 있다. 이미 '아는 것'이 아닌 앞으로 '볼 것'을 내용으로 채워야 읽히는 글을 완성할 수 있다. 이미 아는 것은 세상 누구나 알고 있으며 검색을 통해 나오는 지식일 가능성이 높다. 그런 방식의 책은 새롭거나 특별한 영감을 제시하기 힘들다. 하지만 지금부터 본 것에 대해서 쓴다면 누구의 글과 생각으로도 아직 나온 것이 아니라서, 같은 주제와 물체에 대해서 글을 써도 다르게 쓸 수 있어 더 많이 읽힐 수 있다. 생각이 독특하며 다음 페이지가 기대되기 때문이다.

그렇게 1번을 기준으로 내용을 채우기로 했다면 다음에 필요한 건, 그 안에 담을 '애틋한 마음'이다. 여기에서 이 파트에서 강조하는 "누구를 위해서 쓸 것인가?"라는 질문이 왜 중요한지 다시금 깨달을 수 있다. 대중의 사랑을 받는 글과 외면받는 글에는 분명한 차이가 있다. 일단 글은 자신이 다양한 방식으로 알게 된 것을 써서 누군가에게 전하는 지적 도구다. 그런데 읽다 보면 '내가 이것을 알고 있다'라는 사실 자체를 자랑하고 싶어서 썼다는 느낌을 주는 글이 있고, '내가 아는 것을 당신에게도 알려주고 싶다'라는 좋은 마음이 느껴지는 글이 있다. 당연히 전자는 선택을 받지 못하고, 후자는 많은 사람의 사랑을 받으며 널리 알려진다. 이것이 바로, 당신이 무엇을 만드는 사람이든 꼭 기억해야 할, 입소문의 제1법칙이다.

> "당신이 알고 있는 가장 값진 지식을
> 그것이 필요한 사람에게 전하고 싶다는,
> 애틋할 정도의 좋은 마음을 담아라."

물론 기억만 한다고 저절로 되는 것은 아니다. 이미 이 법칙을 알고 있는 사람은 말이 쉽지 실제로 이렇게 하는 것이 얼마나 힘든지 알고 있다. 단순하게 자신이 아는 지식을 자랑하는 것은 매우 쉬운 일이다. 그냥 지식을 자신이 편한 대로 나열하면 되기 때문이다. 그러나 애틋한 마음을 담아 도움을 주려는 내용으로 구성하려면 "어떻게 하면 더 효과적으로 전할 수 있을까?"라는 질문을 수도 없이 자신에게 던져야 한다. 만약 누군가가 쓴 글 한 줄이 많은 사람의 사랑을 받고 있다면, 그 글 한 줄 안에 그걸 쓴 사람이 던진 수백 개의 질문에 대한 답이 녹아 있음을 알아야 한다. 단 한 줄에 주석처럼 붙어 있는 보이지 않는 수백 줄, 그걸 알아차리는 것부터가 '애틋한 마음'을 느끼는 일상의 시작이다. 세상에 그냥 나오는 글은 없다. 모두가 누군가를 사랑하며 힘이 되려는 마음에서 나온 글이다.

　보통 책 하나를 기획하고 최종 탈고를 하려면 평균 3년 정도가 걸린다. 결국 내가 세상에 내는 책들은 대부분 3년 전에 기획하고 쓰기 시작한 것들이다. 물론 그 기간을 견디며 글을 쓰는 건 결코 쉬운 과정은 아니다. 힘들어서 포기하고 싶은 마음과 적당히 마무리하자는 생각이 들면서, '유혹'이라는 이름표를 달고 3명의 치명적인 손님이 찾아오기 때문이다. 글을 쓰며 사는 삶을 살기 위해서 꼭 알고 있어야 하는 부분이니 주의해서 읽길 바란다.

　"종원아, 이 정도 썼으면 됐잖아?"라는 유혹이 첫 손님이다. 매우 강렬한 유혹이라 그의 말에 모든 것을 멈추려는 순간, "작가님 책을 도서관에서 빌려서 읽다가 '아, 이 책은 반드시 사서 보관해야 하는 책이다!'라는 생각이 들어서 바로 서점에 달려갔습니다"라고 말하던 고마운 독자님의 표정이 떠올라 바로 생각을 바꾸게 된다.

73

"끝은 아직 멀었다. 내가 쓴 글이 스스로 끝이라고 외칠 때까지 더 써야 한다."

그러나 좋은 시간도 잠시, 다시 6개월이 지나면, 더 강력한 두 번째 손님이 찾아온다. 거듭되는 수정에 지친 내게 그는, "적당히 수정해, 누가 그렇게 자세하게 읽겠어?"라고 말하며 이제 그만 멈추라고 유혹한다. 그때 또 한 사람이 떠오른다. 그는 햇살처럼 따스한 표정으로 내게 늘 이렇게 말해주었다. "저희 집에는 작가님 책만 따로 보관하는 장소가 있어요. 작가님 코너를 보면 제 마음도 예뻐져요." 그 봄바람처럼 예쁜 음성에 나는 다시 출발한다. 그리고 내게 이렇게 명령한다.

"적어도 내 글을 읽는 분들에게 적당히 쓴 글을 전할 수는 없다. 최선이 아니면 아무것도 아니다."

그러나 그게 끝이 아니다. 가장 치명적인 마지막 손님이 남았다. 그는 "이제 정말 그 정도면 충분해, 네가 그런다고 누가 알아주니?"라고 유혹하며 내게 탈고를 선언하라고 말한다. 지친 나는 이제 그게 유혹이라는 사실을 알면서도 끝을 보고 싶다는 욕망에 거의 탈고를 선언하기 직전까지 간다. 그러나 그때 또 한 사람이 나타나 내게 이런 말을 들려준다. "작가님 책을 읽고 인생을 다시 살게 되었어요. 저희 가족은 모두 매일 작가님 글을 읽으며 마음을 다잡고 있어요." 그가 들려주는 그 피아노 소리처럼 아름다운 말에 나는 결국 눈을 감고 이런 생각에 잠긴다.

"그래, 다시 처음으로 돌아가자."

그렇게 나는 마치 이제 글을 처음 쓰기 시작한 사람처럼, 지금까지 쓴 원고를 섬세하게 처음부터 다시 읽으며, 그 안에 내가 가진 가장 값진 마음을 녹여 담는다. 글에 심장을 이식한다는 생각으로 한 줄 또 한 줄 다시 읽는다.

내가 그렇게까지 반복해서 읽고 쓰고 수정하는 이유는 간단하다. 글을 쓴다는 것은 글 안에 담긴 사람을 기억하는 일이기 때문이다. 이걸 괴테는 조금은 강인한 어조로 이렇게 표현했다.

"대중은 논리적이며 이성적인 글을 읽고 새로운 것을 배우려고 하는 것 같지만 그건 그저 그들의 생각일 뿐이다. 대중은 자신을 연인처럼 대하기를 바란다. 그들이 듣고 싶어 하는 말과 생각, 그 이외에는 어떤 것도 말하거나 써서도 안 된다."

사람을 기억하는 일이 곧 쓰는 일이고, 쓰는 일이 곧 사람을 기억하는 일이다. 이 과정이 그냥 자연스럽게 이루어지면 정말 좋겠지만, 가끔은 쉽게 되지 않을 때가 있다. 영감이 전혀 떠오르지 않거나, 감성이 입체적으로 춤추지 않을 때, 나는 이런 방법을 추천한다. 바로, 사랑스러운 음악에 기대어 시간을 보내는 것이다. 정말 특별히 아끼는 음악이 하나 있는데, 특별히 집중해서 글을 쓸 때는 '이 곡' 하나만 50회 이상 반복해서 듣기도 한다. 그럼 막혔던 영감과 감성이 쏟아져 나온다.

반대로 음악을 감상하면서 사람을 기억해내는 것이다. 내게는 어떤 투자 정보보다 소중한 '이 곡'의 정체는 물론 비밀이지만, 아마 누구에게나 그런 곡이 하나 정도는 있을 거다. 음악은 가장 순수하면서도 정교한 예술이다. 음악을 활용할 수 없다면 다양한 분야의 글을 쓸 수 없으니, 여러분도 자신에게 그런 노래가 무엇인지 곰곰이 생각해보길 바란다.

✉

글쓰기는 테크닉이 아니다.
가장 오래 가장 깊게 생각한 사람이
결국 가장 따뜻한 글을 완성할 수 있어서다.
그 지점에 도착할 방법은 오직 하나다.
중간중간 멈추라는 강렬한 유혹이 찾아올 때마다,
그걸 이겨낼 힘을 전해줄 소중한 사람을 기억하는 것이다.
"글쓰기는 사람을 기억하는 일이다."

# 억지로 짜내지 말고
# 스스로 번지게 하라

여러분은 인생이 무엇으로 이루어져 있다고 생각하는가? 아인슈타인은 인생의 성공을 이렇게 정의했다.

"A가 인생의 성공이라면 A=x+y+z다.
x는 일, y는 놀이, z는 입을 다물고 있는 것이다."

이해가 어렵진 않다. 다만 z는 대체 뭘 의미하는지 쉽게 짐작하기 어렵다. 하지만 그의 삶을 이해하는 사람이라면 어렵지 않게 의미를 짐작할 수 있다. 그가 일과 놀이를 강조한 이유는, 입을 다물고 있는 시간, 즉 침묵하며 "어떤 일을 하고 무엇을 하며 놀아야 하는가?"에 대한 답을 구하는 사색의 시간의 가치를 믿었기 때문이다. 입을 다물고 있는 시간은 그에게 일과 놀이의 방향을 결정하는 가장 중요한 시간이었던 셈이다. 이런 결정을 통해 그는 세상이 그에게 시킨 일을 억지로 하는 삶을 거부할 수 있었고, 스스로에게 가장 좋은 일을 할 수 있는 자유를 허락할 수 있었다. 억지로 짜내지 않고 스스로 번지게 하는 삶을 산 것이다.

가끔 온라인에서 누군가 쓴 글을 읽다가 매우 깊이 공감할 때가 있다.

"이건 정말 멋진 생각이네. 나도 같은 마음이라고 말할 수밖에 없겠어."

그런데 그 글을 끝까지 읽다 보면, 늘 마지막 부분에서 이런 문구를 만나게 된다.

"글, 김종원 작가"

그렇다. 내가 공감할 수밖에 없다고 평가한 그 글은, 다름 아닌 내가 온라인에 쓴 글이나, 내가 쓴 책의 일부 내용을 누군가 옮긴 글을 읽은 것이다. 실제로 나는 내가 쓴 글을 자주 잊는다. 제대로 기억하지 못할 때가 더 많다. 이유는 간단하다. 쓰는 과정이 보통의 경우와 많이 다르기 때문이다.

나는 글을 쓰기 위해 생각을 요청하는 것이 아닌, 생각이 넘쳐서 흘러내린 것을 언어로 변환해서 글로 쓴다. 내면에 존재하는 순간순간의 생각이 글이 되어 태어나는 셈이다. 그런 방식으로 글을 쓰면 삶이 곧 글이 되게 만들 수 있어서, 따로 작정하고 앉아서 생각을 짜낼 필요가 없다. 결과를 내기 위해서 억지로 짜낸 글과 물이 흐르듯 자연스럽게 번진 글, 과연 어떤 글이 독자 마음에 닿을 수 있을까? 선택이 어려운 문제는 아닐 것이다. 그렇다면 억지로 짜내지 않고 스스로 번지는 삶을 통해 글을 쓰려면 어떻게 해야 할까?

다시, 아인슈타인의 말로 그 답을 전하고 싶다. 그는 대체 어떤 방법을 통해서 스스로 번지는 삶을 살았던 걸까? 입을 다물고 있는 동안 어떤 사색을 통해 길을 찾았을까? 그는 분명한 어조로 이렇게 답한다.

"내 학습을 방해한 유일한 훼방꾼은 내가 받은 교육이다. 나는 머리가 특별히 좋지 않다. 문제가 있을 때 다른 사람보다, 좀 더 오래 생각할 뿐이다. 어려운 문제에 부딪칠 때도 많았지만, 다행히 신은 나에게 섬세한 눈과 포기할 줄 모르는 끈기를 주셨다."

내가 글쓰기 제1원칙으로 '사람'을 두라고 강조하는 이유가 또 여기에 나온다. 사람을 위한 글인데 억지로 쓸 수는 없다. 또한, 사람을 위한 글인데 더 깊이 생각해서 더 좋은 글을 주지 않을 수가 없다. 늘 사람을 생각하며 억지로 쓰지 말고 흘러서 넘친 것이 곧 글이 되도록 한다면, 그 글은 세상을 빛낼 수 있을 것이다.

## 쉽고 빠르게 시작하는
## 4단계 SNS 글쓰기

　내가 지금까지 쓴 책을 포함해서 매일 쓰는 원고지 50장 분량의 글 중 절반 정도는, SNS에서 발견한 영감을 통해 쓴 글이다. 이처럼 SNS는 우리가 살아가는 또 하나의 세상이라고 볼 수 있다. 또한 수많은 사람이 공존하기 때문에 굳이 멀리까지 가지 않아도 다양한 감정과 함께 영감을 발견할 수 있어서 좋다. 우리가 이 부분에서 꼭 명심해야 할 건, 그것이 감동이든 슬픔이든, 읽는 사람에게 어떤 감정을 줄 수 있는 글을 쓰려면 당연히 현실에서 시작해야 한다는 사실이다. 그래서 SNS는 글쓰기의 단초를 발견할 수 있는 최고의 글쓰기 무대다. 그 무대를 활용하는 방법을 간단하게 소개하면 이렇다.

## 1단계 | 읽다가 멈춰라

각종 SNS를 돌아다니다가 우연히 누군가 쓴 글을 발견하고 표현이 마음에 들지 않는다면, 단순히 당시 느낌을 댓글로 쓰지 말고, 일단 거기에서 멈춰라. 예를 들어 '가장 창조적인 사람이 최고가 될 수 있다'라는 글이라면, 멈춰서 어떤 생각의 지점이 발견될 때까지 이런 방식의 질문을 자신에게 던지며 오랫동안 사색하는 것이다. "여기에 뭔가 있다. 나는 무엇을 원하는 걸까?"

## 2단계 | 멈추고 사색하라

이번에는 "나는 왜 이 표현이 거북한가?"라는 질문을 자신에게 던져보라. 그럼 저절로 이런 방식으로 그 이유가 나올 것이다. "우리는 꼭 최고가 되어야 하는가?" "최고가 우리의 목표인가?" 이제 그런 의문이 생겼다면, 그걸 가슴에 담고 다시 사색하라. "이유가 뭘까?" "나는 왜 이런 마음을 느끼는 건가?"

## 3단계 | 가장 좋은 마음으로 써라

반대 의견은 누구나 충분히 제기할 수 있다. 그러나 그것은 누구에게도 도움이 되지 않는다. 그래서 더 깊이 사색하라고 한 것이다. 이번에는 "모두가 최고가 될 필요는 없다"라는 당신의 생각에 가장 좋은 마음을 담아라. 그리고 그걸 당신의 SNS 계정에 돌아와서 하나의 글로 완성하라.

당신은 이런 과정을 통해 동의하지 않는 글에 단순히 댓글 한 줄로 반대 의견을 남기지 않고, 오랫동안 사색해서 하나의 글로 완성한 것이 얼마나 가치 있는 선택이었는지 알게 될 것이다. 비평도 필요하지만 그것만으로 세상은 굴러가지 않는다.

물론 나의 이 글에도 반대 의견이 있는 사람이 있을 것이다. 나는 오히려 그런 사람이 많아지길 바란다. 그건 바로 당신에게도 자신의 글을 쓸 시간이 찾아왔다는 사실을 의미하는 거니까. 댓글로 싸우고 비난의 글을 쓰는 게 세상에서 가장 미련하고 바보 같은 짓이다. 굳이 '짓'이라고 내가 표현한 이유는, 자신의 낮은 지성의 수준을 적나라하게 보여주는 증거이기 때문이다. 나쁜 마음과 감정을 최대한 참고 사색하라. 비난하고 싶은 마음을 오래 참으면, 부정적인 감정은 모두 사라지고, 그렇게 남는 것을 엮으면 당신만 쓸 수 있는 멋진 글이 된다.

# 고전의 정수를 만나려면 이렇게 글쓰기를 시작하라

글쓰기가 우리 삶에 좋은 영향을 준다는 사실을 알면서도 왜 우리는 글 쓰는 삶에 반복해서 실패하는 걸까?《파우스트》《젊은 베르테르의 슬픔》등 수많은 고전을 창조한 괴테는 그 이유가 무엇인지 알고 있었다. 바로 이 생각이 우리를 쓰지 못하게 만든다는 사실을 말이다.

"내 분야에서는 내가 최고다!"

맞다. 많은 사람이 자기가 최고라고 생각한다. 그건 좋은 생각이기도 하지만, 성장의 관점에서 보면 최악이다. 그런 생각으로 살게되면 이미 자신의 일을 치열하게 경험한 선배의 지혜를 빌리지 않게 되기 때문이다. 미련한 선택은 본질을 보는 눈을 뜨지 못해서 같은 실패를 반복하며 방황하는 삶을 살게 만든다.

"이 무슨 어리석은 짓인가."

괴테는 크게 소리치며 이렇게 조언한다.

**01.** 뒤에 가는 사람은 반드시 먼저 간 사람의 경험을 이용하겠다는 강력한 의지를 가져야 한다.

**02.** 같은 실패와 시간 낭비를 되풀이하지 않고, 평범한 수준을 넘어서 한 걸음 더 나아가야 한다.

**03.** 벽을 만났다면 더욱 선배들의 경험을 활용하자. 그것을 잘 활용하는 사람이 지혜로운 사람이다.

그의 조언 역시 글에 사람을 넣어야 한다는 의미에서 나온 말이라고 볼 수 있다. 괴테는 고전을 읽으며 성장 에너지를 찾고자 위에 자신이 소개한 방법을 그대로 적용했다. 그렇게 읽어서 발견한 것을 그대로 글로 써서 또 하나의 고전 작품을 만든 것이다. 먼저 지나간 선배가 주는 경험은 소중한 것이다. 우리가 고전이라고 부르는 책도 마찬가지로 누군가의 치열한 경험을 정리해서 텍스트로 변환한 것에 불과하다. 수많은 고전을 아무리 읽어도 삶에 변화가 없는 이유는 선배들에게 그들의 경험을 간절히 구하지 않았기 때문이다.

괴테가 "눈물과 더불어 빵을 먹어보지 않은 자는 인생의 참다운 맛을 모른다"라고 말한 이유는 뭘까? 말로만 그런 게 아니라 직접 고통을 겪은 자만이 그걸 주제로 글을 쓸 수 있기 때문이다. 그래서 그는 자신이 경험한 단어만 글로 썼다. 이 부분이 매우 중요하다. 괴테는 고전의 정수를 만나기 위해 글을 쓸 때 언제나 경험한 단어, 즉 자신이 제어할 수 있으며 측정 가능한 단어만 사용했다. 그는 경험하지 못한 단어는 제대로 활용할 수 없다는 사실을 알고 있었다. 그건 단어에도, 글로 채워져 사라질 여백에도 미안한 일이다.

경험은 실수를 통해 선명해진다. 그러므로 '실수 노트'를 하나 만들어서, 자신이 실수할 때마다 기록하라. 그걸 기록하며 선배들은 어떤 생각을 했는지 그것도 찾아 기록하라. 모든 실수와 고통은 글쓰기라는 대상 앞에서 가장 근사한 소재다.

✉

기록이 쌓이며 여러분은 매일 좀 더
고전의 정수와 가까워질 것이다.

## 보고 경탄하고 질문하며 우리의 글은 매일 새로워진다

"작년까지는 A사에서 나오는 과자를 보며 경탄했는데, 올해부터는 B사에서 나오는 신제품 과자를 보며 경탄하고 있다."

위에 소개한 말은 최근 내가 실제로 과자를 관찰하며 남긴 말인데, 반복해서 나오는 가장 중요한 부분이 뭐라고 생각하는가? 그렇다. '보면서 경탄한다'라는 표현이다. 보고, 경탄하기! 글쓰기는 그게 전부다. 사소한 것도 놓치지 않고 위대한 시선으로 바라보는 자세가 필요하다. 그래서 이때 중요한 건 "겨우 과자를 보며 그런 생각까지 해야 하나?"라는 틀에 갇히지 않는 것이다. 세상에 '겨우'와 '사소한'이라는 표현으로 부를 수 있는 창조물은 없다. 모든 존재하는 것들에는 빛나는 부분이 있기 때문이다. 그렇게 느껴지지 않는다면, 그건 대상의 잘못이 아니라 아직 빛을 발견하지 못한 당신의 잘못일 가능성이 높다. 글쓰기의 수준은 그 빛나는 부분을 "누가 더 자주, 그리고 깊게 볼 수 있느냐?"가 결정한다. 결코 어려운 게 아니다. 현실 안에 녹아든 수많은 질문과 영혼을 바라볼 수 있다면, 모두가 가질 수 있는 태도다.

다시 앞으로 돌아가서, 위에 소개한 과자처럼 근사한 아이디어가 빛나는 제품을 보면 바로 이런 생각을 한다.

"이 회사에 빛나는 몇몇 인재가 들어왔구나."

"대체 어떤 생각을 가진 직원들일까?"

"앞으로 또 어떤 획기적인 제품을 출시할까?"

비록 그들을 현실 세계에서 직접 만날 수는 없지만, 이런 다양한 질문을 통해 24시간 내내 그들과 상상의 대화를 즐긴다.

"어디에서 무엇을 하던 사람들일까?"

"평소에 어떤 생각을 하면서 살고 있을까?"

"그들에게 과자란 어떤 의미인가?"

여기에서 시작한 생각은 이렇게 연결되며 내 멈춘 정신을 깨우고 글을 쓰게 만든다.

"가장 처음 이런 생각은 어떻게 하게 된 걸까?"

"누구나 한 번은 해봤던 생각을 실천에 옮기려고, 그들은 얼마나 많은 반대에 부딪치며 고민했을까?"

"아무도 풀지 못한 문제를 해결하는 방법은 어떤 방식의 사색으로 가능했을까?"

이제, 내 생각은 조금 더 실질적인 부분으로 들어간다.

"그래도 과자 부분인 줄기를 조금은 남겨야, 초콜릿과 함께 씹는 맛이 좋아진다는 의견에, 그들은 어떤 과정과 결과로 자신의 생각을 증명했을까?"

"힘든 시간을 견딘 본질적인 힘은 어디에 있을까?"

"창의적인 아이디어는 어떻게 근사한 결과로 나오는가?"

그리고 언제나 그렇듯 질문은 내게로 연결된다.

"나는 여기에서 무엇을 배울 수 있나?"

"그걸 한 줄로 압축하면 뭐라고 표현할 수 있나?"

"요즘 쓰는 원고에 그 한 줄을 연결하려면, 어떤 시각과 과정이 필요한가?"

"그렇게 해서 나온 글은 세상에 필요한 것인가?"

"쓸모를 더 강하게 키우려면 어떻게 해야 하나?"

세상에 완전히 새로운 생각은 존재하지 않는다. 먼저 다양한 영역에서 빛나는 것들에 경탄한 후, 부정적인 생각을 지운 비판적 시선으로 창조한 시공간을 초월한 질문을, 비가 쏟아지듯 던져야 한다. 먼저 길을 떠난 누군가가 있어서 우리는 늘 새로움을 추구할 수 있고, 그 삶의 끝없는 반복을 통해 깊어질 수 있다. 창조의 세계는 지능과 재능이 아니라, 반복적인 시도가 가장 중요하다. 세상에 성공을 완벽히 직감하면서 무언가를 시도하는 경우는 별로 없다. 중요한 건 바로 이 정신이다.

"자꾸 시도하다 보면,

실수로라도 멋진 게 나온다.

시도가 곧 당신의 창조성이다."

그래서 내게는 이런 루틴이 하나 있다. 바로 '세 번 생각하고 쓰기'인데, 간단하게 설명하면 이렇다. 여러분도 내 방식을 그대로 받아들인다면 보고 경탄하고 쓰는 나날을 경험할 수 있게 될 것이다. 나는 무언가를 쓰고 싶다는 생각이 들면, 본격적으로 앉아서 쓰기 전에 쓰고 싶은 주제에 대해서 생각한다. 오랫동안 생각해서 쓸 이야기가 떠오르면 그걸 그대로 글로 옮기지 않고, 다시 그 이야기에 대해서 깊이 생각한다. 그렇게 세 번 생각한 것을 마침내 글로 쓴다. 생각하는 과정은 짧으면 몇 분에 끝나지만, 때로는 몇 년이라는 기간이 필요할 때도 있다. 단순히 기간이 중요한 것이 아니라, 생각한 문제가 풀려야 끝난 것이기 때문이다. 어떤 걸로 유혹해도 풀리지 않으면 쓸 수 없다.

글은 자신을, 읽은 사람을 생각하게 만들어야 한다. 그래야 비로소 살아 있는 글이라 할 수 있다. 쓰는 사람은 더욱 여러 번 생각해야 한다. 그래야 보고 경탄한 것을 글로 매일 새롭게 전할 수 있다. 반복해서 생각하라. 생각하지 않고 쓴 글로는, 읽는 사람을 생각하게 할 수 없으니까.

## 남길 가치가 있는 글을 쓸 수 있게 돕는 기획법

간혹 SNS에서 보면 댓글을 썼다 지우거나, 포스팅을 했다가 곧 삭제하는 사람이 있다. 문제는 공통적으로 나타나는 현상이 아니라, 늘 그러던 사람이 또 그런다는 것이다. 왜 늘 같은 사람에게만 이런 일이 반복해서 일어날까? 물론 다양한 이유가 있을 것이다. 세상에는 이런 말이 있다.

"사람을 채용했으면 믿고,
믿지 못하면 채용하지 말라."

채용 분야에서만 통하는 글이 아니다. 글쓰기에도 마찬가지로 이렇게 적용되기 때문이다.

"글을 썼으면 남기고,
남길 글이 아니면 쓰지 말라."

물론 지우는 사람도 마음이 편하지는 않을 것이다. 지우는 다양한 이유가 있겠지만 결국에는 남길 가치가 적다고 판단해서 그런 결정을 내린 것이고, 나중에 생각해보면 글을 쓰기 위해서 투자한 아까운 시간만 날린 꼴이 된다. 그게 바로 핵심이다. 우리는 왜 자꾸 소중한 시간을 투자해서 정성을 담아 쓴 글을 자꾸 지우거나 비공개 처리를 하는 걸까? 간단하다. 앞서 말했지만 남길 가치가 지우려는 마음을 이기지 못해서 그렇다. 그럼 남길 가치가 있는 글을 쓰려면 어떻게 해야 할까? 기획이 중요하다. 조금 강하게 말하자면, "세상에 나쁜 글은 없다. 당신의 글이 읽히지 않는다면, 그건 단지 기획이 잘못되었을 뿐이다"라는 말로 기획의 중요성을 전하고 싶다.

글을 쓰는 사람은 필연적으로 기획을 해야 한다. 기획은 여기저기에 흩어져 있는 영감을 체계적으로 모아서 읽는 사람에게 전해주는 뼈대와도 같은 역할을 한다. 나도 역시 매일 '쓰고 싶은 분야'를 기획하고, '쓸 내용과 연구하며 실천할 내용'을 기획한다. 기획을 대하는 내 태도 중 가장 중요한 것은, 나는 온오프라인 마케팅이나 디자인 그리고 제작과 유통까지, 모두 최고의 기획을 전파하기 위해 있는 조직이라고 생각한다는 사실이다. 이건 기획에 대한 과도한 자부심이나 착각이 아니다. 기획을 그저 '팔 수 있는 상품을 고안하는 것'이라고 한정하면 결국 이런 이야기만 듣고 시장의 호응을 얻지 못하고 사라질 확률이 높다. "참 좋은데, 어떻게 팔아야 할지 모르겠네." "상품은 좋은데 팔리질 않네." 마찬가지로, 마케팅을 그저 물건을 파는 걸로, 제작을 그저 물건을 만드는 걸로 생각하면 좋은 결과를 내기 힘들다.

근사한 기획을 하려면 일의 태도를 먼저 점검하고 적절하게 바꿔야 한다. 당신은 어떤 태도를 갖고 있는지 살펴보라. 세상의 모든 일하는 사람은 태도에 따라 이렇게 3가지 부류로 나눌 수 있다. 하나는 그냥 시키는 대로 하는 사람이다. 이런 사람은 결국 회사를 나가라고 시키면 그것까지 이행하게 된다. 또 하나는 자기가 맡은 분야에만 몰두하는 사람이다. 물론 좋은 자세이지만, 다른 부서와 협업도 이루어지지 못하고 노력 대비 원하는 결과를 내지 못할 가능성이 높다. 마지막이 바로 자신의 분야를 중심에 두고 다른 분야를 조망하며 관찰하는 사람이다. 이들은 그 일의 시작과 끝까지 짐작할 수 있으므로 언제나 노력 이상의 결과를 낸다.

남길 가치가 있는 글을 써서 모두가 만족하는 결과를 내려면, 마찬가지로 자기 전문 분야를 중심에 두고 나머지 분야를 바라볼 줄 알아야 한다. 다른 분야를 사소하게 생각하는 것이 아니라, 시작부터 끝을 짐작하게 만들 입체적 사고를 위해서 그렇게 하는 거다. 그럼 자기 분야만 생각할 때는 보이지 않았던 온갖 종류의 수정하고 보완할 부분이 그 모습을 드러낼 것이다. 하나의 렌즈로 열을 조망하는 사람은 언제나 좀 더 수준 높은 결과를 낸다. 인간은 다채로운 내용과 다면적인 성격을 가진 생명이다. 그런 그들에게 다가가려면 당연히 자신의 분야를 중심에 두고 다른 모든 분야를 바라볼 수 있는 폭이 넓은 시각을 가져야 한다.

기존에 존재하던 생각의 틀에서 벗어나려면
아예 기준 자체를 혁신적으로 바꿔야 한다.

매일 세상이 칠한 의미를 지우고
내가 본 의미를 부여한다.
그게 기획의 시작이다.

이를테면 산책할 때 나는
숲속을 걷는 게 아니라
내 안을 걷는 것이다.
숲속에 내가 있는 게 아니라
내 안에 숲이 있는 것이다.

눈에 10개의 영감이 보이면 낚아채서
그걸 구분할 10개의 분야를 정하고,
다시 2개씩 짝을 이뤄서 5개로 만들고,
중심을 관통할 하나의 줄기를 창조한다.
사람들은 그 줄기를 콘셉트라고 부르더라.

✉

최초 영감의 발견과 짝을 이루는 과정,
5개로 구분해서 하나로 압축하는 과정,
그 모든 순간순간에 나는 나를 파괴한다.
나를 완전히 파괴하지 않으면,
그것들을 결합시킬 수 없다.

# 세상에서 가장
## 어렵게 쓰는 사람

치열한 사색과 관찰을 통해 영감이 떠오르면 최대한 많은 시간을 투자해 글을 써서 SNS에 일단 포스팅을 하고, 바로 다시 읽으며 검토한다. 기준은 하나다. "누군가의 마음을 아프게 하는 부분이 혹시 있나?" "나의 이기심에서 나온 표현이 있나?" "내가 부여한 의미를 살리기 위해 혹시 누군가를, 누군가의 일과 직업을 낮춰 표현하지는 않았나?" 그런 부분이 조금이라도 나오면 아무리 오랫동안 쓴 글도 바로 삭제하고 미련을 두지 않는다. 그 글이 내게 아무리 많은 이득을 줘도, 그것이 누군가의 마음을 아프게 한 결과로 이루어진 것이라면, 세상에 아무런 가치도 전할 수 없기 때문이다. 이를테면 코로나 이후로 '확진자'가 된 후에, '(살이) 확찐자'가 되었다는 식의 표현이 유행했는데, 이 표현이 내 글에서 아무리 빛나는 역할을 할지라도 나는 이것 하나를 쓰고 싶지 않아서 모든 글을 지우고 잊

94

는다.

　이유는 간단하다. '확찐자' 자체는 유쾌하고 재미있는 표현이지만, 세상에는 '확찐자'가 된 후에 세상을 떠난 이들도 분명 존재하기 때문이다. 갑자기 생을 달리한 그들을 사랑했던 가족이나 지인에게 '확찐자'라는 표현은 마음을 아프게 하는 무거운 표현일 수 있다. 그래서 그런 식의 표현은 사용하지 않는다. 이렇게 응수할 수도 있다. "그런 사소한(?) 단어 하나하나 신경을 쓰면 글을 어떻게 쓰나!" 맞다. 좋은 지적이다. 그래서 글 한 줄 쓰는 게 어려운 거다. 그런 사소하다고 생각되는 하나하나도 무겁게 받아들여야 어제보다 조금은 나은 글을 쓸 수 있어서 그렇다.


　　오늘도 쓰는 삶은 정말 어렵다.

　　그러나 결코 힘든 것은 아니다.

　　어렵지만 힘든 일은 아니다.

　　거기에 바로 희망이 있다.

　　뭐든 어려워야 가치가 있는 거니까.

　　나는 내년에는 더 어렵게 쓸 것이고,

　　10년 후에는 더욱더 어렵게 쓸 생각이다.

　　세상에서 가장 어렵게 쓰는 사람이 되고 싶다.

# 당신의 하루는
## 글쓰기에 최적화된 상태를 원한다

자신의 일상을 글쓰기에 최적화된 상태로 유지하기 위해 최선을 다했던 괴테는 언제나 '개인의 소중함'을 강조하며 마지막까지 지키려고 분투했다. 그가 세운 원칙은 크게 다음 2가지다.

1. 모든 선택은 자신의 의지로부터 시작해야 한다.
2. 우선적으로 자신의 행복을 추구해야 한다.

그리고, 거기에서부터 마침내 전체의 행복이 생겨난다고 생각하며 이렇게 말했다.

"모든 사람이 각자 자기의 의무를 다하고, 모두가 자신이 맡은 일의 테두리 내에서 정직하고 유능하게 행동한다면, 전체의 평화와 성장은 저절로 이루어진다."

그는 글을 쓰면서 사는 작가로서의 직업에 충실하기 위해, 평생
다음 2가지를 자신에게 묻지 않았다.

"대중이 원하는 것이 무엇일까?"
"어떻게 전체를 이롭게 할까?"

그가 글쓰기로 최적화된 상태를 유지하기 위해 평생을 지킨 원칙
의 핵심은 '자기 자신으로 돌아가는 것'이다. 자신의 '통찰력'을 키
우고 자신의 '인격'의 질을 높이면서, 스스로 '위대한 가치를 담고
있다고 생각한 것만'을 표현했다. 평생 지킨 그의 원칙을 아주 간단
하게 표현하면 이렇다.

"부모는 가정을 지키고, 자영업자는 고객을 섬기고, 성직자는 이웃 간의
사랑을 돌보고, 경찰은 시민을 지켜야 한다."

아주 간단한 원칙이다. 하지만, 이 당연하다고 생각되는 원칙을
잘 지키지 못하는 이유가 뭘까? 마음 안에 '욕심'과 '미움', '분노' 등
부정적인 감정이 스며들기 때문이다. 괴테는 이 부분에 대해 아주
솔직하게 자신의 생각을 털어놓았다.

"내가 작가로서 대중이 원하는 바를 목표로 삼고 그것을 충족시키려 했다

면, 잡다한 이야기를 늘어놓으면서 그들을 조롱했을 것이다."

자신에게 집중하지 않고 자꾸만 다른 사람을 바라보게 되면 그의 단점과 비난할 부분만 보인다. 동시에 상대를 비난하기 위해 자신에게 집중할 시간을 소비하게 된다. 하지만 각자 자기에게 주어진 원칙에 충실한 삶을 살면 모든 게 해결된다. 괴테는 그것을 강조하고 싶었던 것이다.

글쓰기를 위해 최적화된 삶을 살기 위해서는 괴테의 조언처럼 삶을 재구성해야 한다. 최적의 사례를 하나 소개한다. 하루는 아는 후배가 1년 동안 고생해서 모은 돈으로 주식 투자를 시작했다. 그가 얼마나 힘들게 돈을 모았는지 알고 있는 나는, '주식으로 돈을 버는 게 얼마나 어려운 일이고, 혹시 벌더라도 엄청난 대박이 아니면 시간 낭비일 뿐'이라는 사실을 알려줬다. 개인적인 생각이지만, 주식 투자에 시간을 소비하는 것보다 그 시간을 자기 분야의 전문가가 되기 위해 투자하는 게 효율적이라고 생각했기 때문이다. 한 증권 전문가는 내게 놀라운 이야기를 들려줬다.

"당신이 죽는 날까지 투자를 해서 100원이라도 벌었다면, 주식 투자자 중에 상위 20퍼센트라고 보면 됩니다."

나는 후배에게 이렇게 질문했다.

"너는 겨우 100원을 벌기 위해, 너의 평생을 투자할 생각이니?"

나는 주식이 나쁘다고 말하려는 게 아니다. 무언가 하고 싶은 일이 있다면 그것을 이루기 위해 시간을 조금 더 효율적으로 사용하길 바랄 뿐이다. 괴테는 언제나 시간을 강조했다. 우리가 글을 쓸 수 있는 시간은 아주 제한적이기 때문이다. 무엇보다 중요한 건 내 삶이고 내 시간이다. 글을 쓰려는 사람은 '세상의 중심은 나'라고 생각해야 한다. 가령 "떡볶이의 주인공이 무엇이라고 생각하시나요?"라는 질문을 하면, 다양한 답이 쏟아질 것이다. '떡' '어묵' '떡볶이 국물에 흠뻑 젖은 김말이' '곁에 있는 어묵 국물' 혹은 '국물에 빠진 부드러운 무' 등 기호에 따라 다양한 답을 내놓을 것이다.

마찬가지다. 삶의 주인공은 세상이 아니라, 내가 정하는 거다. '나는 세상의 주인공이다'라고 생각하면 누구나 주인공이 될 수 있다. 글쓰기의 중심은 바로 자기 자신이다. 타인을 위해 글을 쓰는 사람은 없다. 글쓰기를 시작하지 못하는 이유는 자신이 없기 때문이 아니라, 주인공의 삶을 살지 않고 있기 때문이다. 타인을 위해 일하는 사람은 글을 쓸 수 없다. 삶의 주도권을 모두 빼앗겼기 때문이다.

'주인공이 되면, 비로소 글쓰기가 시작된다.'

괴테는 그것이 바로 인간만이 누릴 수 있는 특권이라고 생각했다. 자기에게 집중하며 글을 쓰는 사람은 외부 세계에 존재하는 수단을 자신에게로 끌어당겨 위대한 글을 쓰는 데 사용할 수 있기 때문이다.

어떻게 하면 글쓰기에
최적화된 삶을 살 수 있나?

글쓰기에 최적화된 삶을 살기 위해서는 최대한 자신에게 집중하는 삶을 살아야 한다. 이에 괴테는 그런 삶을 살기 위한 3가지 방법을 제안한다. 물론, 여기에 제시한 방법이 현실에서 실천하기 쉽지 않을 수도 있다. 집안 문제도 있을 것이고, 직장에서의 문제가 여러분의 팔목을 잡을 수도 있다. 하지만, 괴테는 글을 쓰고 싶다면 반드시 자신의 제안에 따라야 한다고 강조하며 이렇게 외친다.

"살다 보면 자신에게 필요한 일을 꼭 관철시켜야 할 때도 있는 법이다."

## 01. 사라지는 것들에서 벗어나라

자기 업에서 대가가 된 사람은 언제나 정치권의 유혹을 받는다. '대가의 이미지를 정치적으로 이용하라'는 무언의 권유인 셈이다. 괴테가 살았던 시대도 마찬가지였다. 하지만, 괴테는 철저하게 그 유혹을 뿌리쳤다. 그는 정치에 관여하지 않았던 이유에 대해 이렇게 말했다.

"정치인이 된 그들은 2가지 현실과 마주하게 된다. 최상의 경우는 국민의 도구가 되는 것이고, 대부분의 경우에는 한 당파의 도구로만 사용된 후 버려지는 것이다."

당시 문인 중에는 정치적인 시를 쓰며 한 당파를 지지하는 사람이 많았는데, 괴테는 이마저 조심해야 한다고 강조하며 이렇게 말했다.

"그 시가 훌륭하다면 국민과 당파가 열광적으로 받아들이겠지. 하지만, 정치적인 시는 언제나 그 시대 상황의 산물로만 간주될 수 있을 뿐이다. 시대가 지나가고 나면 그 시의 주제에서 생겨났던 가치도 함께 사라지게 된다."

우리를 유혹하는 대부분의 것들은 시간이 지나면 사라지는 것들이다. 그래서 괴테는 세월이 아무리 흘러도 사라지지 않는 좀 더 영원한 것들에 자신의 삶을 바치려고 노력했다. 아주 대단한 그 무엇이 아니라, 자기에게 주어진 일에 최선을 다하며 그 업에서 나아지려는 노력을 하고 있다면 그걸로 충분하다. 바로 이렇게 말이다.

"우리 모두가 똑같은 방식으로 조국에 봉사할 수는 없다. 각자에게 하늘이 정해준 천분이 있으니 거기에 따라 최선을 다하면 된다. 나는 반세기 동안 나의 몫으로 정해진 분야에서 밤낮으로 쉬지 않고 일하면서, 힘닿는 한 끊임없이 노력하고 연구하고 글을 썼다."

## 02. 지름길의 유혹에서 벗어나라

성장의 모든 요인이 치열한 노력으로만 이루어져 있다면 그건 굉장히 권장할 만한 일이다. 하지만, 문제는 노력이 아닌 꼼수나 편법으로 '성장한 것처럼' 보이게 만드는 것이다. 그들을 자세히 관찰해보면 겉은 화려하지만 속은 텅 텅 비었다는 사실을 알 수 있다. 이런 종류의 성장 방식이 재능 있는 사람의 삶을 갉아먹는다는 사실을 잘 알고 있던 괴테는 이렇게 조언한다.

"후추를 많이 친 음식을 한번 맛보고 거기에 익숙해지면, 보다 더 많은 자극을 원하고 보다 더 강렬한 걸 찾는 법이다. 그게 대중의 속성이다."

자신을 돌아보라. 만약 당신이 글로 세상에 영향을 미치고 사람들에게 인정받기를 간절하게 소망한다면, 스스로 독자적인 길을 걸어갈 만큼 위대한 능력을 갖추고 있는지 생각해보라. 만약 그런 능력이 없다면, 결국 시대의 취향에 순응할 수밖에 없게 될 것이다. 그러곤 무시무시하고 소름 끼치는 수단을 동원해서라도 선배들을 앞지르려고 노력하겠지. 하지만 실력이 없는 자일수록 남들보다 더 빠르게 가려고 한다는 사실을 기억해야 할 것이다. 고통은 거기에서 시작한다. 효과를 볼 수 있는 외형적 수단만 추구하다 보면 깊은 연구는 등한시되고, 재능이나 인간성을 발전시켜나가는 일보다는 속도에만 집착하게 된다.

## 03. 폼 잡지 마라

무슨 일이나 마찬가지지만, 글 쓰는 사람도 글 좀 쓴다는 말을 들으면 그때부터 폼을 잡는다. 폼을 잡는다는 것은 타인의 시선을 의식한다는 것이다. 그럼 결국 자신과 멀어질 수밖에 없다. 괴테는 이를 경계하며 자신의 글쓰기 원칙을 하나 공개한다.

"나는 시를 쓰면서 결코 허세를 부린 적이 없었다."

허세를 부리지 않는 글을 쓰기 위해 그는 뼈저리게 느끼지 못한 것은 말하지 않았다. 그가 연애시를 쓴다는 것은 지금 그가 사랑에 빠져 있다는 것을 의미할 정도로 그는 실제로 겪는 감정과 이야기로만 글을 썼다. 과장이 없는 글과 말은 그가 허세를 부리지 않도록 욕심을 꽉 잡아주는 역할을 했다. 글쓰기란 멋진 글을 써서 누군가를 감탄하게 하기 위함이 아닌, 나란히 서 그와 같은 감정을 공유하는 것이라고 생각해야 한다. 폼을 잡기보다는 나 자신에게 집중하려고 노력하는 게 좋다.

자, 이제 여러분 모두 각자 자기 삶에 집중해서 주인공의 삶을 살 준비가 되었는가? 본격적으로 글을 쓸 준비가 되었는가? 준비를 마친 그대에게 괴테가 이렇게 외친다.

"살아 있는 동안에는 머리를 하늘로 높이 쳐들고 있어야 한다. 무언가를 해낼 수 있는 동안에는 고삐를 늦추지 말아야 하니까!"

그가 그랬던 것처럼, 뜨거운 열정으로 자신에게 집중하며 글쓰기에 최적화된 하루를 만들라.

# 둘 중 하나가 아닌,
## 둘 다 감쌀 마음을 담아라

가장 쉽고 빠르게 타인의 이목을 집중시키며 동시에 호응과 갈채를 받는 글쓰기 방법은 모든 것을 둘로 나눠서 하나를 맹목적으로 지지하는 내용의 글을 쓰는 것이다. 물론 비인간적이다. 냉혹하고 저열해서 오래가기 어렵다. 그들은 사람들의 마음속에 차마 꺼내지 못하지만 지지하는 하나의 성향이 있다는 사실을 잘 파악하고 있다. 누군가 거기에 맞는 글을 쓰면, 쓴 사람에 대한 평가나 비판은 전혀 없이 무작정 그를 지지하며 옹호한다. 수세기 동안 변하지 않는 사실이다. 맹목적인 글은 필연적으로 맹목적인 지지자를 모은다.

다 좋다. 하지만 결정적인 문제가 하나 있다. 둘로 가르고 하나만 맹목적으로 지지한 내용의 글을 쓰면, 나머지 하나를 선택한 자들의 비난을 받거나 마음을 아프게 한다는 점이다. 사랑을 얻기 위해 나머지 반의 마음에 고통을 줘야 한다. 모두를 만족시키는 글은 쓸 수 없겠지만, 최소한 한 사람이라도 마음을 아프게 한다면 그 글은 지우는 게 좋다. 그게 나와 괴테가 공통적으로 가진 글쓰기 원칙이기도 하다. 스스로 판단할 때 아무리 근사한 표현의 글이 나와도 그 글로 인해서 누군가 아파야 한다면 미련 없이 그 글을 삭제한다. 때로 글은 창보다 무섭게 한 사람의 인생 전부를 찔러 죽이기 때문이다.

글쓰기란 결국 자신이 설정한 '생각의 틀'에서 벗어나려는 노력을 멈추지 않는 지적인 도전이다. 모든 것을 둘로 나누고 하나만 맹목적으로 지지하는 글을 쓰는 일은 생각이 거의 필요하지 않아, 누구나 쉽게 쓸 수 있는 글이기 때문에 자기 발전에도 별 도움이 되지 않는다. 예를 들어보면 이해는 더욱 쉬워진다. 간혹 각종 SNS에서 책을 내는 작가들이 구독자들에게 표지 선택을 부탁하며 샘플을 2개 정도 올린다.

"1번이나 2번 중 하나를 선택해주세요."

이런 방식의 글에는 댓글이 엄청나게 많이 달린다. 이유는 간단하다. 앞에서 언급한 것처럼 둘 중 하나를 고르는 일은 깊은 생각이 필요하지 않아 누구에게나 쉬운 일이기 때문이다. 그러나 질문을 이렇게 바꾸면 이야기는 달라진다.

"혹시 따로 생각하고 계신 더 좋은 표지 모델이 있다면 제안해주세요."

이러면 정말 놀랍게도 댓글이 하나도 달리지 않을 가능성이 높다. 둘 중 하나가 아닌 깊은 생각에서 나온 자신의 선택을 묻는 질문이기 때문이다.

여러분에게 위대한 글을 쓰라는 것이 아니다. 위대한 글은 누구나 쉽게 쓸 수 있는 것이 아니다. 그러나 최소한 좋은 글은 누구나 쉽게 쓸 수 있다. 또한 처음부터 위대한 글은 없다. 좋은 글이 쌓여서 오랜 시간이 흐르면, 그 흐름에 따라서 위대해지는 것이기 때문이다. 누군가의 마음을 위로할 수 있는 좋은 글을 쓰고 싶다면, 다음 3가지만 기억하면 된다.

1. 누군가의 마음을 아프게 하는 글은 좋은 글이 아니다.
2. 이분법으로 세상을 구분한 글에는 깊이가 없다.
3. 타인의 주장을 힘으로 억누르려는 모든 시도는 결국 파멸로 치닫는다.

조금 느리게 걷더라도 어제보다 오늘 더 마음에 닿는 글을 쓰려고 노력하자. 둘 중 하나가 아닌, 둘 다 감쌀 마음을 담아야 그 글이 빛날 수 있다. 좋은 글은 결코 누구의 마음도 아프게 하지 않는 법이다.

## SNS를 활용한 생산적인 4가지 글쓰기 방법

"작가님, 보통 사람이 일상에서 글쓰기 훈련을 하려면 어떻게 해야 할까요?" 이런 질문을 받을 때마다 나는 바로 "당신의 SNS 계정을 하나 만들어서 매일 당신을 글로 써서 올려라"라고 말한다. 글을 쓰려는 모든 사람에게 SNS는 매우 효과적인 글쓰기 공간이다. 나는 인스타그램, 네이버 블로그, 카카오톡 채널, 페이스북, 브런치, 카카오스토리 등을 운영하며 거의 매일 각각의 사이트에 맞는 글을 써서 올리며 글쓰기 연습을 한다. 이전에 쓰던 메모장이나 노트 역할을 이제는 SNS가 대신한다고 생각하면 맞는다. 이제 SNS에 글을 쓰지 않는 사람은 메모를 하지 않는다는 증거라고 볼 수 있을 정도다. 다음 4가지 사항만 일상에서 지키면 누구나 SNS를 활용해서 자기 삶의 작가가 될 수 있다.

## 01.  느낌표 제대로 쓰기

잘 살펴보면 유독 SNS에서 느낌표나 물음표를 습관적으로 사용하는 사람이 많다. 가령, 매우 슬픈 내용의 "기르던 고양이가 죽었어요!!!"라는 글에 느낌표를 쓰면, 읽는 사람 입장에서는 슬픔의 깊이를 도저히 알 수가 없다. 문제는 동물에서 끝나는 게 아니라 사람의 경우에도 자주 그렇게 사용한다는 것이다. 느낌표는 열정이나 기쁨, 행복 등의 좋은 감정과 함께 사용하는 게 좋다. "너무 힘들어요!"가 아니라, "좋은 일이 많아 좋아요!"라는 식의 글이 알맞다. 습관처럼 찍는 느낌표 하나로 상대에게 허술하고 공감력이 부족한 사람으로 보여질 수 있다는 사실을 기억하자. 또한 이게 아니더라도 느낌표를 너무 남발하게 되면, 무엇에 그렇게 경탄하거나 놀랐는지 제대로 표현하지 못하게 되니 선명한 표현력도 잃게 된다.

## 02.  버려지는 글은 쓰지 않기

글을 매우 자주 그것도 길게 써서 SNS에 올리지만, 도저히 글이라고 볼 수 없는 분노와 비난으로만 가득한 감정의 앙금 덩어리를 남기는 사람이 있다. 편을 나누고 다른 편을 공격하는 글, 비난과 분노로 가득한 글은 잘 읽히지 않는다. 쓰는 동시에 사라지는 글이라고 볼 수 있다. 나는 최대한 좋은 마음만 글로 남기려고 한다. 방법은 간단하다. 특정 직업과 사람, 단체와 나쁜 감정은 드러내지 않고 쓴다. '통쾌하다'라는 감정을 느끼지 않고 쓴다. '통쾌하다'라는 표현은 대개 상대에 대한 복수나, 보기 싫었던 누군가를 아프게 하며 느끼는 안 좋은 감정이기 때문이다. 이순신 장군도 치열한 전투와 조정 대신의 비난 속에서도 단 하나의 '통쾌하다'라는 표현도 일기에 적지 않았다. '통쾌하다'라는 표현은 타인을 의식한 표현이다. 자기 삶의 승리자는 내면으로부터 나오는 표현을 쓴다. 그런 자세로 글을 써야 버려지지 않는 귀한 글을 쓸 수 있다.

## 03. 매일 원고지 10장 쓰기

한때 매일 원고지 10장 쓰기 책이 유행한 적이 있다. 좋은 시도다. 하지만 지금은 시간이 많이 흘렀다. 원고지에 글을 쓰는 사람은 거의 없다. 그 역할을 이제는 SNS가 대신하기 때문이다. 하루에 3번, 스마트폰으로 스크롤을 움직이지 않고 한눈에 보일 정도의 길이로 글을 쓰면 보통 원고지 10장 정도 쓸 수 있다. 600자 정도의 글을 하루에 3개 정도 쓰는 양이다. 나는 매일 그 5배인 원고지 50장을 쓴다. 물론 직장에 다니며 글을 쓰기란 쉽지 않다. 하지만 반대로 직장에 다녀서 쓸 이야기가 많다는 장점도 있다. "매일 반복되는 일상이라 쓸 이야기가 없다"라고 말한다면, 반복하는 자신의 잘못이지 당신의 일은 잘못이 없다는 사실을 기억하자. 반복되는 일상에 변화를 주려는 시도를 하자. 글은 그렇다. 쓰려고 작정하면 쓸 이유가 가득하고, 쓰지 않으려고 작정하면 못 쓸 이유가 가득해진다. 선택은 당신의 몫이다. 당신은 쓸 수도 있지만, 안 쓸 수도 있다.

## 04. 기쁜 마음으로 시작하라

"글을 쓰는 게 기쁘지 않아요" "작가님처럼 기쁜 마음으로 써지지 않아요"라며 쓰기를 미루는 사람도 있다. 큰 착각을 하고 있는 거다. 나도 쓰는 게 기쁘지 않다. 매우 중요한 부분이다. 나는 쓰는 게 기쁜 게 아니라, 쓰는 과정에서 기쁨을 발견하는 사람이다. 쓰는 것 자체가 기쁜 작가는 별로 없다. 쓰기 시작해야 비로소 그 과정에서 기쁨을 발견할 수 있다. 쓰기 싫거나 기쁘지 않아서 시작하지 않으면 영원히 쓸 수 없다. 일단 써야 비로소 느낄 수 있다. '내 주변에서 이렇게 멋진 일이 자주 일어났구나' '아, 내가 모르고 스친 일이 이렇게 많았구나' '세상에 이렇게 좋은 사람이 많구나' 하는 마음을 글로 쓰라. 그대의 SNS가 기쁨으로 가득 차면, 그대의 삶도 그렇게 흐를 것이다. 그게 믿기지 않는다면 주변 사람들의 SNS를 보라, 그 사람이 자기 삶을 어떻게 대하는지 알 수 있다.

위에 나열한 4가지 방법을 일상에서 실천하면 당신이 어디에서 무엇을 하는 누구든 석 달 안에 글을 잘 쓴다는 주변의 이야기를 듣게 될 것이고, 1년 안에 "나도 책을 낼 수 있지 않을까?"라는 생각이 선물처럼 당신을 찾아올 것이다. 물론 그 중간중간 글을 쓰며 슬픔을 몰아내는 방법도 알게 되고, 자존감이 강해져 더욱 아름다운 일상을 보낼 수도 있게 된다. 조금만 시간을 내서 글을 쓰면 우리가 얻어갈 수 있는 것이 이렇게 많다. 이 모든 것이 바로 당신 것이다. 단, 시작만 할 수 있다면.

# 내 글을 읽는 사람을 사랑하는 마음이 필요한 이유

나도 그렇지만 작가들이 자주 하는 말이다. 물론 어느 분야나 공통적으로 나타나는 현상이기도 하다. 내가 만든 걸 즐기는 사람을 사랑하는 마음 없이 진실한 창조는 불가능할 테니까. 그러나 누군가는 이런 의문을 제기할 수도 있다.

"글을 읽는 사람을 향한 사랑, 그게 대체 뭔가요? 괜히 순수한 것처럼 보이려고 그러는 거 아닌가요?"

맞는 말이다. 충분히 그렇게 보일 수 있다. 하지만 나는 글을 쓰면 쓸수록 그것이 무엇인지 깨닫는다. 실제로 오랫동안 그렇게 살아본 사람만이 아는 진실이기도 하다. 동시에 이제는 정말 내 글을 읽는 사람들을 깊이 사랑하는 마음이 없다면, 단 한 줄도 쓰지 말아야 한다는 생각까지 든다. 미안하지만 그렇게 나온 글은 세상에 존재할 가치가 없기 때문이다.

아무리 지금까지 풀지 못한 우주의 신비를 한 번에 증명하는 글이든, 한 번도 본 적 없는 화려하게 빛나는 글이든 마찬가지다. 다음 3단계 과정을 거쳐야, 읽는 사람을 향한 사랑을 글에 담을 수 있으며, 그렇게 해야만 세상에 존재할 가치가 충분한 글이 탄생한다. 나이나 경력은 전혀 중요하지 않다. 초등학생도 이 과정을 통해 언제든 멋진 글을 쓸 수 있다. 하지만 이 과정을 무시하면 어떤 분야의 대가도 쓸모없는 글을 쓰게 된다. 반드시 나의 것으로 만들겠다는 강한 의지를 갖고 읽어보라.

## 1단계

글을 쓰려면 그 대상에 대한 충분한 이해는 기본이다. 지식이나 수준의 차이를 논하는 것이 아니라, 이해한다는 것이 무엇보다 중요하다는 사실에 대해서 말하는 것이다. 최대한 "나는 이것을 정의할 수 있다"라고 말할 정도로 알아야 한다. 스스로 정의할 수 있어야, 그 대상을 자유롭게 다룰 수 있으며 자기만의 시선으로 바라볼 수 있다.

## 2단계

다음에는 글을 읽는 독자에 대한 이해가 필요하다. 이때 필요한 건 질문이다. "이 글을 읽는 독자는 누구인가?" "그에게 필요한 내용이 무엇인가?" "왜 그게 필요한가?" "어떤 방법으로 제공할 것인가?" 이렇게 4가지 질문을 던지며, 독자를 설정하고 이해도를 높여야 한다.

마지막 단계는 1, 2번의 질문에 대한 답으로 나온 것에 맞춰서 내가 쓴 글을 다듬고 또 다듬어야 한다는 사실이다. 글쓰기는 신실한 사람과의 대화다. 당신이 들려주고 싶은 글이 아닌, 상대에게 필요하며 그가 듣기를 강력하게 원하는 글을 써야 한다.

이런 과정을 통해 글을 쓰는 사람은 한없이 겸허한 마음으로 읽는 사람을 생각하고 대하게 된다. 그 차분한 마음은 경험해야만 비로소 가치를 깨닫게 된다. 내가 더 많이 알고 더 깊이 생각하는 능력이 있어서 글을 쓰는 것이 아니고, 내가 당신을 나보다 더 많이 생각하고 그런 당신에게 좋은 것을 전하고 싶어서 글을 쓰는 것이어야 한다. 당신이 어디에서 무엇을 하는 누구든, 그런 상태에서 나온 글이 아니라면 쓸모가 없다. 중요한 건 화려한 필체나 근사한 주제가 아니라, 사랑하는 마음을 가슴에 품는 것이다.

## 뭘 써도 기대 이상의 결과를 내는 글쓰기는 무엇이 다른가?

아무리 애를 써도 일이 뜻대로 잘되지 않는 사람들과 반대로 노력한 만큼 혹은 그 이상의 성과를 내는 사람들 사이에는 어떤 노력으로도 넘지 못할 '언어의 벽'이 있다. 어떤 방법을 써도 잘 안되는 사람들은 그간 분투하며 만든 콘텐츠를 세상에 내놓으며 이렇게 말한다.

"그대가 콘텐츠에 담은 내 마음을 부디 알아주길."

고상하다고 생각할 수도 있다. 그러나 이런 방식의 글을 쓰는 사람은 원하는 결과를 내기 어렵다. 반대로 늘 노력한 것 이상으로 성과를 내는 사람들의 언어는 다르다. 그들의 언어를 섬세하게 감상해보라.

"내가 그대들이 바라는 마음을 콘텐츠에 잘 담았길."

차이가 느껴지는가? 한번 차이가 느껴질 때까지 관찰해보라. 여기에서도 이걸 이해하는 사람과 이해하지 못하는 사람으로 나뉠 가능성이 매우 높다. 안타깝게도 앞서 언급한 뭘 해도 잘 안되는 사람들은 대부분 이 차이를 발견하지 못한다. 그래서 모든 나쁜 것은 악순환이 되어 삶을 자꾸만 망친다. 하지만 그럴수록 더욱 치열한 마음으로 이 글을 읽자.

어디에서 차이가 나는지 지금부터 설명하겠다. 결국 되는 사람과 안 되는 사람의 차이는 언어에서 비롯된다. 만약 당신이 콘텐츠 자체로 의미가 있으니 아무도 알아주지 않아도 괜찮다면 상관없지만, 혼자 방에서 진지하게 "왜 내 콘텐츠는 반응이 없지?"라는 고민을 하고 있다면 내 말에 귀를 기울이길 바란다.

"그대가 콘텐츠에 담은 내 마음을 부디 알아주길."

이렇게 말하는 사람들은 하는 일이 제대로 되지 않을 가능성이 높다. 소비자를 생각하지 않고 혼자만 열심히 했기 때문이다. 하지만 이 생각은 전혀 다르다.

"내가 그대들이 바라는 마음을 콘텐츠에 잘 담았길."

혼자만 열심히 하는 게 아니라, 방향을 잡고 철저하게 소비자의 마음을 이해한 상태에서 최선을 다했기에 전혀 다른 결과를 기대할 수 있게 된다. 중요한 건, 그가 만든 콘텐츠, 즉 글에 사람이 들어 있다는 사실이다.

이 내용을 글쓰기로 변주해서, 하는 것 이상의 결과를 내고 싶다면, 다음 3가지를 꼭 기억하면 된다.


1. 당신 이야기는 당신만 재밌다.

2. 당신의 자서전은 가족도 읽지 않는다.

3. 당신에 대해서 알고 싶은 사람은 별로 없다.

당신이 글을 써서 어떤 콘텐츠를 제공하는 사람이든 그걸 즐겁게 오랫동안 하고 싶다면, 나를 알아주길 바라는 마음에서 벗어나 수많은 그들의 마음을 먼저 헤아려야 한다. 세상이 나를 몰라준다고 비난하지 말고, 내가 세상을 모른다는 사실에 아파하라. 책을 쓰면 다른 길을 하나 더 얻는 거지, 저자가 된다는 것이 결코 성공을 보장하는 게 아니다. 길 하나를 더 얻을 뿐이다. 지금 다니는 직장에서 노력해서 성과를 내고 진급해야 하는 것처럼 저자도 마찬가지의 과정을 거쳐야 한다. 다만 직장과 일의 종류에 따라 성장과 성공의 시간이 달라지는 것처럼, 조금 더 높이 편안하게 오를 수 있는 방법이 있다. 나는 당신에게 그 길을 제시하는 사람이다.

괴테의 지적 능력에 대한 책을 지난 15년간 쓰고 있다. 그를 쓰기 위해 그가 보낸 시간을 살아내야 했다. 간혹 빨리 세상에 보여주고 싶어 서둘렀던 적도 있었지만, 괴테는 늘 내게 조언했다.

"순리를 따르라!"

그 조언을 마음에 담고, 이후 나는 상상하지 않고 실천했다. 모르면 쓰지 않았고, 스스로 이해할 때까지 기다렸다. 여러분도 그 마음을 담고, 자신이 쓴 글을 읽고 삶을 바꿀 독자를 생생하게 상상하길 바란다. 늘 글에 담은 사람을 기억하면 실패하지 않는다. 그렇게 방향을 제대로 잡았다면, 이후에는 시간만 투자하면 된다.

# 자꾸만 글 뒤에 숨지 말라

　간혹 매우 정의로운 내용을 담은 이야기나, 인간이 쉽게 도달하기 힘든 도덕의 가치를 논하는 글을 쓸 때, 많은 사람이 이런 식의 고민을 하게 된다. "괜히 이런 글을 썼다가, '너나 그렇게 살아라'라는 비난만 듣는 게 아닐까?" 맞는 말이다. 그런 식으로 댓글을 쓰는 사람이 분명 생길 것이다. 그런 현실을 피할 수는 없다. 마음이 꼬여 있는 사람은 어디에서나 존재하며 늘 출동할 준비를 마친 상태이기 때문이다. 결국 선택은 둘 중 하나다. 하나는 걱정 때문에 아예 글을 올리지 않는 것, 또 하나는 글 말미에 '나에게 하는 이야기' 혹은 '내가 먼저 이렇게 살자'라는 식의 문구를 추가해서, 혹시 있을지 모를 비난을 살짝 피하는 것이다.

　후자의 방법은 언뜻 현명한 선택처럼 보일 수 있지만, 글을 계속 쓰면서 자신을 발전시키며 살 생각이라면 방식을 바꾸는 게 좋다.

일단 글을 쓰고 살면서 비난을 받지 않겠다는 생각을 가장 먼저 버려야 한다. 자기 생각과 철학을 글로 쓰면서 비난을 받는 것은 매우 당연한 하나의 과정이다. 하나의 분명한 생각은 완전히 다른 하나의 분명한 생각과 마찰을 일으킬 수밖에 없다. 그리고 또 하나, 좋은 내용의 이야기를 글로 쓴 후에 앞에 언급한 것처럼 혹시 모를 비난을 대비해서 '나에게 하는 이야기' '내가 먼저 이렇게 살자' 등의 표현을 사용하는 것도 좋지 않다. 이유는 간단하다. 글을 오랫동안 쓰며 자기만의 성장을 도모하기 위해서는 반드시 자신의 주장을 자신 있게 글에 담을 수 있어야 하기 때문이다. 그런 태도는 자신의 글 뒤에 숨는 비겁한 행동이라고 볼 수 있다.

사실 매우 당연한 이야기다. 하지만 당연한 게 언제나 가장 어렵다. 그러나 이런 방법이 하나 있다. 도덕적인 이야기를 주제로 글을 썼다면 '나에게 하는 이야기'라고 하기보다는 그런 말이 필요 없을 정도의 일상을 이미 보내고 있으면 된다. '나 정도면 이 정도 글은 쓸 수 있지'라는 자신감이 있어야 한다는 말이다. 자기 삶에 자신을 갖게 되면 그 안에서 나온 모든 글에도 자연스럽게 자신감이 생기게 된다. 쓰고 싶은 글이 있다면, 글대로 오늘을 살아보라. 그럼 글을 쓸 때부터 느낌이 전혀 다를 것이다. 아는 것을 낭독할 때와 전혀 모르는 것을 낭독할 때, 듣는 사람이 느끼는 감동의 깊이가 다르듯, 글 역시도 해본 것을 쓸 때 자신도 모르게 강한 자신감을 갖게 된다.

중요한 것은 글 뒤에 숨는 게 버릇이 되면, 자신의 글을 쓸 날이 점점 멀어진다는 거다. 당당하게 글 앞으로 나와 당신의 생각을 선명하게 써라. 그게 어떤 세상에서도 성장하는 글쓰기의 시작이다.

# 3장

질문,

어떻게 하면 도움을 줄 수 있는가?

## 매일 연결고리 만들기 연습을 반복하라

다음에 나열한 단어에 어떤 공통점이나 흐름이 느껴지는지 한번 읽어보라.

바다 / 나무 / 없다 / 힘 / 나약 / 지키기 / 전쟁 / 식민지

일상에서 오랫동안 글을 써본 사람이 아니라면, 공통점을 찾기 쉽지 않을 수 있다. 글쓰기란 결국 일상에서 만난 수많은 조각을 질문을 통해 하나로 연결하는 작업이다. 그걸 마음에 새기며 다음 내용을 읽어보라.

하루는 이런 내용의 글을 읽었다.

"조선 시대에는 바닷가에 나무가 거의 없었다."

그 한 줄을 읽고 나는 책을 바로 덮고 생각에 잠겼다. 머릿속에는

이 세 단어만 여기저기로 돌아다니고 있었다. "바다, 나무, 없다!" 그리고 나는 내게 이렇게 질문했다.

"왜 조선 시대에는 바닷가에 나무가 없었을까?"

그렇게 나온 생각을 이렇게 조금씩 연결했다.

**01.** 당시에는 외적의 침략을 워낙 자주 받았던 시기라서 일부러 사람이 살지 않는 것처럼 보이려고 나무를 강제로 베어내는 일을 한 게 아닐까?

**02.** 만약 정말 그랬다면 정말 안타까운 일이다. 나라에 힘이 없으니 있는 것마저 없는 것처럼 아깝게 베어서 버렸으니 말이다.

**03.** 결국 조선이 날이 갈수록 나약해진 이유는 그렇게 지키기에만 급급한 정책을 펼쳤기 때문이 아닐까.

**04.** 그러니 더욱 국력은 쇠약해지고 늘 침략을 받다가 결국에는 전쟁이 나서 식민지 신세로 전락하게 된 게 아닐까.

어떤가? 앞서 나열한 단어를 하나하나 추가해서 연결하며, 이렇게 나만의 결론을 낸 것이다. 누구도 내게 어떤 정보나 지식을 주지 않았지만, 단어와 질문을 적절히 활용해서 하나의 글로 구성한 셈이다. 물론 이런 사항을 실제로 확인해보니 역사적으로 모두 맞는 이야기였고 추가로 이런 사실까지 하나 덤으로 알게 되었다. 당시에는 나무만 베어낸 것이 아니라, 금이나 은이 나오면 바로 땅에 묻으라는 조치도 있었다고 한다. 이유는 나무를 베어낸 것과 같다. 외적이 약탈할 수 있으니 숨기라는 것이다. 금과 은을 땅에 묻지 않고 교역에 활용하거나 각종 예술품을 만드는 데 사용했다면 조선의 문화와 예술은 더욱 성장했을 것이며 국력 역시 높은 수준으로 올라갔을 것이다. 한마디로 지키고 빼앗기지만 않겠다는 정신이 조선을 나약한 상태로 만들어 식민지 신세가 된 것이다.

어떤가? 지금까지 내가 하나하나 단어를 연결해서 쓴 글은 실제로《1일 1페이지 인문학 여행 한국편》에 실렸다. 이런 방식의 글쓰기가 중요한 이유는 자신이 본 것에서 출발해서 아무도 못 본 것들을 추측하고 짐작하며 새롭게 하나의 의견을 제시할 수 있게 해주기 때문이다. 이 질문법이 바로 내가 배우거나 연구하지 않아도 수많은 분야에 대한 글을 쓸 수 있는 비결이기도 하다. 다시 한번 아래 단어를 염두에 두고 위에 쓴 글을 읽어보라. 이렇게 한 줄 혹은 한 단어만 있으면 누구나 나만 쓸 수 있는 한 편의 글을 완성할 수 있다.

바다 / 나무 / 없다 / 힘 / 나약 / 지키기 / 전쟁 / 식민지

쉽게 말해서 우리가 일상에서 만나는 모든 상황과 그때마다 느끼는 감정은 글쓰기라는 자동차를 움직이는 최고의 연료다. 그런데 많은 사람이 그 연료를 다른 곳에 쓰고 있다. 안타깝게도 소중한 자동차를 폭파하는 연료로 사용하는 것이다. 주유소에서 연료를 넣는

이유는 자동차를 원하는 곳으로 운전하기 위해서다. 마찬가지다. 일 상에서 마주치는 온갖 상황과 그때마다 느낀 감정을 글쓰기라는 자 동차를 원하는 방향으로 이끌 연료로 활용해야지 자동차를 폭파하 는 연료로 소모하면 여러분의 글쓰기는 거기에서 끝난다. '사용'한 다는 생각으로 일상을 살아라. 그리고 반드시 '적용'한다는 생각으 로 감정을 대하라. 그 일상과 감정이 반드시 여러분에게 멋진 생각 과 글을 선물할 것이다.

## 최소한의 글쓰기를 위한
## 시각 훈련법

괴테는 37세인 1786년 9월부터 1788년 6월까지 이탈리아를 여행하면서 보고 느낀 것을 글로 써서 독일의 지인들에게 서한과 일기, 혹은 메모와 보고 형식으로 보냈다. 그리고 그 결과물은 《이탈리아 기행》이라는 책으로 완성되었다. 하지만 나는 이 책의 제목을 이렇게 바꾸고 싶다.

《최소한의 글쓰기를 위한 시각 훈련법》.

실제로 그는 2년에 가까운 시간 동안 내내 무언가를 치열하게 봤고, 깊이 생각하며 특별한 것을 느꼈고, 그 각종 느낌을 글로 변주해서 여기저기로 보냈다. 이전에 본 적 없는 새로운 자연의 풍광, 경탄을 이끌어내는 온갖 예술 작품, 그리고 공간을 구성하는 사회에 폭넓은 관심을 쏟으며 시각을 훈련하기 위해 부단히 노력했다. 당시 그는 이미 가진 것이 많았고, 세계적으로 인기를 얻고 있는 작가이기도 했다. 굳이 떠나서 고생할 필요가 없었지만, 그럼에도 그가 이끌리듯 떠난 이유는, 온갖 향락을 멀리하고 괴테라는 이름을 숨긴 채 익명으로 다닐 가치가 거기에 있었기 때문이다.

그는 여행을 떠나기 직전 이런 고민을 하고 있었다.

"사실 지난 몇 년 동안 나는 마치 병이 든 사람처럼 아팠네. 그걸 고칠 수 있는 길은 오로지 이탈리아를 내 눈으로 직접 바라보며, 거기에 사는 사람처럼 지내는 것뿐이네."

볼 수 없는 마음의 병에 걸린 그가, 그걸 치료할 유일한 방법으로 생각한 것이 바로 이탈리아 여행인 셈이다. 상황이 이러니 그의 여행은 더욱 농밀할 수밖에 없었다. 그가 남긴 말이 그의 절실한 마음을 증명한다.

"이탈리아에서 지금 저는 미술에 대한 지식과 훈련을 쌓지 않고 보내는 날이 하루도 없습니다. 뚜껑 없는 병을 물속에 처박으면 쉽게 물이 차듯이, 감수성이 풍부하고 마음의 준비가 되어 있는 사람은 쉽게 경탄할 만한 것을 발견할 수 있습니다. 모든 방향으로부터 예술적인 요소들이 밀려옵니다."

이어령 선생도 유사한 방식으로 자신의 시각을 단련하며 하루하루를 보냈다.


"나는 하나의 나뭇잎이 흔들릴 때 글을 썼다."


이어령 선생이 기나긴 대화를 나누고 밖으로 나와 사진을 찍기 전, 내게 진지한 표정으로 들려준 말이다. 아니, 나는 그의 말을 하나의 언어라고 표현하고 싶다. 죽음이 다가오지만 아직도 더 써야 할 것이 남아 있는 자에게 그것은 서로를 구별할 수 있는 일종의 언어와 같은 것이기 때문이다. 이것은 글을 쓰며 사는 삶에만 국한된 이야기는 아니다. 모든 삶의 영역이 그렇다.

왜 굳이 그런 힘든 길을 선택했을까? 이유는 간단하다. 더 많은 사람에게 도움이 되려는 마음을 품고 있었기 때문이다. 그 고귀한 마음이 그들을 멈추지 않게 만들었다. 생각해보라. 어떤 분야든 그 안에서 특별한 빛을 멈추지 않고 지속적으로 발산하는 사람들의 특징 중 하나는 바로 누군가를 위해 눈물을 흘릴 줄 안다는 데 있다. 그가 잠들지 못하고 다시 붓을 들고 그림을 그리는 이유는 누군가 울고 있는 광경을 봤기 때문이고, 그가 여전히 아픈 몸을 이끌고 병상이 아닌 책상에 앉아 한 줄의 글을 쓰는 이유도 누군가 떨어뜨린 한 방울의 눈물을 봤기 때문이다. 그들은 누군가의 슬픔을 포근히 안아주려고 자신의 일을 한다. 거기에는 어떤 반목과 갈등도 존재하지 않는다. 슬픔과 눈물에는 경계가 없기 때문이다.

그냥 보는 사람과 진짜로 보는 사람은 아무리 같은 것을 봐도 다른 것을 눈에 담게 된다. 마음에 닿는 글을 쓰고 싶다면 늘 이 질문을 내면에 담고 있어야 한다.

"그에게 도움이 되려면 나는 무엇을 보아야 하나?"

"얼마나 많은 사람이 지금도 고통에 아파하고 있나?"

"내 마음은 과연 절실하고 치열한가?"

당신은 지금 누가 눈물을 흘리며 아파하고 있는지 알고 있는가. 그가 우는 모습을 보며 그 슬픔을 공감하며 함께 울 수 있는가. 울 일이 많다는 것은 쓸 일이 많다는 것을 의미한다. 또한, 모든 분야의 경계에 서서 수많은 것을 하나로 통합하고 있다는 사실을 증명한다. 가장 아름다운 창조는 누군가의 슬픔을 보며 울 수 있는 삶에서 시작한다. 내게는 쓰는 일이 곧 우는 일이다.

✉

"무언가 하나가 흔들리는 것을 발견한다는 것,
그것이 다른 것과 과연 무엇이 다른지
마음 깊이 알 때까지 계속 바라본다는 것,
그렇게 자신만 알게 된 무언가를
글로 표현하기 위해 사색하는 모든 과정에서
우리는 세상에 존재하는 이 수많은 사람 중에서
자신을 구분할 선명한 색을 입히게 된다.
사색은 지울 수 없는 당신만의 색이다."

　도움을 주려는 마음을 가진 자는 크게 2가지 선물을 받게 된다. 하나는 세상에 아름다운 것을 전했다는 기쁨이고, 나머지 하나는 아름다운 것을 전할 수 있을 정도로 수준이 높아진 자신의 내면을 만날 수 있다는 행복이다. 그렇다. 누군가에게 도움을 주려는 마음은 단지 그렇게 태도만 바꾼다고 이루어지는 것이 아니다. 생각하는 수준을 완전히 바꿔야만 가능하기 때문이다.

## 01. 지혜로운 자는 말싸움에서 굳이 이기지 않는다

이보다 중요한 사실은, 반대로 지혜가 없는 자는 말싸움에서 결코 지지 않는다는 것이다. 질 것 같으면 소리를 키우며 논리를 비약하는 행위를 서슴없이 하면서 어떻게든 이기려고만 한다. 하지만 지혜로운 자는 큰 소리와 비논리가 지배하는 그 자리에서 바로 떠난다. 이유는 간단하다. 그런 공간에서는 어떤 지혜로운 자도 곁에서 보기에는 같은 인간으로 보이기 때문이다. 스스로 옳다고 믿는 사람은 굳이 말싸움에서 이길 필요가 없다. 말싸움에 목숨을 거는 사람들은 오히려 자신의 논리와 생각에 대한 믿음이 약한 자들일 가능성이 높다. 혼자 이겼다고 생각하게 그냥 두라.

## 02. 능숙한 경지에 오른 사람은 자랑하지 않는다

매우 단순한 이야기다. 기계나 관계 혹은 감정 등을 이미 능숙하게 다룬다는 사실을 굳이 주변에 자랑할 이유는 없다. 능숙한 경지에 오른 사람들은 말이 아닌 행동으로 이미 보여주고 있기 때문이다. 그래서 언제나 자랑은 미숙한 자들의 레퍼토리로 볼 수 있다. 그렇다고 미숙한 자들의 자랑에 대해서 나쁘게 볼 필요는 없다. 미숙하기 때문에 그렇게라도 외치고 다녀야 생계를 유지할 수 있다. 세상의 모든 대가 역시 미숙해서 어쩔 수 없이 자랑하며 살아가는 순간을 경험했다. 모든 건 과정이다. 중요한 건, 그걸 과정으로 스스로 인지하고 있느냐, 아니냐에 달려 있다.

## 03. 어리석은 자는 놀라고 지혜로운 자는 경탄한다

놀라는 것과 경탄은 전혀 다르다. 극과 극의 의식 수준에서 나오는 차이이기 때문이다. 이 사실을 인지하고 있다면, 이미 당신은 경탄의 수준에 도달했다고 볼 수 있다. 그러나 그 수준에 도달하지 못했다고 실망할 필요는 없다. 상황을 바라볼 때 이런 식으로 대하면 의식 수준의 성장을 스스로 이끌 수 있기 때문이다.

"저기에는 과연 뭐가 있을까?"

"여기에서 나는 또 무엇을 찾을 수 있을까?"

"뭔가 다른 게 분명 있을 것 같은데!"

그저 놀라는 자는 지나가는 손님이고, 경탄하는 자는 그 공간의 주인이다. 그래서 경탄하고 싶다면 위에 나열한 3가지 질문이 필요하다. 질문을 통해 스스로 경탄하는 그 공간의 주인이 되자.

## 04. 창조자의 손이 아니라 눈을 보라

지혜로운 자는 세상을 바라보는 안목이 다르다. 창조자들이 무언가를 만들면, 어리석은 자는 그들의 손만 바라보지만, 지혜로운 자는 그들의 두 눈이 무엇을 바라보고 있는지 철저하게 살핀다. 손은 그저 눈이 시키는 대로만 움직일 뿐, 창조를 이끌고 방향과 질을 결정하는 것은 언제나 두 눈이라는 사실을 알고 있기 때문이다. 정말 중요한 부분이다. 창조자의 지적 도구는 손이 아닌 두 눈이다. 우리가 눈의 인간이 되어야 하는 이유 역시 거기에 있다. 앞으로의 세상은 제대로 볼 줄 알아야 살 수 있다.

## 05. 깨우친 자에게는 자신의 안경이 있다

같은 것을 보며 서툰 자는 표절을 하지만, 능숙한 그 분야의 대가는 창조한다. 같은 것을 봐도 전혀 다른 결과가 나오는 이유는 뭘까? 간단하다. 서툰 자에게는 대상을 바라보는 자기만의 시선이 없기 때문이다. 수준 낮은 예술가와 아직 자기 일에 서툰 비전문가에게는 자신의 안경이 없다. 그래서 어리석게도 같은 것을 보며 같은 것을 모방만 하게 된다. 하지만 자신만의 안경을 가진 사람은 같은 것을 전혀 다른 분야로 변주해서, 아예 수준 자체를 완벽하게 끌어올려 다른 향기가 흐르게 만든다. 누구나 그런 수준에 도달할 수 있다. 중요한 건 타인을 의식하는 삶에서 벗어나, 세상을 바라보는 자기만의 시선을 가지려고 노력하는 태도에 있다.

# "다 그런 건 아니죠"라는 말을 이겨내야 쓸 수 있다

공개적으로 글을 써서 올리면 주제와 상관없이 '반드시'라고 할 정도로 꼭 달리는 댓글이 있다. 대표적인 글이 바로 "다 그런 건 아니죠"라는 표현이다. 나는 이 표현이 인간의 가치를 제대로 보여주는 분기점에 있는 글이라고 생각한다. 그 분기점에서 사람은 2가지 부류로 나뉘기 때문이다.

하나는 99퍼센트의 사람들에게 나타나는 보편적인 반응이다. "다 그런 건 아니죠"라는 말을 시작으로 상대가 쓴 글의 오류를 지적하는 댓글을 쓰는 것이다. 또 하나는 1퍼센트의 극소수에게만 나타나는 진기한 현상인데, '다 그렇지 않다'라고 자신이 생각한 이유를 댓글로 바로 쓰는 게 아니라, 깊이 사색한 후 자신의 계정에 돌아가 하나의 글로 완성해서 업로드를 하는 것이다.

같은 상황에서도 전자는 비난에만 집중해서 시간을 소모하지만,

후자는 타인의 글에서 자신의 언어를 발견한 다음 깊은 사색 이후 하나의 근사한 생각으로 창조한다. 일상에서 글을 발견한다는 것은 바로 후자의 과정을 의미한다. 지금도 누구나 비슷한 하루를 보내며 유사한 글과 생각을 접하며 산다. 다만 99퍼센트가 반복하는 비난의 목소리를 선택할지 혹은 1퍼센트의 극소수만 알고 있는 자신의 언어를 창조하는 일상을 선택할지는 오직 개인의 몫에 달려 있다. 우리의 인생은 자판기와 같아서 언제나 자신이 선택한 것만 줄 수 있다. 하지만 후자의 삶을 살기란 결코 쉽지 않다. 전자를 선택해야 바로바로 감정을 해소할 수 있어서 후련하고 때로는 통쾌하기 때문이다. 그래서 필요한 게 글을 쓰는 마음을 제대로 정립하는 것이다. 이런 과정을 통과해야 비로소 "어떻게 하면 도움을 줄 수 있을까?"라는 질문을 제대로 던질 수 있다.

아주 가끔 이런 식의 꿈을 꾼다. 이를테면 꿈에서 열차를 타고 왕복 8시간이 걸리는 고등학교에 다니는 학생이 되는 것이다. "아, 어쩌지! 내일은 지각을 하지 않을 수 있을까?" 그런 간절한 마음으로 매일 새벽 첫차를 타도 늘 지각할 수밖에 없다. 물리적으로 절대 불가능하기 때문이다. 그렇다. 그 꿈이 바로 내가 글을 쓰는 마음이다. 나는 늘 그런 주제의 글을 쓰고 있다. 최선을 다해도 능력이 부족해서, 늘 전전긍긍해야 하는, 그래서 영혼을 담아낼 수밖에 없다. 능력에는 끝이 있지만, 인간의 영혼은 끝을 모르니까. 여러분도 늘 이런 마음을 담아 글을 쓰면 주변의 소음에서 자유를 얻을 수 있다. 그리고 자기만의 방식으로 생각한 것을 당당하게 하나의 글로 완성해서 공개할 수 있는 자신감도 갖게 된다. 두려운 마음을 이겨내고, 누군가에게 도움을 줄 수 있는 글이 무엇인지 질문하고 싶다면, 그 마음이 흔들릴 때마다 아래의 글을 읽고 낭독하며 마음을 다져보라.

"난 내 능력으로는 쓸 수 없는 위대한 주제에 대한 글을 쓰고 있다. 영혼의 힘을 빌려야 할 정도로 절실해서 주변의 소음 따위에 시간을 빼앗길 여유가 없다. 지금 내게는 불안과 두려움마저도 사치에 불과하다. 모든 것을 이 순간에 쏟아내자!"

# 예민하다는 표현을
## 섬세하다고 바꾸면 일어나는 놀라운 일

한 기자가 글루텐과 설탕을 빼고, 당뇨 환자와 수많은 다이어터도 먹을 수 있는 저칼로리 고단백질 건강빵을 만들고 있는 기업에 찾아가서 이런 내용의 기사를 썼다. 느낌이 어떤지, 본인이 기자라면 어떻게 수정해서 쓸 것인지 한번 생각하며 읽어보라.

"○○기업에서 생산한 빵의 맛을 봤다. 예민한 입맛이 아니라면, 밀가루빵과 구별을 하기 어려울 정도로 90퍼센트에 가깝게 재현했다. 촉촉하고 묵직한 질감에 달콤함까지 더해 어디 내놔도 맛있는 빵으로 손색없었다. 무엇보다 맛이 있었다."

읽고 처음 느끼는 감정이 무엇인가? 이 기사가 조금 부족해 보이고 불편한 이유가 뭘까? 단어 하나를 잘못 사용해서 그렇다. 맞다. 바로 '예민하다'라는 표현이 이 기사의 전체 내용을 수준 이하로 만든다. 예민하다는 표현은 없어도 되는 낮은 수준의 단어다. '섬세하다'라는 말로 모두 대체가 가능하기 때문이다. 위에 소개한 기사를 다시 읽어보라. 이 기자는 결국 밀가루빵과 글루텐프리로 구현한 빵을 구분해서 알아볼 수 있는 사람을 '예민하다'라고 생각한 것이다. 그걸 굳이 부정적인 능력으로 만들어버린 셈이다.

하지만 '섬세하다'라는 표현을 넣으면 순식간에 모든 글의 뉘앙스가 긍정적으로 바뀐다. 섬세하게 맛을 구분할 안목을 가진 사람이 되기 때문이다. 당신은 어떻게 생각하는가? 결국 '예민하다'라는 표현을 자주 사용하는 사람은, 그들 눈에 보이는 모든 사건과 상황을 '섬세하게 바라볼 안목'이 없기 때문에 '예민한 수준'에 머무르게 된다고 생각할 수밖에 없다. 안목이 없는 사람에게는 모든 것이 예민한 것으로 보이지만, 안목이 뛰어난 사람의 눈에는 보이지 않는 원리가 보이기 때문에 모든 것이 섬세하게 보인다.

피아니스트 조성진의 연주를 좋아한다. 이유는 간단하다. 누구보다 섬세하게 멜로디를 다루기 때문이다. 그 증거가 바로 음악을 듣는 관객의 표정에 있다. 각종 연주회 영상에서 그의 음악을 감상하는 관객의 표정을 보라. 모두가 다른 꿈을 꾸는 모습이 보일 것이다. 그가 피아노를 연주하듯 우리는 언어를 연주하면 된다. 그래서 글을 쓸 때 최대한 수준 높은 표현을 자주 사용하는 게 좋다. 자주 사용하는 말이 결국 그 사람의 인생까지 바꾼다. 지금부터 일상에서 '예민하다'라는 표현을 지우자. 그리고 그 자리에 '섬세하다'라는 표현을 채우자. 그럼 당신이 쓴 글에 섬세한 감정이 가득 담기게 되고, 그걸 읽는 사람의 마음을 빛나게 할 것이고, 당신도 결국 세상을 섬세하게 바라볼 수 있는 안목의 소유자가 될 것이다.

## 이것 3가지만 버리면, 당신도 단단한 글을 쓸 수 있다

나는 정치나 정치인에 관한 이야기는 매우 민감한 문제라 아예 글의 주제로 꺼내지 않는다. 그러나 이 이야기는 누구에게나 편안하게 들려줄 수 있다. 이유를 들어보면 쉽게 알 수 있다. 예전에 편의점 아르바이트를 할 때 한 정당 대표가 손녀와 밤늦게 들어와 이런 대화를 나눈 적이 있다.

"우리 예쁜 고양이 뭘 사주면 좋을까?"

"할아버지! 전 저 장난감이 탐나요!"

그날 그는 평소 방송에서 보던 이미지와는 전혀 다른 사람 좋은 미소를 지으며, 손녀가 원하는 장난감을 사서 품에 안겨줬다. 그때 그의 표정이 그렇게 따뜻할 수 없었다. 자, 이제 내 설명은 끝이다. 이 장면을 보며 무슨 생각이 드는가? 아무런 생각도 들지 않을 가능성이 매우 높다. 정치인의 이름을 모르면 규정하기 힘들기 때문이다. 대체, 왜? 자신의 성향으로 정한 고정관념을 작동할 수 없기 때문이다.

단단한 글을 쓴다는 것은 모두 버리는 것을 의미한다. 누군가에게 도움을 줄 수 있는 글을 쓰기 위해 적절한 질문을 해야 하는데, 온갖 고정관념으로 막혀 있으면 글이 제대로 써지기 힘들다. 예를 들자면 정치인의 이름 따위는 잊고 생각을 시작하는 거다. 3가지 방법을 소개한다. 제대로 읽고 여러분의 것으로 만들길 바란다.

## 01. 뭐든 급하게 생각하지 말라

급하게 생각할 필요가 전혀 없다. "저 사람의 글은 저렇게 앞서 있는데, 나는 뭐지!" 다른 사람 뛰는 건 바라보지도 말라. 나도 예비 작가 시절에 같이 글쓰기를 시작한 지인들이 책을 내고 반응이 좋아 사인회까지 하는 모습을 보며 많이 초조했다. 하지만 여러분이 분투한 시간은 결코 그냥 사라지는 게 아니다. 오랫동안 치열하게 보낸 시간은 결국 빛을 주더라. 지금도 마찬가지다. SNS에서 알고리즘 덕분에 글 하나로 갑자기 뜬 작가를 목격하게 된다. 가끔 그들이 쓴 글이 365일 내내 글을 쓰며 일상의 유혹을 절제하며 30년 가까이 보낸 나보다 더 독자의 사랑을 받을 때도 있다. 하지만 나는 전혀 신경 쓰지 않는다. 갑자기 뜬 사람은 결국 갑자기 사라진다. 알고리즘에 의해서 잠시 '뜬 것'이지, 스스로의 능력으로 '날아간 것'이 아니기 때문이다. 중요한 건 자신에게 집중하는 것이다. 그래야 스스로 날아갈 수 있다.

## 02. '정성'과 '감성'이 있어야 지식을 연결할 수 있다

시작은 좋다. 게다가 결론도 좋다. 중간중간 창의적인 표현도 보인다. 오히려 나보다 사물을 대하는 새로운 시각도 있다. 그런데 그게 잘 연결이 되지 않는다. 연결이 되지 않으니 정작 본론이 빈약하다. 느낌표만 가득한 상태다. 분명 잘 쓴 글인데 이런 기분이 드는 이유가 뭘까? 느낌을 연결하는 것은 '정성'과 '감성'이다. 아무리 아는 것이 많아도 지식을 하나로 연결하기 위해서는 최소한의 시간과 정성이 필요하다. 또한, 중간중간 감성이라는 도구도 적절히 활용해야 한다. 중요한 건 바로 그거다. 지식과 연륜이 나보다 훨씬 뛰어난 사람에게 글쓰기를 가르친 적이 있는데, 나중에는 대부분 이렇게 외치며 글쓰기를 포기한다. "얼마든지 돈을 드릴 테니 작가님이 좀 써주세요." 배우는 건 쉽지만, 정성과 감성을 소유하는 건 쉽지 않다. 다시 강조하지만, 도움을 주려는 마음이 반드시 필요하기 때문이다.

## 03. 그의 한 줄 한 줄을 나만의 한 줄로 만들어라

단단한 글을 쓰고 싶다면 아주 극단적으로 말해서, 맹자와 공자, 칸트, 소크라테스 등 철학자나 사상가들이 남긴 이야기만 하는 사람은 거르고, 자신의 이야기를 주로 하는 사람의 말을 듣는 게 좋다. 전자에 속하는 사람에게는 이런 특징이 있다. 일단 말은 많은데, 무슨 말인지 모르겠다. 그 이유가 뭘까? 자기도 모르기 때문이다. 스스로 경험해봐야 아는데 해본 적이 없으니 모른다. 긴 글과 말이지만, 인용에 인용을 거듭할 뿐이라 뜬구름 잡는 기분만 든다. 남들이 어떻게 살았는지 그 정보를 많이 외운 사람들의 이야기 말고, 실제로 자신이 살았던 이야기를 전해도 들을 가치가 있는 말을 하는 사람을 자주 접해야 한다. 거기에 살아 있는 지혜가 있고, 단단한 글은 그런 지혜를 기반으로 삼을 때 비로소 뿌리를 내릴 수 있다.

나는 지난 15년 정도 괴테가 쓴 책만 읽고 글을 쓰며 사색했기 때문에 누구보다 그에 대한 내용을 강의로 다양하게 전할 수 있다. 하지만 의외로 괴테를 주제로 한 강의는 아직 해본 적이 없다. 앞서 말했듯 그건 나의 이야기가 아니기 때문이다. 다만 지난 15년 동안 나는 괴테의 이야기를 실천하며, 한 줄 한 줄을 매우 농밀하게 나만의 한 줄로 만들었다. 이제 나는 그와 나만 아는 '우리의 이야기'를 할 수 있다. 실제로 한 줄 한 줄을 읽고 끝낸 것이 아니라, 경험하며 나만의 한 줄로 만들었기 때문에 가능한 현실이다.


위에 쓴 글을 여러 번 읽어보라. 많이 읽어서 그저 읽은 것만으로도 당신의 글이 되도록 만들어라. 그리고 이 중요한 사실을 기억하라. 글을 쓸 줄 아는 사람은 모든 것을 혼자 할 수 있다. 자유를 얻는 것이다. 한 자를 쓰더라도 나답게 써야 한다. 쓰는 사람만이 쓸 수 있고, 내가 쓴 글만 내 글이다.

## 분란을 일으키지 않고
## 좋은 마음을 전하는 글쓰기

    하루는 처음 인연을 맺는 출판사와 출간 계약을 하는 과정에서 이런 일이 일어났다. 당시 나는 외부 일정으로 지방에 있었는데 출판사 담당 에디터가 마침 그날이 회계 전표 마감일이라, 당장 퀵 서비스를 사용해 계약서를 보내야 계약금을 그달에 지급할 수 있다는 것이었다. 좋은 마음이 느껴졌다. 그는 최대한 빠르게 계약금을 내게 주려고 애를 쓰고 있었다. 나는 이럴 때마다 내가 자주 꺼내는 질문 하나를 펼쳐서 사색에 잠기기 시작했다.

    "어떤 메시지를 써서 보내면 그에게 내가 받은 마음과 온기를 전할 수 있을까?" 10분 정도 시간이 지났고, 그의 마음을 충분히 이해했다는 느낌이 들었던 나는, 이런 메시지를 써서 보냈다.

    "그럼 에디터님이 주신 그 마음을 먼저 받고, 계약금은 다음 달에 받겠습니다."

144

이렇게 글을 쓰지 않고 "괜찮습니다. 제가 지금 지방이라 퀵을 받지 못해서요"라고 말하면 나는 최대한 좋은 마음을 전했다고 생각할 수는 있지만, 상대방은 오해를 할 수도 있다. 자신이 내민 선의를 쉽게 거절했다고 느낄 수도 있기 때문에 나중에 분란으로 커질 수도 있다. 내가 좋은 마음을 가졌다고 그게 상대방에게 저절로 전해지는 것은 아니다.

"A는 공감하지만, B는 아니죠."

"아니죠, 그게 과연 전부일까요?"

"에이, 그건 절대 아닙니다."

간혹 타인의 SNS 공간을 둘러보면, 이런 식의 댓글이 의외로 많다. 이런 댓글을 볼 때마다 내가 쓴 글도 아닌데, 내 가슴이 철렁거린다. 서로 친하거나 일면식이 있는 관계도 아닌 것처럼 보이는데, 분란과 시비가 붙을 수 있는 그런 댓글을 과감하게(?) 쓸 수 있는 용기가 대체 어디에서 나온 걸까. 물론 자기 생각을 솔직하게 표현하는 건 좋은 일이다. 하지만 그건 어디까지나 좋은 내용을 말하는 것이지, 부정적인 생각까지 그것도 굳이 선명하게 밝힐 필요는 없다. 왜 잘 모르는 사람에게 나쁜 이야기를 굳이 해서, 서로 기분 나쁜 하루를 만드는가? 아마 이런 방식의 글을 평소 자주 써온 사람은 지금 내가 하는 말이 이해가 되지 않을 것이다. "아니, 그게 뭐가 문제야!" "그 정도 말도 못 하고 사냐!"

침착하게 생각해보자. 늘 좋은 것을 보며 좋은 감정만 전한다고 생각하면 굳이 겪을 필요 없는 분란에서 자유로울 수 있다. 그럼 내 시간도 아낄 수 있고, 괜한 감정싸움에 휘말리며 마음 다칠 필요도 없다. 나도 마찬가지다. 타인이 쓴 모든 글과 모든 생각에 공감할 수 있는 것은 아니다. 그런 글은 0.1퍼센트도 되지 않기 때문이다. 만약 그가 말한 A에는 공감하지만 B는 내 생각과 전혀 다르다면, 나는 굳이 B는 언급하지 않는다. 이를테면 "와, A에 정말 공감합니다"라고 말하고 끝내는 식이다. 굳이 여기에 "B는 공감하지 않지만" "모든 부분에서 공감하는 것은 아니지만"이라는 쓸데없는 단서는 달지 않는다.

일상에서 메일을 쓸 때도 마찬가지다. 강연을 전국으로 다니기 때문에 매일 전국 각지에서 의뢰 메일을 받는다. 그럴 때면 나는 언제나 그 지역의 지명을 넣어서 이렇게 답신의 첫 줄을 장식한다.

"제가 사랑하는 ○○○에서 초대해주셔서 더욱 기쁩니다."

기업이나 단체에서 의뢰가 오면 이렇게 변주한다.

"제가 평소 애용하던 ○○○에서 초대해주셔서 더욱 기쁩니다."

그럼 답신을 받은 상대방에게 이전과 전혀 다른 뉘앙스가 느껴지는 답신이 날아온다. 따스한 마음을 느끼는 동시에 친밀한 감정까지 들게 되었기 때문에 전하는 말과 글도 달라진 것이다. 하지만 이렇게 좋은 것만 전하자는 생각에서 우리가 가끔 탈선하는 이유는, 결국 자신이 아는 지식과 생각을 뽐내려는 욕망에 지기 때문이다. 분란을 일으키지 않고 좋은 마음만 전하는 글을 쓰고 싶다면, 자랑하려고 하는 마음은 접고 상대의 말에 좋은 마음을 전하려는 마음만 남기자. 그럼 저절로 자신이 가진 가장 좋은 가치를 글로 전할 수 있다.

# 당신이 글쓰기에 실패하는
## 결정적인 2가지 이유

당신이 글쓰기에 실패하는 가장 큰 이유 중 하나는 할 일이 없어지거나 시간이 나면 시작하려고 하기 때문이다. 은퇴한 운동선수, 퇴직한 직장인, 아이를 다 키워낸 부모 등 다양한 사례가 있다. 가장 바쁘게 활동할 때는 시간이 없다는 이유로 글을 쓰지 않다가 한가한 시절이 오면 "글이나 써볼까?"라고 생각한다. 그 생각 자체가 이미 틀려먹은 것이지만, 보다 근본적인 이유는 바로 여기에 있다.

'사람들은 보통 그 사람이 그 일의 정점에 있을 때 그가 쓴 글을 읽지, 은퇴한 사람의 글에는 별로 관심을 주지 않는다.'

물론 앞서 말한 것처럼 정점에 있을 때는 하는 일로 바빠서 글을 쓰기 힘들다. 그러나 그건 포기할 이유가 아니라, 반대로 더욱 치열하게 써야 할 이유라고 생각해야 한다. 세상에 존재하는 모든 글은, '시간이 나서 쓴 글'이 아니라 '시간을 내서 쓴 글'이기 때문이다.

시간이 많아 공부를 잘하는 것이 아니듯, 마찬가지로 시간이 많아 좋은 글을 쓰는 게 아니라, 가장 열심히 사는 사람이 가장 좋은 글을 쓸 수 있다. 누구도 방해하지 않는 새벽에 일어나, 정신없이 일하며 보낸 시간과 가끔 멈춰서 바라본 주변 풍경에 대해서 글을 쓴다면, 누구든 자신의 이야기를 글로 남길 수 있다.

"당신이 자기 일의 정점에 섰을 때,

그 일이 당신을 근사하게 빛낼 때,

당신이 자신의 색으로 가장 아름다울 때,

그때가 바로 당신이 글을 써야 할 순간이다."

그렇다면 30년 동안 대기업에서 마케팅을 진두지휘하며 살았던 경영의 대가도, 평생을 바쳐 식당을 운영하며 수많은 사람의 멘토로 살아가는 요리의 명인도, 모두 마찬가지로 글을 쓰려고 마음을 먹으면 눈앞이 캄캄해지는 이유는 뭘까? 간단하다. 글쓰기를 쉽게 생각해서 그렇다. 그들 마음속에는 이런 생각이 자리 잡고 있다.

"30년 기업 마케팅 경험을 '그대로' 쓰면 되겠지."

"식당 경영 수업 내용을 '그대로' 쓰면 충분하겠지."

그런데 의자에 앉아 글을 쓰려고 하면 생각대로 되지 않아 답답한 마음만 커진다. 그리고 결국 많은 사람이 시작도 하지 못한 상태로 포기하게 된다. '그대로' 쓰면 바로 글이 될 줄 알았는데, 생각과 전혀 다르기 때문이다. 결국 본업에서는 뜻을 이루었지만, 그럼에도 당신이 글쓰기에 실패하는 이유는 바로 이것이다.

"글쓰기는 열심히 살았던 과거 이야기를 '그대로' 쓰는 게 아니라, 다시 처음처럼 열심히 살아가며 글쓰기를 배워나가는 내일의 이야기를 '경험하며' 쓰는 것이다."

30년 마케팅 전문가가 처음 그 기업에 입사해서 마케팅이 무엇인지 책과 눈, 그리고 손으로 경험했던 것처럼, 지금은 창업을 꿈꾸는 모두의 멘토로 활동하는 명인이 처음 요리에 도전해서 양파를 썰며 울었던 그날처럼, "내가 과연 이 일로 생계를 유지할 수 있을까?"라는 문제로 며칠 밤낮을 고민했던 그 모습 그대로, 아이가 걸음을 배우는 마음으로 글쓰기를 배워야 한다.

위에 제시한 글쓰기에 실패하는 2가지 이유에서 벗어나, 자유롭게 쓰는 일상을 살고 싶다면 이 사실을 늘 기억하면 된다.

"글쓰기는 속에 있는 아무거나 꺼내서 쓰면 되는 것이 아니라, 꺼내지 말아야 할 것이 무엇이며, 어떤 방식으로 꺼내 분류할지를 정교하게 창조하는 작업이다."

누구든 글을 쓸 수 있다. 다만 쉽게 생각하거나 취미 정도로 생각하기 때문에 어려워지는 것이다. 내 글이 누군가에게 도움이 되며, 그렇기 때문에 더 정성을 담아야 한다고 생각하면 좀 더 쉽게 쓸 수 있다. 태도가 모든 것을 바꾼다는 사실을 기억하라.

글이 될 수 있는 삶을 살면
저절로 자기 삶의 작가가 된다

누구나 지금 글쓰기를 시작할 수 있다. 말할 능력이 있다면, 말하는 대로 그냥 적으면 되기 때문이다. 그런데 정말 간단한 이것을 왜 실천하지 못하는 걸까? 이유는 간단하다. 한번 생각해보라. "나는 어제와 오늘, 그리고 지금까지 세상에 어떤 말을 내뱉었는가?"

"저 자식 또 끼어드네. 확 사고나 나라!"

"너, 엄마가 밥 먹을 때 조심하라고 했지!"

"그럼 그렇지. 너 내가 그럴 줄 알았어!"

"도대체 머리가 있는 거냐! 그거 장식이냐?"

지금 나열한 말을 글로 쓸 수 있겠는가? 아마 글이 될 수 없다고 생각할 것이다. 그렇다. 우리의 말이 글이 되지 못하는 이유는, 현실에서 글이 될 만한 말을 하지 않고 살기 때문이다. 그래서 나는 늘 글을 쓰고 싶다면, 말을 조심하라고 강조한다. 글쓰기는 입을 단속하는 최소한의 자제력이 필요한 일이라고 할 수 있다. 누군가를 비난하는 삶이 일상이 된 사람은 글을 쓰기 힘들다. 글 쓸 때 다음 2가지 사항을 기억하면 일상에도 변화를 줄 수 있어서 좋으니 꼭 읽고 실천해보라.

## 01. 덧붙이면 모든 의미가 사라진다

이미 스스로 생각한 글을 다 썼지만, 주변의 비난을 염려하거나 더 많은 사람의 기대에 부응하기 위해 자꾸 내용을 추가하거나 수정하는 사람이 있다. 이 과정이 나쁜 이유는 자꾸 추가하고 수정하면, 앞서 완성한 글의 모든 의미가 사라지기 때문이다. 모두를 만족시킬 수는 없고, 그럴 필요도 없다. 모두를 만족시키는 글은 아무런 지향점이 없는 글이라고 볼 수 있다. 사족은 의미를 흐리고 문장을 망친다. 붙어서 좋은 건 통장의 이자뿐이다.

## 02. 비난의 화살이 사람을 향하면 좋지 않다

어떤 일로 너무 화가 나면 특정인을 거론하거나, 대충 읽으면 알 수 있게 대상을 특정하고 비난하는 글을 쓰고 싶다는 욕망이 들 때가 있다. 하지만 나는 절대 특정인을 향해 비난의 감정을 담은 글을 쓰지 않는다. 아무리 유려한 문체로 글을 완성해도 그 안에는, 그를 미워하는 못난 마음이 담겨 있기 때문이다. 비난은 더 큰 비난을 부르며, 비난으로 해결할 수 있는 문제는 없다. 대신 나는 감정 그 자체를 비난한다. 사람이 아닌 미움, 시기, 질투 등 그 감정을 주제로 글을 써야, 그런 과정을 통해 자신의 하루도 바꿀 수 있다.

만약 지금 당신이 못된 마음을 담은 말을 생각하고 있다면, 그 말을 내뱉지 말고 깨끗하게 씻어내라. 글로 쓸 수 있는 말을 하려고 노력하라. 그게 바로 삶이 글이 되게 하는 과정이다. 그렇게 되면 매일 살아 있는 글이 저절로 나온다. 내가 돈과 이성, 지위를 탐내지 않는 이유도 거기에 있다. 온갖 부정적인 이야기와 구설수, 혹은 시간 낭비와 무절제가 삶을 망치기 때문이다. 그건 바로 글이 상처받는다는 의미다. 삶이 망가지면 글도 망가진다. 둘은 하나라는 사실을 늘 기억하라.

## 가장 좋은 신발을 신고, 현실이라는 대지에 서라

가난한 형편이라 대학에 다니며 오후에는 과외 아르바이트를 하고, 그게 끝나면 저녁 10시부터 오전 8시까지 밤새워 편의점 야간 아르바이트를 하던 시절. 무려 10시간 동안의 편의점 일이 끝난 후 버스 안에서 꾸벅꾸벅 졸면서 학교에 도착했지만, 잊지 않고 늘 반복하던 루틴이 하나 있었다.

'수업을 시작하기 10분 전, 노트를 꺼내 시를 쓰기.'

그때부터 지금까지 누구도 내게 글을 쓰라고 말하지 않았지만, 나는 숙명처럼 일상 곳곳에서 쓰고 또 썼다. 점심을 먹고 나서도 산책하며 시를 썼고, 친구들과 가끔 술을 마신 후에도 밤하늘을 바라보며 시를 썼다. 풍경이 달라지면, 내가 써낸 글의 향기도 달라졌다. 과외를 하며 학생에게 영어 단어와 미적분을 가르치면서도 내 마음은 시를 썼고, 편의점에서 아르바이트를 하며 바나나 맛 우유의 바코드를 찍으면서도 나는 머릿속에서 시를 썼다. 가끔 술에 취한 손님이 시비를 걸었고, 날 좋아한다던 여고생이 편지를 주고 뛰어나간 일도 많았지만, 그들이 무엇을 하든 나는 시를 썼다.

사랑하던 지인이 세상을 떠나도 시를 썼고, 내가 병에 걸렸다는 소식을 들은 날에도 바로 병원에서 나와 인생 최악의 기분을 시로 썼다. 내면이 탄탄하거나 실력이 뛰어나서가 아니라, 그저 시를 쓰고 싶어서 시를 썼다. 스스로 시인이라고 생각한 적도 없고, 시인이 되려는 생각조차 감히 가슴에 품지 않았다.

그때부터 지금까지 그저 계속 썼다. 돌아보면 글을 쓸 수 있는 시간과 여유가 허락된 시절은 단 1초도 없었다. 오히려 쓰던 종이를 버리고 돈을 벌기 위해 시간을 투자해야만 했다. 그러나 나는 내게 주어진 삶을 살며 때때로 글을 썼다. 모든 일이 다 그렇듯, 만사를 제쳐놓고 글을 쓸 수 있는 사람은 별로 없다. 그럼에도 당신이 무언가를 쓰고 싶다면 시간을 내서 써라. 시간을 내고, 공간을 마련해서 써라. 그것도 힘들면, 나도 모르겠다. 다만 어떻게든 써라. 언제나 방법은 간절한 마음속에 있다. 세상이 아무리 당신을 막아도 그저 계속 쓰는 사람으로 산다면, 당신은 언젠가 당신의 이야기를 쓸 수 있게 될 것이다.

아무리 시간과 노력을 투자해도
당신이 글을 쓰지 못하는 이유는
자신이 살지 않았거나
도저히 할 수 없는 것을

글로 쓰려고 하기 때문이다.
잘 모르는 것을 글로 쓰려고 하니
시간이 갈수록 오히려 막막해진다.

대단한 것을 쓰려는 마음은
당신의 생각을 현실에서 떠나게 한다.
당신이 소유한 가장 좋은 신발을 신되,
현실이라는 대지에 발을 딛고 있어야
그 글은 세상에 도움을 줄 수 있다.

당신이 배워서 제대로 알고 있고
해봐서 몸이 기억하는 그것을 써라.
결코 당신이 가진 것을 얕잡아보지 말라.
누구보다 가치 있는 당신의 삶이니까.

✉

"그대 자신을 써라. 그게 전부다."

155

## 더 자주 많이 보고, 적게 조금만 써라

책을 처음 내던 초창기에는 세 달 동안 글을 써서 한 권의 책을 세상에 내보냈다. 그러나 이제는 매번 최소 2년 넘게 쓰고 무려 세 달 동안의 탈고 과정을 거쳐 한 권의 책을 낸다. 예전에는 세 달이 집필 기간이었다면, 이제는 그게 탈고하는 기간에 불과하다. 물론 나는 여전히 매년 4권 이상의 책을 내고 있다. 비결은 간단하다. 동시에 서로 다른 분야의 책 10권을 쓰고 있기 때문이다. 앉아서 머릿속에 든 것을 쓸 때는 세 달 내내 딱 한 권에만 집중해서 글을 써야 했다. 하지만 내가 본 것을 생각해서 쓰게 된 이후에는 모든 것이 달라졌다. 이 부분이 매우 중요하니 집중해서 읽어주길 바란다. 이제 나는 최소 10권을 동시에 집필하며 권당 2년 이상의 시간을 투자하게 되었다. 쓰는 방식이 달라지자 생긴 엄청난 변화다.

"어떻게 하면 작가가 될 수 있나요?" "어떻게 하면 글을 써서 책을 낼 수 있나요?"라는 질문에 나는 각종 노하우를 전할 수 있다. 충분히 가능한 일이다. 세 달 동안, 그러니까 90일 동안 집중하면 누구보다 쉽게 원고를 완성할 수 있는 방법을 알고 있다. 그러나 단순히 책을 내는 것에 그치지 않고, 세상에 영향을 미칠 글을 쓰고 싶다면 이야기는 달라진다. 그럼 이제 나는 어떤 방법도 알려줄 수 없다. 세 달 동안 책을 완성하는 것은 '지식의 영역'이지만, 2년이나 집필한 원고를 다시 세 달 더 탈고의 과정을 거치는 것은 '마음의 영역'이기 때문이다. 지식은 얼마든지 전파할 수 있지만, '왜 그래야만 하는지'에 대한 마음의 명령은 스스로 자신에게만 내릴 수 있는 특권이다. 그 과정을 설명하면 이렇다.

## 01. 일단 짧은 글부터 시작하라

글의 길이는 스마트폰으로 한눈에 보이는 정도가 좋다. 실제로 내가 각종 SNS에 쓴 글을 보라. 특징이 있다. 스크롤을 위아래로 내리거나 올리지 않아도 글이 한눈에 들어온다는 사실이다.

## 02. 기승전결이 있는 큰 틀 정도는 짜고 시작하라

아무리 짧은 글이라도 4개로 나눠서 구성하는 게 좋다. 기승전결에 넣을 내용을 각각 한 줄로 요약해서 정리한 후에 시작하면 좀 더 수월하게 글을 완성할 수 있다.

### 03. 죽이 되든 밥이 되든 일단 완성을 하라

세상에서 가장 어려운 건 완성이다. 잘하는 것보다 완성이 더 어렵다. 처음 소설을 완성했을 때 내가 교수에게 들은 칭찬은 이 한마디였다. "완성했다는 것이 대견하다." 일단 완성한 모습에 의의를 두라.

### 04. 안 써지면 보고 싶은 장면부터 써라

뭐든 그 글을 쓰려는 당신의 목적이 있을 것이다. 목적지를 먼저 보자. 이를테면 과정이 생각나지 않을 때는 마지막에 쓰고 싶은 한 줄을 먼저 써라. 그럼 그 한 줄이 중간에 무엇을 채워야 할지 친절하게 알려준다.

### 05. 막히면 대화체로 풀고 나중에 정리하라

글을 쓰는 건 어렵지만 대화는 쉽다. 글이 막힐 때는 쉬운 걸로 풀어보자. 쓰려는 내용에 맞는 대화를 먼저 나오는 대로 쓰고 나중에 앞뒤를 맞게 정리하면 된다. 정리가 곧 쓰기다.

### 06. 문장을 만들기 전에 머릿속으로 쓸 부분을 생생하게 상상하라

문장은 만드는 것이다. 건축이라고 생각하면 맞다. 단어와 나만의 표현을 재료로 삼아, 건축을 한다는 생각으로 다가가야 한다. 24시간 내내 생생하게 허공에서 원하는 이미지를 그리며 상상하라.

## 07. 그리고 기억하라

자신의 글은 원래 자신에게만 의미 있고, 자신에게만 재미있게 느껴진다. 그 의미와 재미는 타인이 읽을 때 100분의 1로 줄어든다는 사실을 기억하자. 느끼게 해주고 싶은 것의 100배를 녹여내야 비로소 원하는 1을 전할 수 있다.

## 쓰는 사람과 쓰지 않는 사람은 다른 인생을 살게 된다

글을 조금 길게 쓰면 "요즘 누가 긴 글 읽어요?"라는 댓글이, 그래서 글을 조금 짧게 쓰면 "너무 정성이 없네요"라는 댓글이 달린다. 이게 끝이 아니다. 긍정적인 메시지를 담아서 쓰면 "지나치게 긍정적이네요"라는 댓글이, 그래서 긍정과 부정을 섞어서 쓰면 "이것도 저것도 아니네요"라는 댓글이 달린다. 카드뉴스에 책 이미지를 넣으면 "책팔이"라는 댓글이, 그래서 책 이미지를 넣지 않으면 "작가도 아닌 게 작가 행세를 하네"라는 비난과 공격하는 댓글이 달린다. 당신은 지금까지 나열한 글을 읽으며 어떤 생각을 했나? 더 많은 사람이 이런 현실을 글을 쓸 필요가 없는 이유라고 생각하겠지만, 나는 완전히 반대의 생각을 하고 있다.

이런 오해와 온갖 억측이 난무하는 세상이지만, 오히려 나는 그래서 오늘도 글을 쓴다. 글쓰기는 그렇게 나와 맞지 않는 사람을 구분하며, 내 마음과 같은 사람을 남기는 일이기 때문이다. 당신이 긴 글을 쓰면 그런 글을 좋아하는 사람을 만날 수 있고, 긍정적인 메시지를 담아서 글을 쓰면 매사에 긍정적인 사람을 만날 수가 있다. 이얼마나 근사한 사실인가. 오랫동안 꾸준히 글을 쓰면서 우리는, 내마음과 같은 영혼의 단짝을 만난다.

또한, 글을 쓰는 사람과 쓰지 않는 사람의 인생이 완전히 다르게 펼쳐지는 이유는 생각의 깊이에 있다. 하나의 글을 쓴다는 것은, 쓰려는 그 하나의 문제에 대해서 100번 넘게 생각했다는 가장 명백한 증거라고 볼 수 있다. 타고난 천재가 아닌 이상 쓰려는 주제에 대해서 최소한 100번 넘게 생각하지 않고는 글 하나를 쓸 수 없기 때문이다.

자, 문제는 여기에서 시작한다. 앞서서 언급한 것처럼 여러분이 힘들게 100번 넘게 생각한 것을 글로 써서 온라인 세상에 등록하면, 바로 이런 일이 벌어진다.

"글쎄요, 이 부분은 좀 아닌 것 같아요."

"이건 저렇게 생각할 수 있지 않을까요?"

"그게 다는 아니죠, 다른 경우도 충분히 있어요."

해본 사람은 이게 무슨 말인지 알 것이다. 그렇다. 100번 넘게 치열하게 생각해서 글을 쓰게 되면, 생각이 전혀 다른 사람들의 반박혹은 비판과 비난을 받게 된다. 그럼 보통 이제 글쓰기를 막 시작한 초보 작가들은 안타깝게도 거기에서 글쓰기를 멈춘다. 잘 모르는 사람들의 비판과 비난을 더 견딜 자신이 없기 때문이다. 그래서 앞으로 글을 쓰려는 모든 분께 이런 이야기를 전하고 싶다.

그들이 당신에게 던지는 모든 비판과 비난은 당신이 그 글을 쓰기 위해 100번 넘게 생각하며 이를테면 33번째 혹은 89번째 생각했던 것들 중 하나에 불과하다. 당신이 글을 쓰기 위해 생각의 과정을 거치는 도중에 이미 완벽하게 지나온 것들이라는 말이다. 결국 당신의 글을 별 이유 없이 비난하는 그들은, 100번 이상 생각한 적이 없기 때문에 자신의 세계가 전부라고 생각하는 것에 불과하다.

대부분의 비판과 비난은 스스로 자신이 낮은 수준의 생각을 하는 사람이라고 외치는 것과 같다. 쓰는 사람의 생각은 쓰지 않고 옆에서 떠들기만 하는 사람과 전혀 수준이 다르다. 그러니까 비판과 비난에 크게 신경을 쓰지 말고 계속 당신의 생각을 글로 쓰며 살아라. 그래서 글쓰기는 쓰면서 배우는 가장 현실적인 지적 행위다. 글쓰기는 그날그날 생각한 것을, 그날그날 글로 쓰고, 그날그날 세상에 공개하면서 겪는 두려움과 공포를 통해 배우는 것이지, 단순히 글쓰는 방법과 지식을 통해 배울 수 있는 것이 아니다.

당신이 아무리 최고의 글을 써도 누군가는 당신의 글을 공격할 것이다. 아무리 오랫동안 글만 썼어도 자신이 쓴 글을 공개해서 두려움과 공포를 경험한 적이 없다면 한 줄도 쓰지 않은 것과 같다.

잘 모르는 수많은 타인이 준 고통과 두려움의 시선을 통과하지 못한 글은, 어느 한 사람의 가슴에도 살아서 도달할 수 없다.

사람과 세상과의 마찰로 지금 힘들다면 더욱 글을 써라. 글을 쓰면서 당신은 당신을 아프게 만드는 그것들을 지나, 당신과 마음의 결이 맞는 소중한 영혼의 단짝을 만나게 될 것이다. 오랫동안 글을 쓴다는 것은 고된 삶과의 결별을 의미한다. 그렇게 글쓰기는 우리를 좋은 마음만 가득한 곳으로 인도한다.

# 무엇이든 글로 쓸 수 있게 만드는 단 하나의 질문법

글이라는 조각을 하나로 완성하는 건, 결국 적절한 질문에 달려 있다고 말해도 전혀 과언이 아니다. 성공 확률을 최고로 높이는 사업가는 어떤 지역에서 사업을 시작할 때, 전혀 다른 시각(질문)으로 접근한다.

예를 들자면 "여기에서 우동을 어떻게 팔면 될까?"라는 시각이 아니라, 1) 철저하게 상권을 분석한 다음, 2) 메뉴의 가격대를 가장 먼저 정한 후, 3) 그 지역에서 쉽게 저렴하게 구할 수 있는 식재료를 분석하고, 4) 3번에 해당하는 식재료로 만들 수 있으며 동시에 주변에 없는 메뉴를 정한다.

성공 확률이 가장 낮은 사업가는 메뉴를 먼저 정하고 시작하지만, 반대로 어디에서든 성공 확률을 높이는 사업가는 메뉴를 가장 나중에 정한다. 그런데 이 방식은 알려줘도 흉내 내기 어렵다. 이유는 간단하다. 메뉴를 가장 나중에 정하는 방식은, 이런 사실을 의미하기 때문이다.

"모든 음식을 두루두루 다 잘한다."

여러분도 모두 알고 있겠지만, '망치'만 가지고 있는 사람은 모든 삶의 문제가 '못' 때문이라고 생각하게 된다.

평생 성장을 거듭하는 인생을 살기 위해서는 가장 잘하는 하나가 아니라, 최고 수준으로 할 수 있는 다양한 재능이 필요하다. 그런 능력이 없으면 앞서 언급한 사례처럼, 세상을 모두 '우동'의 시각으로만 바라보게 되기 때문이다.

내가 한 분야에 매몰되지 않고, 10가지 분야의 글을 써서 책으로 내는 것도 마찬가지다. 나는 사물을 보거나 상황을 관찰할 때 한 분야를 정해서 바라보지 않는다. 그러므로 내가 보는 그것들은 내게로 와서, 자신이 되고 싶은 그 무엇도 될 수 있다. 나는 그저 그것들이 시키는 대로 글을 쓸 뿐이다.

바로 여기에 분야를 무한정으로 확대한 글쓰기의 핵심이 있다. 내가 조각을 보며 수학에 대한 글을 쓰고, 클래식을 감상하며 건축역사에 대한 글을 쓰며, 미용실에 앉아서 철학적 메시지를 글로 쓸 수 있는 힘은 바로 이 질문에 있다. 당신도 언제든, 이 질문을 통해 그런 삶을 시작할 수 있다. 일상의 곳곳에서 무언가를 만날 때마다 이렇게 물어라.

"너는 내게 무엇이 되고 싶은 거냐?"

이 질문이 당신에게 수많은 영감을 줄 것이고, '우동'의 눈이 아닌 수많은 가능성을 허락한 '지적인 눈'을 갖고 살 수 있는 길을 보여줄 것이다.

# 문해력의 크기가 곧
## 그 사람이 쓸 글의 크기다

"내가 쓴 글 중에 체험하지 않은 것은 단 한 줄도 없으며, 그렇다고 체험 그대로 쓴 것도 단 한 줄도 없다."

그냥 생각하면 그저 철학적인 메시지로 느껴질 수도 있다. 하지만 여기에는 매우 심오한 글쓰기의 비밀이 녹아 있다. 바로 평생 치열하게 글을 쓰며 살았던 괴테가 자신의 80년 글쓰기 인생을 압축해서 표현한 말이기 때문이다. 과연 우리는 그의 말을 어떻게 하면 선명하게 읽어낼 수 있을까?

그가 제시한 방법은 크게 2가지다. 하나는 체험한 것만 글로 썼다는 것인데, 이건 굳이 따로 설명하지 않아도 바로 이해가 되는 대목이다. 그러나 문제는 두 번째 방법으로 제시한 "체험 그대로 쓴 것도 단 한 줄도 없다"라는 대목이다. 모든 글이 체험에서 나왔는데,

체험 그대로 쓰지는 않았다는 그의 말은 무엇을 의미하는 걸까? 누구라도 사색하고 자신의 영감을 글로 쓰고자 한다면, 그의 말을 오랫동안 생각하는 시간을 가져볼 필요가 있다. 하나를 보며 그 안에서 보이지 않는 드넓은 세상의 지혜를 발견하는 사람이 되려면, 반드시 괴테가 언급한 두 번째 방법을 이해하고 실천할 수 있어야 하기 때문이다.

그가 두 번째 방법에서 강조한 것은 결국 모두가 알고 있는 지식이나 정보를 자기만의 방식으로 재해석하는 능력이다. 그 능력을 괴테는 문해력이라고 생각하며 평생 자신의 문해력을 높이기 위해 노력했다. 결국 우리는 자신이 가진 문해력 이상의 글을 써낼 수 없다. 또한 그는 모든 사람에게는 나름의 천재성이 있다고 말했고, 자기 안에 있는 천재성을 꺼내 세상에 보여주기 위해서 문해력이 필요하다고 강조했다. 어쩌면 그의 삶은 자신의 그 말을 증명하고 보여주기 위한 것이었다. 그가 제시한 구체적 방법을 섬세하게 표현하면 이렇다.

"모두가 같은 곳을 바라보고 있을 때, 자기만의 시각으로 본 그것을 텍스트로 변환해 내면에 담고, 자신이 원하는 분야의 언어로 변주해서 다시 세상에 내보낼 수 있다면, 그는 자신의 천재성을 세상에 보여줄 수 있다."

어떻게 하면 괴테가 강조하는 문해력을 기를 수 있을까? 괴테의 삶을 통해 간단하게 정리하면 이렇게 표현할 수 있다.

"누군가에게 도움을 주고 싶다는 간절한 마음을 가진 사람은 글을 쓰지 않을 수 없고, 그렇게 나온 글은 사람들에 의해서 세상에 널리 퍼진다."

글에 대한 간절함이 가장 중요하다는 말이다. 글이 아니더라도 모든 인생의 분야가 대부분 그렇다. 그러나 우리가 이것을 알면서도 일상에서 실천하지 못하는 이유는 뭘까? 제대로 모르기 때문이다. 이건 단순히 간절한 마음만을 말하는 글이 아니다. 그가 가장 강조하는 지점은 여기에 있다.

"대중의 좋은 평가는 아예 기대하지 말라."

도움이 되려는 마음으로 쓴다는 것은 오히려 대중에게서 멀어지는 것을 말한다. 그들의 마음에 들기 위한 글만 쓰게 되면 자신의 생각을 제대로 전하기 힘들어진다. "이 글로 사랑받을 수 있을까?"라는 기대를 하면 글을 쓰기 힘들다. 본래 깊이 사색하고 성실하게 살아가는 인간은 대중의 평가가 시원치 않다. 그런 삶을 살고 싶다면 다음에 소개하는 3가지 정신을 기억하라.

**01.** 답은 하나다. 꾸준하게 그리고 오랫동안 쓰는 세월을 통해 당신의 가치를 스스로 빛내는 것이다. 그 이후 당신을 보는 대중의 시선은 바뀔 것이다. 언제나 자신을 바꾸는 것이 가장 쉽고 빠른 길이라는 사실을 쓰는 내내 아무리 힘들어도 잊지 말라.

**02.** 당신이 할 수 있거나 할 수 있다고 꿈꾸는 그 모든 것을 글로 쓰라. 새로운 일을 시작하며 그것을 글로 표현하는 일상 속에 당신의 천재성과 기적이 숨어 있다.

**03.** 우리가 글을 쓰는 것이 아니다. 글이 나를 쓰는 것이다. 좋은 글이 될 수 있는 삶을 살면 글은 저절로 좋아지고, 열정적인 삶을 살면 글도 저절로 뜨거워진다.

✉

우리는 아는 만큼 볼 수 있다.
하지만 보는 만큼 알 수도 있다는
근사한 사실도 깨달아야 한다.
보는 힘이 곧 지성의 크기를 결정한다.
그렇다면 보는 힘은 어떻게 키울 수 있을까?
바로 글쓰기다.
글을 쓰려는 자가 무언가를 보는 마음과
쓰지 않는 자가 보는 마음은
그 수준과 깊이가 전혀 다르기 때문이다.

# 4장

# 보는 힘, 남과 다른 것을
# 어떻게 발견할 것인가?

## 남과 다른 것을 발견하는 사람으로 만드는 태도의 힘

남과 다른 것을 발견할 수 있는 힘을 기르려면, 어떤 하루를 보내야 할까? 글쓰기는 단지 쓰는 훈련과 연습으로만 할 수 있는 게 아니다. 내가 본 것이 곧 그대로 글이 되기 때문에 어떻게 하면 모두가 같은 것을 바라보는 공간 안에서, 내게만 보이는 다른 것을 찾을 수 있을지에 대한 사색이 가장 절실하다. 글을 쓰며 수많은 작가를 경험했다. 늘 남과 다른 것을 발견해내는 작가에게는 매우 특별한 능력이 하나 있었는데, 늘 주변을 가장 좋은 것으로만 채운다는 사실이다. 좋은 감정과 사람, 좋은 시선과 마음으로 주변을 채우면 그 사람의 하루 역시 좋은 소식만 들리게 된다. 그리고 그렇게 온 좋은 소식은 그 사람에게 같은 공간에서도 다른 것을 발견할 수 있는 능력을 준다. 늘 더 좋은 것을 찾으려는 삶의 태도가 늘 새로운 것을 전해주기 때문이다.

다음에 제시하는 삶의 태도를 당신의 것으로 만들어보라. 그럼 인생이 앞서 말한 것처럼 좋은 것들로 채워지며 동시에 같은 공간에서도 다른 것을 찾아내는 능력도 갖게 될 것이다. 생각할 수 있는 지점을 8개로 구분해서 정리했으니 각 단계마다 멈춰서 생각하는 시간을 꼭 가져보라.

## 1단계

부정적인 사람이 9명 있는 곳에서 1명의 긍정적인 사람이, 그 공간의 분위기를 긍정적으로 바꾸는 게 과연 말처럼 쉬울까?

## 2단계

부정의 기운은 1대1로 붙어도 긍정을 단숨에 이길 정도로 강해서, 9대1이라면 짧은 시간에 긍정적인 사람도 부정적으로 바뀔 가능성이 매우 높다. 당신에게도 그런 경험이 있는가?

## 3단계

이미 자신의 인생이 스스로 망했다고 생각하는 사람이 가장 위험하다. 그들은 모든 불행을 남의 탓으로 돌릴 준비를 마친 상태이기 때문이다. 당신 주변에 그런 사람이 있는가?

## 4단계

물론 그들을 돕고 싶다는 마음은 충분히 이해한다. 하지만 그건 높은 의식 수준의 보유자가 아닌 이상 해결하기 힘든 문제다. 앞서 2번에서 잘 확인했듯 말이다. 당신의 의식 수준은 어느 정도인가?

## 5단계

주변 사람을 잘 관리해야 한다. 인연을 맺을 때 언제나 신중해야 하며, 본인 스스로도 직장이나 각종 장소에서 불평을 하거나 부정적인 말을 자제해야 한다. 당신의 하루는 어떤 언어로 채워져 있는가?

## 6단계

삶의 계획이 분명하게 서 있는 사람을 자주 만나서 서로 좋은 에너지를 주고받는 게 좋다. 무엇이든 좋은 면을 보려는 사람을 만나 서로 좋은 것을 교환하라. 당신에게는 생각만 해도 좋은 기운이 느껴지는 사람이 얼마나 있는가?

## 7단계

나쁜 관계는 시간이 지나면 더 악화되고, 나쁜 예감도 시간이 지나면 더 악화된다. "시간이 지나면 좋아지겠지?"라는 생각은 언제나 우리에게 실망만 주지 않았는가. 시간이 온갖 부정적인 이슈를 지울 수 있다고 생각하나?

처음부터 좋아야 끝도 좋다. 시작부터 좋은 사람을 만나라. 숫자는 중요하지 않다. 사랑하는 사람이 준 마음이 깃든 편지는, 아무리 되풀이해서 읽어도 싫증 나지 않는다. 당신의 주변은 무엇으로 채워져 있나?

# 책 한 권을 가장 간단하게 구상하는 6단계 방법

지금까지 80권 정도의 책을 냈지만, 책 한 권의 구상이 가만히 앉아 있어도 번개처럼 머리를 스치는 건 아니다. 쓰는 일은 언제나 어렵고, 주제를 구상하는 것도 마찬가지로 여전히 고통스러운 작업이다. 하지만 그렇게 지난 30년 동안 글을 쓰며 최근에서야 깨달은 바가 있어, 책 한 권을 구상하는 가장 간단한 6단계 방법을 소개한다.

혹시 이 부분에서 "나는 글만 쓰면 되지 굳이 책까지 쓸 필요는 없는데"라고 생각하는 사람도 있을 것 같아 덧붙인다. 2020년 정도까지만 해도 나도 같은 생각이었다. 하지만 앞서 잠시 언급한 것처럼 인공지능의 발달과 함께 이제는 예술가 수준에 도달하지 못한 사람은 자기 분야에서 생존하기 힘든 상황이 되었다. 이때 책 쓰기가 자기 분야에서 우리를 예술적 수준까지 끌어올리는 역할을 하기 때문에 이렇게 모두에게 권한다. 아래에 제시하는 6단계 방법을 통해 모두 자기 삶의 책을 한 권 이상 써보길 바란다. 그럼 책의 탄생과 함께 완전히 달라진 자신의 수준을 만나게 될 것이다.

## 1단계 | 제발 작정하지 말자

주제를 정하는 일은 매우 중요하다. 또한, 뭐든 창조적인 것은 작정하면 더욱 나오지 않는다. 그냥 일상을 자연스럽게 살아가는 마음으로 주변을 바라보며, 차분하게 느끼자. 자연스러운 과정을 반복하면 좋은 주제가 선물처럼 손에 잡히는 순간이 온다.

## 2단계 | 아무 책이나 자주 읽어라

책을 처음부터 끝까지 읽을 필요는 없다. 그저 아무 책이나 자주 잡고 아무 페이지나 읽어라. 그리고 거기에서 당신을 경탄시킨 문장을 찾아라. 이는 나와 괴테 그리고 이어령 선생이 자주 사용하는 방법이기도 하다.

## 3단계 | 24시간 내내 그것만 사색하라

당신을 멈춘 문장을 발견했다면 독서는 끝났고, 이제는 사색이다. 당신이 선택한 문장이 짧을수록 좋다. 하루 24시간 내내 그 문장이 준 느낌만 생각하라. "이게 과연 무슨 의미일까?" "나는 이 문장을 어떻게 활용할 수 있나?" 반복해서 질문하고 사색하라.

## 4단계 | 3가지 이유를 발견해서 써라

사색을 통해 자신의 느낌을 찾았다면, 그 이유를 3가지로 나누고 글로 써라. '인생은 고통이다'라는 느낌을 찾았다면 이런 방식으로, 그 이유를 3가지로 나눠 적는 것이다. ①살아 있는 한 고통은 사라지지 않는다. ②고통이 있는한 희망도 존재한다. ③고통은 결국 우리의 희망이다.

## 5단계 | 3가지 이유를 3부로 구성하라

책은 보통 3부 정도로 나누어진다. 문학작품이 아니라면, 1부는 배경, 2부는 이론, 3부는 실천법 정도의 흐름을 따른다고 보면 맞다. 당신이 생각한 3가지 이유를 각각 1, 2, 3부의 주제로 정하라. 위의 사례로 배열하자면, 1부는 살아 있는 한 고통은 사라지지 않는다. 2부는 고통이 있는 한 희망도 존재한다. 3부는 고통은 결국 우리의 희망이다. 이렇게 3부를 구성할 수 있다.

## 6단계 | 각 부에 대한 이유를 6개로 구성하자

3부를 구성했다면 이번에는 처음에 책을 읽으며 경탄한 이유를 3가지로 나눈 것처럼, 각 부에 대한 당신의 생각을 각각 6개로 나누자. 그럼 총 18개의 소주제가 나올 것이고, 그렇게 책이 될 가장 기본적인 구성을 완성할 수 있다. 글이 너무 길어지니 1부만 예로 들자면 이렇다. 1부 살아 있는 한 고통은 사라지지 않는다. ①고통이란 무엇인가? ②나는 고통을 피하지 않고 맞선다. ③삶을 사랑하면 고통을 절반으로 줄일 수 있다. ④고통은 어디에서 찾아오는 걸까? ⑤나는 나를 아프게 한 것들로 성장했다. ⑥인간은 나약하지만 포기하지 않는다.

우리는 글을 '쓴다'라고 표현한다. 이유는 간단하다. 손가락과 마음을 움직여 써야만 쓸 수 있기 때문이다. 글쓰기는 쓰지 않으면 보여줄 수 없는 전형적인 동사의 영역에 속한 지성이다. 언제나 그렇지만 눈으로만 6가지 방법을 훑어본 사람은 이해하지 못할 것이고, 실제로 마음과 손을 움직이며 읽은 사람은 앞으로 6가지 방법을 통해 다양한 콘텐츠를 창조하게 될 것이다.

✉

"움직여라, 그리고 써라.
언제나 갈망하며 애쓰는 영혼만이,
방황하는 자신을 펜으로 세울 수 있다."

## 순식간에
## 당신의 글쓰기 능력을 높이는 비밀

앞서 잠깐 언급했지만, 왜 글쓰기에서 보는 힘이 중요한지 가장 분명하게 표현하면 이렇다. 다음 문장을 마음에 새긴다는 생각으로 읽어보라.

> "아는 만큼 보이지만
> 보는 만큼 알게 되며,
> 그래서 보는 능력이
> 곧 쓰는 능력을 결정한다."

2022년에 나는 11권의 책을 발간했다. 내 글을 좋아하는 독자가 내게 하소연(?)을 하는 이유는 보통 이런 것이다.

"작가님 책을 아직 다 읽지도 못했는데, 또 작가님 책이 나왔어요.

너무 사고 싶어서 사긴 샀는데, 작가님이 쓰는 속도가 제가 읽는 속도보다 더 빠른 것 같아요."

사실 맞는 말이다. 내가 쓰는 속도가 독자가 읽는 속도보다 훨씬 빠르다. 내가 당신이 읽는 속도보다 빠르게 쓸 수 있는 이유는 '보는 것'이 '읽는 것'보다 빠르기 때문이다. 내가 본 풍경이나 이미지는, 보는 즉시 내게 최소한 한 장, 많게는 한 권 분량의 영감을 준다. 그렇게 때로는 강렬한 순간의 이미지로 한 권을 순식간에 완성하기도 한다. 나는 그저 내가 본 그것을 텍스트로 변환하는 존재일 뿐이다. 다만 그것이 무엇이 되려고 하는지 본질을 파악하는 안목은 필요하다. 그 안목에 대한 부분은 앞으로 이 장에서 자세히 알아볼 예정이다.

그 전에 이 사실을 다시 한번 분명히 깨닫고 지나가길 바란다. 내가 다양한 분야의 책을 자유롭게 낼 수 있는 이유는 '보는 것'이 '배우는 것'보다 인간을 글쓰기의 영역에서 더 자유롭게 만들어주기 때문이다. 배운 걸로만 책을 쓴다면 평생 한 권 이상 내기 힘들지만, 본 걸로 책을 쓴다면 살아 있는 한 어떤 한계도 없다. 그저 눈을 떠서 무언가를 보기만 하면 쓸 수 있기 때문이다.

이 모든 것을 가능하게 만들 정말 중요한 비밀을 다시 한번 더 소개한다.

"우리는 아는 만큼 볼 수 있지만, 본 만큼 알게 되기도 한다.
1분 1초도 그냥 스치지 말라. 더 다가가서 더 깊이 보라."

헤밍웨이가 쓴 글의 특징은 군더더기 없는 깔끔한 문체다. 그래서 헤밍웨이를 떠올리면 바로 2가지가 생각난다. 하나는 '훌륭한 대화'고, 나머지 하나는 '정확한 묘사'다. 어떻게 이런 글쓰기가 가능했을까? 그 역시 괴테와 이어령 선생처럼 배운 것이 아니라, 자신이 본 것을 쓰려고 노력했다. 그는 한때 자신의 글쓰기를 빙산에 비유하면서 "보이는 것의 8분의 7은 물밑에 있다"라고 말하기도 했다. 모두의 눈에 보이는 8분의 1만 본 것이 아니라, 나머지 8분의 7까지도 보기 위해 분투한 세월이 그에게 글이라는 선물을 준 셈이다. 본 것은 경험으로 쌓였고, 경험은 그에게 신앙과도 같은 존재였다. 그의 소설이 지금까지도 세계인에게 사랑받는 고전으로 남은 이유도 바로 거기에 있다. 누구도 모방할 수 없는 그가 본 세계에 대한 이야기이기 때문이다. 어떻게 하면 그런 시각으로 나만의 글을 쓸 수 있을까? 이에 헤밍웨이의 말을 요즘 시대에 맞게 변형한 후 나의 개인적인 생각을 더해 다음 8가지로 정리했다.

## 01. 진정한 성장

타인보다 조금 더 낫다고 훌륭한 것이 아니다. 그건 스스로 자신에게 경쟁을 허락하는 것과 마찬가지이기 때문이다. 평생 타인과 경쟁하면 나중에는 아무리 잘해봐야 타인과 같은 선상에 놓일 뿐이다. 중요한 것은 과거의 자신보다 더 나아진 것이야말로 진정한 성장이라는 사실을 자각하는 것이다. 그때야 비로소 우리는 종이 위에서 자신만의 소리를 낼 수 있다.

## 02. 경험과 진심

어려운 단어를 써야만 대중의 감동을 부를 수 있는 것은 아니다. 모두가 아는 단순한 단어와 평범한 묘사만으로도 깊은 감동을 줄 수 있다. 그게 바로 두 눈이 본 경험의 가치다. 마찬가지로 내면의 성장을 이루기 위해 우리에게 필요한 것은 수많은 책과 깊은 철학이 아니다. 바로 진심이다. 무언가를 창조해서 세상에 도움이 되려는 마음을 가져야 누군가에게 감동도 줄 수 있다.

## 03. 상처받을 용기

자기만의 글을 쓰는 사람들은 아름다움에 대한 포기할 수 없는 감정과 위험을 감수할 용기, 진실을 말할 수 있는 훈련, 그리고 인생을 모두 투자할 의지를 갖고 있다. 그들은 그것이 내면을 뚫고 침입할 수 있게 스스로 자신을 연약하게 만들어 파괴하며 상처를 낸다. 그 벌어진 틈으로 고귀한 것들이 들어온다. 이것을 반드시 알아야 한다. 아파하라, 상처 없이 성장하는 영혼은 없다.

## 04. 나를 지키기

보이지 않는 것까지 보려는 창조자에게 사랑은 버릴 수 없는 숙명이다. 사랑해야 더 많이 볼 수 있다. 그러나 사랑 뒤에는 반드시 이별이 따른다. 이별보다 고통스러운 것은 누군가를 너무 많이 사랑하는 과정에서 자신을 잃고, 자신이 특별하다는 사실까지 잊어버리는 것이다. 이때 '고유한 자신의 특성을 잃지 않고 이별해야 한다'라는 사실을 꼭 붙잡고 있어야 한다. 내가 나를 잃으면 무엇을 얻어도 아무런 가치가 없다.

## 05. 희망과 창조

매일 무엇을 생각하며 살고 있는가? 매일 조금씩 걱정하면 평생을 기준으로 볼 때 몇 년을 잃게 될 것이고, 반대로 매일 조금씩 희망하면 평생 몇 년을 얻게 될 것이다. 시간을 소비할지 아니면 창조할지 그 결과는 당신의 선택에 달려 있다. 모든 생각이 아름다운 건 아니다. 걱정은 어떤 기술자도 고칠 수 없는 고철이다. 고칠 수 있는 것을 붙잡고 삶을 다시 시작하라.

## 06. 이해하려는 마음

절대로 판정을 내리지 말라. 글을 쓴다는 것은 판단하는 사람이 아니라 이해하는 사람이 되겠다는 다짐이다. 세상에 그 누구도 판단의 근거나 기준이 되고 싶은 사람은 없다. 이해하려고 노력할 때 우리는 비로소 대상에 조금 더 가까이 다가갈 수 있다. 늘 조금 더 가까이 다가가라. 멀리서 바라보면 판단하게 되지만, 가까이 다가가면 누구든 이해하게 된다.

## 07. 해내는 삶

인생에 대해 글을 쓰기 위해서는 먼저 인생을 살아야 하고, 실패에 대한 글을 쓰려면 더 치열하게 실패해봐야 한다. 글을 쓰는 데 있어 가장 어려운 건 글에서 보고 싶은 그것을 실제로 해봐야 한다는 사실이다. 당신은 무엇을 원하는가? 진실로 원한다면 그걸 먼저 살아내라. 그리고 글에서 보고 싶은 그것을 삶에서 살아내라. 그럼 그 삶의 끝에서 글은 자신을 스스로 완성하며 당신이 도착하기를 기다리고 있을 것이다.

## 08. 순결한 믿음

가장 잘 안 보이는 존재는 역시 사람이다. 좋은 방법이 하나 있다. 누군가를 보며 그가 믿을 만한 사람인지 알아보기 전에, 아무런 의심 없이 그를 먼저 믿어보라. 그리고 자신의 변화를 살펴보라. 사람을 믿는다는 것이 얼마나 힘들고 어려운 일인지 깨닫게 될 것이다. 누군가에게 믿음을 강요하지 말라. 당신이 받고 싶은 믿음을 그에게 먼저 주라. 그럼 남들은 발견하지 못한 진귀한 것들을 그를 통해 찾아낼 수 있게 될 것이다.

## 트집과 말꼬리를
## 더 잡을 수 없을 때까지 잡아라

SNS에 글을 쓰면서 가장 염려가 되는 부분 중 하나는, 댓글로 트집이나 말꼬리를 잡는 사람이 나타나는 것이다. 독일은 커피가 다양하다는 이야기를 쓰다 보면 아직 글을 올리지도 않았지만, "제가 살아봤는데 다 그런 건 아닌데요" "잘 모르시네, 이탈리아가 더 다양하죠" "자격증은 있나요? 당신이 커피 전문가인가요?"라는 식으로 온갖 트집과 말꼬리를 잡는 댓글이 달리는 게 상상이 된다. 온라인에서 20년 넘게 글을 올리며 활동하다 보니 이제는 글을 쓰면서도 "이번 글은 트집을 잡는 댓글이 30퍼센트 정도 나올 것 같은데"라는 예상이 절로 나오고, 어떤 방식으로 말꼬리를 잡을지도 거의 정확히 짐작하게 된다. 그런 지독한 미래를 모르고 쓰는 게 아니라, 다 알면서도 쓰는 것이다.

나는 그 트집과 말꼬리 잡는 댓글을 읽으며, 그들이 매우 심각하게 자신의 시간과 영감을 낭비한다는 생각을 지울 수가 없다. 나도 타인의 글을 읽으면 트집을 잡고 싶고, 당장이라도 말꼬리를 잡아 댓글을 쓰고 싶다는 생각이 든다. 하지만 나는 결코 그 유혹에 넘어간 적이 없다. 아까운 내 '트집과 말꼬리라는 영감'을 악의적 댓글이라는 방식으로 낭비하고 싶지 않기 때문이다. 이를테면 나는 쓰고 싶은 댓글을 그대로 나의 계정으로 가져와서, 그것을 주제로 하나의 글을 완성한다. 댓글 하나로 끝날 영감을 글 하나로 완성하는 셈이다. 내가 트집과 말꼬리를 잡는 댓글을 쓰는 사람이 자신의 시간과 영감을 낭비한다고 말한 이유가 바로 여기에 있다.

타인의 글을 읽으며 트집과 말꼬리를 잡고 싶다는 열망은, 결국 내 창작력의 매우 많은 부분을 차지하는 중요한 지적 재산이다. 댓글로 나쁜 감정을 분출하려는 욕망을 참고 조금만 사색에 잠기면, 얼마든지 근사한 글로 완성할 수 있기 때문이다. 이를테면 이런 방식이다. 앞에 언급한 커피에 대한 부분에서 "잘 모르시네, 이탈리아가 더 다양하죠"라는 조언을 가장한 트집을 잡고 싶은 욕망을 버리고 나의 계정에 돌아와서, 일단 제목을 이렇게 정하고 글을 쓰기 시작하는 것이다.

"왜 이탈리아에는 다양한 커피가 존재하는 걸까?"

일단 제목을 정하면 약간의 검색과 경험 그리고 지식만으로 하나의 글을 완성할 수 있다. 아마 이 부분에서 "잘 모르시네, 이탈리아가 더 다양하죠"라는 말이 트집이라고 볼 수 있냐고 묻는 사람도 있을 것이다. 그건 개인이 느끼는 차이라고 볼 수 있다. 인간은 누구나 자신이 아는 것을 쓰고 말한다. 그럴 때 '잘 모르시네'라는 말로 그 사람과 전혀 다른 의견을 말하면 절반 이상은 아마 기분이 좋지 않을 것이다. 내가 그걸 글로 쓰라는 이유도 바로 거기에 있다. 괜히 말해서 서로 기분 상하게 하지 말고, 반박하고 트집을 잡고 싶은 그 주제로 자신의 글을 완성하면 '일상의 기록'이 바로 '자신의 역사'가 되는 것이다.

일상에서 동의하기 힘든 글을 만날 때마다, 앞에서 내가 시범을 보였던 것처럼 트집을 잡으려고 생각한 그 짧은 글의 제목을 바꿔서 하나의 글로 완성하는 연습을 해보라. 그게 훨씬 생산적이고 창의적인 선택이다. 만약 당신이 책을 내고 싶다면, 그 분야에 대한 트집을 60번만 잡으면 된다. 그럼 가장 적절한 소목차가 60개나 완성되기 때문이다. 그렇게 생각하면 트집과 말꼬리를 가장 생산적으로 활용하는 방법이 바로 글로 쓰는 것이라는 생각이 들 것이다. 트집을 자주 잡아라. 그러나 그 귀한 영감을 상대에게 돌려주지 말라. 남에게 주기 너무나 아까운 것이니, 글로 써서 자기 공간 안에 가둬라. 가둔 그 트집을 글이라는 형태로 바꿔 세상에 내보내면, 그때부터 세상은 당신을 작가라고 부를 것이다.

## 나쁜 것을
## 풍성하게 경험한 시간이 필요하다

박물관이나 미술관에서 혹은 좋은 클래식 연주를 감상하며 이런 의문을 던지는 사람이 꽤 많다.

"나는 이게 왜 좋은지 정말 모르겠어!"

"이게 어디가 좋다는 거야?"

"대체 어느 부분을 봐야 영감을 얻을 수 있지?"

그들의 불평에는 물음표와 느낌표만 가득하다. 조금은 충격적인 사실이지만, 실제로 많은 사람들에게는 좋은 걸 보는 눈이 없다. 이 것은 대상에 문제가 있는 게 아니라, 보는 사람 눈에 문제가 있는 것이다. 안목은 대중의 것이 아니다. 그럼 어떻게 하면 안목을 기르며 영감도 발견할 수 있을까? 괴테는 이렇게 조언한다.

"별 볼 일 없는 작품이라는 생각이 들어도 그 자리를 뜨지 않고 억지로라

193

도 보고 듣는 게 자신에게 좋다네. 그렇게 해야 자신에게 안 좋은 영향을 주는 나쁜 작품에 대한 강렬한 혐오감을 간직하게 되고, 비로소 좋은 작품을 그만큼 더 잘 인식하게 되는 법이지.”

나쁜 것은 쉽게 구분할 수 있다. 악취가 나기 때문에 누구라도 쉽게 발견할 수 있기 때문이다. 하지만 바로 그게 문제라고 괴테는 말한다. 악취가 나기 때문에 다가가기 전에 그 자리를 피하게 되기 때문이다. 그래서 그것들이 내는 소리를 경험하지 못하고, 그 안에 무엇이 들어 있는지 평생 모르고 살게 된다. 이 사실은 무엇을 의미할까? 그렇다. 나쁜 게 무엇인지 제대로 모르니 반대로 좋은 게 무엇인지도 모르고 살게 된다는 사실이다. 매우 중요한 부분이다. 안목이 대중의 것이 아닌 이유도 바로 여기에 있다. 좋은 것을 발견할 수 있는 고귀한 눈은 나쁜 것을 수없이 경험한 시간이 주는 선물이다.

괴테는 그걸 아는 사람은 여행의 수준도 다르다며 이렇게 강조한다. 글쓰기에 도움이 되는 조언이니 새겨듣길 바란다.

“여행할 때는 2가지 원칙을 분명하게 세워야 하지. 하나는 ‘무엇을 보아야 할 것인가?’에 대한 대답이고, 나머지 하나는 ‘무엇이 내게 중요한 것인가?’라는 질문에 답할 수 있어야 한다는 거야.”

이런 2가지 원칙이 없이 떠나면 무엇도 찾을 수가 없다. 근본적으로 인간은 자기가 태어난 환경과 목적에만 순응하는 법이다. 2가지 원칙을 통해 원대한 목적에 이끌려 바깥으로 나간 사람이 아닌 이상, 익숙한 집에 머물 때 더 큰 행복을 느끼게 된다. 물론 그 행복은 매우 일시적인 것이라서 영원의 관점에서 볼 때 그 자신에게 나쁜 영향만 준다.

세상에 사교적인 성격을 타고난 사람은 별로 없다. 하지만 괴테는 이렇게 조언한다.

"우리가 타고난 성향을 극복하려고 노력하지 않는다면 교양이라는 것이 도대체 무슨 소용이 있겠는가."

아름다운 표현이다. 다른 사람이 애를 쓰며 나와 조화를 이루기를 바라는 것은 정말 어리석은 생각이다. 나쁜 것과 악취가 나는 것들을 풍성하게 경험하며 그 안에서 좋은 것을 찾고 자신의 의식과 안목을 상승시켜야 한다.

"자네는 자신이 스스로 생각하는 것보다 훨씬 더 많은 소질을 갖추고 있네. 하지만 현재 상태로는 아무짝에도 쓸모가 없으니 자네가 원하든 원치 않든 보다 넓은 세계로 뛰어들어야겠어. 다음 6가지 원칙을 꼭 지켜보게."

실제로 괴테는 그걸 잘해내지 못하는 제자 애커먼이 안타까워서 이런 현실적인 방법을 제안하기도 했다. 여러분도 참고하면 좋은 내용이라 소개한다.

**01.** 언제나 사람을 하나의 독립된 개체로 보라.

**02.** 그 사람을 탐구하고 특수성을 알려고 노력하라.

**03.** 하지만 그 이상의 공감은 바라지 말아야 한다.

**04.** 성격이 전혀 상반된 사람을 만났을 때, 그들과 어떻게든 잘해나가도록 애써야 한다.

**05.** 그렇게 하다 보면 마음속에 있는 여러 가지 다른 면이 자극도 받고 의식도 성장한다.

**06.** 마침내 내면이 깊어져서 어떤 사람을 대하더라도 스스로 성숙한 느낌을 갖게 된다.

항상 현재 가지고 있는 것과 상황을 중요하게 생각해야 한다. 우리가 어떤 상태에 있든 어느 순간이든 거기에 무한한 가치가 있다. 언제나 '영원'이라는 놈을 대표하는 건 '순간'이라는 기적이다. 결국 일상이 우리가 가진 모든 것이다.

"유능한 예술가는 모방하고

위대한 예술가는 훔친다."

수많은 사람이 알고 있듯, 위대한 예술가 피카소가 남긴 말이다. 언제 읽어도 정말 멋진 표현이다. 그런데 하루는 이런 생각을 해봤다. "과연 이 말을 실천하며 사는 사람이 몇이나 있을까?" 위대한 예술가의 삶이 좋다는 것은 알지만, 실제로 그렇게 사는 사람이 적은 이유는 이 질문에 답하지 못해서 그렇다. "모방과 훔치는 삶의 차이는 어떻게 설명할 수 있을까?" 무엇이 모방이고, 또 무엇이 훔치는 걸까? 여러분은 어떻게 생각하는가?

간단하게 말하자면 모방이란 무언가를 만들기는 했지만 여전히 타인의 작품으로 남아 있는 수준을 말하며, 훔친다는 것은 온전히 나만의 방식으로 창조했다는 것을 말한다. 글로 다시 예를 들면 이렇다.

"물 들어올 때 노를 저어라"라는 말이 있다. 이 글에 매우 단순한 변화만 줘서 이렇게 쓰면 표절이다. "물이 들어올 때는 꼭 노를 저으세요." 그러나 이렇게 쓰면 완벽하게 소화해서 훔친 것이 된다. "내가 노를 저을 때 물이 들어오면 얼마나 좋을까."

어떤가? 발상만 조금 바꿨을 뿐인데, 완전히 생각을 거꾸로 뒤집어 쓴 매우 근사한 표현이 완성되었다. 이렇게 무언가를 바라보는 시각을 단순히 바꾼 것만으로도 우리는 전혀 다른 결과물을 만날 수 있다. 이것이 바로 모방의 수준에서 벗어나, 훔치는 삶에 접속해 있는 사람의 모습이다. 그들은 뭐든 마음만 먹으면 순식간에 자기만의 것으로 만든다.

얼마든지 다른 예를 들 수 있다. 만약 누군가 "사랑에 빠진 연인이라면 꼭 호감을 받는 기술을 알아야 한다"라고 썼다면 이 글을 활용해서 어떤 글을 쓸 수 있을까? 이렇게 쓰면 전혀 다른 방식으로 생각할 수 있다. "자신을 길러주는 인간을 사랑하는 강아지라면 꼭 호감을 받는 기술을 알아야 한다." 이렇게 기존에 있던 글과 생각을 완전히 자신의 기준으로 바꿔서 생각할 수 있다면, 쓸 수 있는 글의 반경이 무한대로 넓어진다. 이 비법을 꼭 당신이 알아야, 무엇이든 주제로 삼을 수 있으며 무엇이든 변주할 수 있게 된다.

어떤 명언이나 좋은 글을 보며 이런 질문을 동시에 던지면, 여러분도 쉽게 대상을 나만의 것으로 만들 지점을 포착할 수 있다.

"여기에 뭘 추가하면 좋을까?"

"어떤 시선으로 보면 가장 좋을까?"

"이걸 나만의 것으로 만들려면 어떻게 해야 할까?"

위에 소개한 3가지 질문을 늘 눈에 넣고 다닌다면, 어디에서 무엇을 보든 그 대상을 가장 아름답게 변주할 수 있게 될 것이다. 피카소가 자신의 삶으로 증명했듯 어설프게 훔치면 잡혀가지만, 완벽하게 훔치면 존경받는다. 잡혀가는 삶과 존경받는 삶은 단 1센티미터의 생각의 차이가 결정한다. 그리고 그들은 이 사실을 누구보다 잘 알고 있다.

✉

"볼 수 있다면, 가질 수도 있다."

어떤 분야든 잘되려면 대중이 좋아하는 것을 해야 하고, 잘되는 건 원하지 않더라도 최소한 망하지 않으려면 대중이 싫어하는 것은 하지 말아야 한다. 이 둘의 차이를 아는 것은 매우 중요하다. 잘 알고 있다고 생각하지만, 많은 사람이 의외로 이 차이를 제대로 모르고 있다. 주변을 한번 둘러보라. 수많은 사람이 실컷 자기'만' 좋아하는 것을 한 뒤, 콘텐츠는 매우 훌륭하지만 세상이 알아주지 않아 망했다며 오히려 수준 낮은 세상이나 대중을 비난한다.

그런데 과연 진짜 수준이 낮은 존재는 누굴까? 최고의 수준이란 아무도 접근하지 못할 콘텐츠를 생산하는 것이 아니라, 공감할 지점을 더 많이 찾아서 콘텐츠 곳곳에 배치하는 것으로 판단이 가능한 능력이다. 더 많은 책을 읽고 많은 지식을 아는 게 아니라, 공감할 수 있는 내용을 누가 더 잘 뽑아낼 수 있는가, 그것이 결정하는 문제이기 때문이다. 이를 찾아내기 위한 비틀스와 괴테의 노력은 보통 사람이 상상할 수 없는 것이었다. 그들이 남긴 말과 삶을 통해서 발견한 지혜를 5가지로 구분하면 이렇다.

## 01. 대중의 마음을 찾는 노력을 멈추지 말라

"당신의 성공 비법이 뭐라고 생각하나요?"

비틀스가 수십 번 들었던 말이다. 그들은 그때마다 모든 멤버가 입을 모아 수십 번 같은 답을 내놨다. "정말 알 수 없어요. 만약 저희가 그걸 안다면 이 힘든 가수 생활은 접고 '비틀스'와 비슷한 가수를 여럿 키우는 매니저를 하면서 살겠죠." 특별한 비법이 없으니, 대중의 마음을 얻기 위해 평생 끝없이 노력했다는 말이라고 볼 수 있다.

## 02. 과거의 선배들에게 배움을 구하라

"어쩌면 그렇게 멋진 글을 쓸 수 있죠?"

이번에는 대문호 괴테가 대중에게 수백 번은 들었던 질문이다. 그때마다 괴테는 수백 번 이렇게 답했다. "고대 로마와 고대 그리스의 문화 덕분입니다. 제 모든 역량은 과거에 그걸 먼저 쌓아 올린 조상들에게서 나옵니다." 글쓰기는 혼자서 하는 일이지만, 그렇다고 모든 것을 내부에서만 끌어낼 수는 없고, 오히려 그건 어리석은 선택이다. 괴테가 그랬던 것처럼 근사한 글을 썼던 과거의 선배에게 도움을 구하는 게 좋다.

## 03. 당신이 지금 할 수 있는 일을 하라

팔리는 콘텐츠를 창조하려면 어떻게 해야 하나. 이에 비틀스와 괴테의 삶은 우리에게 이런 조언을 한다. "10분의 여유가 생기면 10분 동안 할 수 있는 일을 하고, 1분의 여유가 생기면 1분 동안 할 수 있는 일을 하면 된다." 고민만 하며 시간을 보내지 말고, 지금 할 수 있는 일에 집중하면 그 집중한 시간이 생각하지 못했던 멋진 결과물을 줄 것이라는 말이다. 타인과 세상의 이야기만 들으면 내가 할 수 있는 일이 없다. 자신의 소리에 귀를 기울이며 지금 할 수 있는 일을 지금 하면서 살면 된다.

## 04. 대중을 향해서 달려가라

뭐든 방향이 가장 중요하다. 그래야 제대로 힘을 쓸 수 있다. 비틀스는 인터뷰 때 "우리는 정상을 향해서 갑니다"라고 자주 말했다. "그게 어떤 의미인가요?"라고 묻자 그들은 이렇게 답했다. "가장 대중적인 음악을 하겠다는 말이죠." 정상은 결코 가장 높은 순위나 하늘을 의미하는 게 아니다. 대중과 같은 높이가 글을 쓰거나 콘텐츠를 창조하는 사람에게는 가장 높은 곳이라고 보면 맞다.

## 05. 너와 관심사가 같은 소수의 무리를 만들어라

《젊은 베르테르의 슬픔》이라는 베스트셀러를 쓴 괴테는 정작 자신은 "나는 베스트셀러를 목적으로 글을 쓰지 않는다"라고 말했다. 그리고 다시 이렇게 첨언했다. "나는 나와 유사한 생각을 가진 소수의 사람들을 위해서 글을 쓰지. 그들을 만족시키는 거야." 여기에 내가 한 줄만 덧붙이면 팔리는 콘텐츠가 어떻게 나오는지 짐작할 수 있다. "당신이 좋아하는 것이 곧 대중의 니즈다. 당신과 관심사가 유사한 무리를 만족시키는 것은 곧 세계를 만족시키는 것과 같다." 처음부터 모든 대중을 만족시키려는 시도는 무리다. 나와 성향이나 감성이 유사한 소수의 대중을 먼저 품에 안는 게 좋다.

이들이 우리에게 준 지혜가 중요한 이유는 결국에는 모두 과정에 대한 이야기이기 때문이다. 결과가 아닌 과정을 치열하게 바라보며 영혼을 담아야 한다. 내게는 좋은 일이 매우 자주 일어난다. 물론 남모를 아픔도 매우 많다. 하지만 나는 좋은 것이나 나쁜 것들을 직접적으로 쓰지 않는다. 그건 완벽한 자랑 혹은 선명한 슬픔이기 때문이다. 또한 그런 방식으로 글을 쓰면, 주제와 내용 면에서 한계를 맞이하게 된다. 꾸준히 다양한 분야에 대한 글을 쓰며 멈추지 않고 성장하려면, 글 쓰는 시선을 이렇게 바꾸는 게 좋다.

— 좋은 일에 대한 글이 아니라 좋은 일이 일어난 과정
— 좋은 일이 일어난 과정이 아니라, 좋은 일이 일어난 과정의 어느 한 부분
— 좋은 일이 일어난 과정의 어느 한 부분이 아니라, 좋은 일이 일어난 과정의 어느 한 부분을 바라보는 나의 시각과 생각

그렇게 시각을 바꾸면 같은 것을 보면서도 전혀 다른 것을 쓸 수

있으며, 자신의 한계를 매일 극복하며, 가만히 앉아 있어도 세상의 흐름을 느낄 수 있다. 단순히 글을 쓰기 위한 목적이라면, 굳이 멀리 가지 않아도 된다. 여기에 있는 것만으로도 이미 충분하기 때문이다.

## 지식이 아닌 자신의 시각을 선물해야 한다

짧은 글을 쓸 때는 잘 느끼지 못하지만 하나의 주제로 긴 글, 주로 일정한 호흡이 필요한 글을 쓸 때면 중간중간 내가 쓴 글의 수준이 낮아지는 것을 느낀다. "이런 글을 과연 누가 읽을까?" "이 부분은 도저히 책으로 낼 수 없다"라는 마음이 드는 순간이 온다. 그럴 때 그냥 쓰면 반드시 나중에 후회한다. 과감하게 낮은 수준의 자신을 인정하고 집필을 잠시 멈추고 깊은 사색에 들어가야 한다. 괜히 어떻게든 끝을 내겠다고 무리하게 쓰면 그건 결국 자신의 바닥을 드러내는 꼴이 된다. 그럴 때는 스스로에게 이런 질문을 던지며 스스로의 수준을 높이는 게 좋다.

"지금 내게 어떤 문제가 있나?"
"이걸 해결하려면 무엇을 해야 하나?"

반대로 생각하면 그렇게 중간중간 자신의 바닥을 스스로 느끼며 멈춰서 사색한 원고가 오히려 독자에게 더 많은 도움과 감동을 줄 수 있는 글이 될 가능성이 높다. 위에 소개한 3가지 질문을 통해 자신에게 부족한 것이 무엇인지 알 수 있으며, 그걸 채우기 위해 보고 듣고 느낀 것을 추가로 글에 담을 수 있기 때문이다. 세상에 필요한 글은 이미 누가 발견하고 정의한 지식에서 나온 것이 아니라, 그 사람만의 시각에서 나온 새로운 시각이다. 쓰는 사람은 독자에게 지식이 아닌 자신의 시각을 선물해야 한다. 그러기 위해서는 멈춰서 깊어지는 시간이 필요하다. 그럼, 어떤 태도를 갖고 있어야 멈춰야 할 지점을 찾아 멈출 용기를 낼 수 있을까?

앞서 잠깐 언급했지만, 가끔 내게 "어쩌면 작가님은 제가 읽는 것보다, 쓰는 속도가 더 빠른 것 같아요. 아직 작가님 책을 다 읽지도 못했는데, 작가님 책이 또 나왔네요"라고 말하는 분들이 있다. 맞는 말이다. 실제로 나는 읽는 속도보다 빠르게 쓴다. 그 힘은 어디에서 나오는 걸까? 누구에게나 시간은 같다. 다만 내게 다른 게 있다면 다음 2가지다.

하나는 '대박'이 아닌 '도움'을 생각하는 마음이다. 문장으로 표현하면 이렇다. "나는 대박을 위해서 책을 내는 게 아니라, 도움이 되기 위해 사색한 것을 써서 모아 책으로 낸다." 당연히 보통의 쓰는 사람과 삶의 방향이 전혀 다르다. 만약 내가 진실로 대박을 내고 싶었다면 당장 책 쓰기를 멈추고, 책 쓰기를 가르치는 데 전념했을 것이다.

그리고 나머지 하나는 '24시간 전부를 투자하겠다'라는 결연한 태도다. 누구나 마찬가지다. 당신이 무엇을 하려고 결심하든 세상과 주변은 당신을 도와주지 않는다. 실제로 과거부터 지금까지도 내게 글을 쓰라며 따로 시간을 마련해주는 사람은 없었으니까. 그저 남들처럼 비슷비슷한 일을 하면서 동시에 마주치는 모든 것에서 얻은 영감을 나만의 방식으로 머리에 저장하며 산다. 그리고 틈틈이 기록해서 책으로 완성하는 거다. 그렇게 하루하루 일어난 사건과 발견한 것들 중 가장 빛나는 것만 골라 글로 적는다.

이런 태도와 시선으로 살아야 비로소, 세상이 알려준 정보나 지식이 아닌 자신의 시각에서 나온 빛을 글로 쓸 수 있게 된다. 어렵지 않다. 하루하루 조금씩 바뀌면 된다. 하루 24시간 세상 만물을 바라보며 얻은 각각의 영감을 자기 방식으로 표현하는 습관을 들이자. 그럼 모두가 같은 일을 하며 그저 시간과 돈을 바꾸며 보낼 때, 여러분의 삶에 창조라는 선물을 하나 더 초대할 수 있다. 그리고 그 주제로 고민하는 사람들에게 도움이 되려는 마음으로 최선을 다해 가공하자. 그게 바로 아무도 주지 않는 것들을 알아서 가장 귀한 것만 쏙쏙 뽑아올 수 있는 자기 시선을 가진 사람의 삶이다.

## 진짜로 무언가를 바라보며 관찰한다는 것의 의미

2022년 2월 26일, 한국의 지성 이어령 선생이 먼저 떠난 사람을 만나기 위해 세상을 떠났다. 그의 마지막 순간은 다른 이들의 그것과 매우 달랐다. 다른 이의 죽음이 찾아온 것이었다면, 그의 죽음은 맞이하며 다가가는 것이었다. 그는 죽는 날까지 손님이 아닌 일상의 주인이었다. 그가 세상을 떠났던 당일 오전 두 손주가 영상전화를 걸었지만, 그 시간 이어령 선생은 말을 잃어가고 있었다. 손짓만 가능한 상태였지만 화면에 두 손주가 나오자 반가운 마음에 한 손을 낮게 들어 올렸다. 누가 봐도 깜짝 놀랄 정도로 행복한 모습이었다. 가족 예배를 하며 30분의 시간이 흘렀고, 그의 의식은 더 희미해졌다. 가족 모두가 그의 곁에 모였다. 그런데 놀랍게도 그는 죽음에 끌려가는 모습이 아닌 죽음을 맞이하며 관찰하는 표정이었다. 당시 그의 아들은 아버지의 모습을 이렇게 표현했다.

"죽음이 어떻게 생겼는지 한번 봐야겠다는 표정이었다. 아주 재미있는 걸 보신 것 같았다. 게다가 황홀하기까지 한 얼굴이었다. 아버지가 뚫어져라 한곳을 바라보셨기에 나도 그의 얼굴을 계속 바라봤다. 그렇게 아버지는 30분 동안 죽음을 관찰하셨다."

이는 내게 그리 놀라운 사실은 아니다. 그는 이미 내게 5년 정도 전부터 "죽음이 과연 어떤 것인지 꼭 관찰하고 싶다"라고 공언했기 때문이다. 그가 치열하게 죽음을 관찰하던 그 30분의 시간 동안 만약 그에게 손가락을 움직일 수 있는 조금의 기력이 주어졌다면, 남은 생명을 단축해서라도 그는 자신이 본 죽음에 대해서 글로 썼을 것이다. 나는 그걸 하지 못했던 그의 마지막 30분을 생각하며 "본 것을 쓰지 못해서 이어령 선생이 얼마나 답답하고 분하셨을까?"라는 생각을 할 수밖에 없었다.

2022년 어느 밤, 나는 물을 마시기 위해 냉장고를 열다가 어지러움을 느끼며 바로 뒤로 쓰러졌다. 의식이 없는 상태에서 쓰러져서 뒤통수가 바닥에 강하게 충돌하고 말았다. 너무 놀란 나는 겨우 새벽에 응급실로 가서 치료를 받고 집에 돌아왔고, 바로 이런 생각을 했다.

"오늘 느낀 고통을 글로 써야지."

그리고 내 주특기인 내가 직전에 느낀 고통을 다른 영역의 고통과 대입하는 작업을 했다.

"아, 야구에서 투수의 공에 헬멧을 맞은 타자 마음이 바로 내 마음이겠구나."

뒤통수가 많이 부어올랐고, 나는 계속 글을 썼다. 그리고 또 하나 영감을 얻었다. 쓰러진 장소가 화장실 바로 앞이라 정말 10센티미터만 뒤로 쓰러졌어도 화장실 문턱에 머리를 찧어 생명이 위독했을 수도 있다는 상상을 하며 총 3편의 글을 썼다.

하나는, 인생은 정말 갑자기 어떤 일이 생길지 누구도 모르는 일이니 살아 있는 동안 최선을 다하자는 내용의 글이었고.

또 하나는, 움직이는 것 자체가 힘들 정도로 아팠지만, 그것마저 쓰려는 의지가 있다면 이렇게 다른 아픔에 변주해서 글로 쓸 수 있다는 사실에 대한 글이었고.

마지막 하나는, 갈비뼈가 조금만 어긋나도 사소하다고 생각했던 기침이나 운전, 하품도 전혀 하지 못하는 현실을 생각하며 "세상에는 정말 사소한 게 하나 없구나, 내 몸 내 인생 모두 귀한 마음으로 대하자"라는 글이었다.

무언가를 보며 관찰하고 그것에 대해서 쓴다는 것은 기회가 주어졌을 때 그렇게 한다는 차원의 것이 아니다. 늘 볼 준비를 마친 상태로 살아야 스스로 그런 기회를 잡을 수 있다. 삶이 넉넉해서 쓸 수 있는 게 아니고, 삶이 팍팍하다면 팍팍한 것에 대해서 또 쓰려고 생각한 자만이 자신이 보고 들은 것에 대해서 하나도 놓치지 않고 쓸 수 있다. 쓰려는 자는 결국 어디에서든지 쓸 수 있다는 사실을 잊지 말자.

"산책은 왜 하는 걸까?"

"산책을 하면 뭐가 달라지지?"

"남들은 산책으로 영감을 얻는다고 하던데, 내게는 왜 그 순간이 찾아오지 않는 걸까?"

지금도 수많은 사람이 같은 목표로 산책을 하고 있다. 하지만 앞서 언급한 것처럼 모두가 원하는 것을 찾는 건 아니다. 무언가를 찾으려면 확실한 의지를 갖고 있어야 하기 때문이다. 모두가 산책을 하고 있지만, 모두의 산책이 같은 건 아니다.

글을 쓰는 사람이 산책을 나가는 이유는 단지 어슬렁거리기 위한 것이 아니라, 내가 원하는 혹은 나도 아직 짐작하지 못한 어떤 영감을 사냥하기 위한 것이다. 그냥 나간다고 누구나 뭔가를 찾을 수 있는 것도 아니고, 걷다 보면 저절로 좋은 생각이 나는 것도 아니다.

반드시 무언가를 찾겠다는 마음으로 사냥하듯 주변을 탐색해야 한다. 이렇게 3가지 질문을 마음에 품고 있으면 눈을 통해 마음이 시키는 것을 찾아낼 수 있다.

"이건 뭘까?"

"저건 어떤 가치가 있는 걸까?"

"더 나은 형태로 바꾸려면 어떻게 해야 하지?"

자연에서 영감을 발견하는 것도 마찬가지다. 영감은 주로 자연에서 얻을 수 있는데, 특별한 방법이 필요하다. 그냥 본다고 저절로 영감이 생기는 건 아니다. 게다가 선별할 수 있는 안목도 필요하다. 자연은 인간에게 다양한 예술적 영감도 주지만, 반대로 무가치하며 동시에 무의미한 것들도 다수 품고 있기 때문이다. 그래서 누군가는 자연에서 최고의 영감을 발견한 후 글의 형태로 변주를 해서 대중에게 멋지게 보여주기도 하지만, 또 다른 누군가는 아무것도 발견하지 못하고 시간만 낭비하기도 한다.

찾은 사람과 찾지 못한 사람, 두 사람이 만난 결과는 대체 어디에서 차이가 나는 걸까? 답은 바로 선택에 있다. "의미 없는 것이 가득한 공간에서 의미 있는 것을 선택할 수 있어야 한다." 이를 위해서는 크게 3가지 시선이 필요하다. 하나는 '자연을 모방하려는 마음'이고, 또 하나는 거기에서 '경이로운 무언가를 발견하려는 의지'를 갖는 것이며, 마지막 하나는 이타심을 통해 '세상과 사람에게 유익한 것을 전하려는 확신'이 있어야 한다.

이런 방식으로 먼저 영감을 받은 것을 자기만의 시선으로 내면에 담은 후, 변주를 통해 선명한 글로 세상에 표현할 수 있다면, 우리는 무엇이든 꺼내서 글로 표현할 수 있다. 즉, 펜과 종이만 있다면 어디에서든지 끝없이 글을 쓸 수 있다는 말이다. 위에 소개한 3가지 질문을 가슴에 품고, 3가지 시선으로 자연을 바라본다면 이전과 이후가 달라질 정도의 변화를 체감할 수 있으니, 지금 나가서 당장 실천해보라.

하나를 보고 100번 차분히 생각하면
보이는 것들

다음 빈칸에 어떤 말이 들어가면 좋을지 한번 생각해보라.

"세종이 성군이라는 사실은 이제 초등학교에 막 입학한 아이도 알고 있는 ＿＿＿다."

매우 단순한 문제라고 생각하겠지만, 사람에 따라서 다양한 답이 나올 수 있다. 간단하게 3개만 제시해도 이렇게 말할 수 있다.

1. 세종이 성군이라는 사실은 이제 초등학교에 막 입학한 아이도 알고 있는 '정보'다.
2. 세종이 성군이라는 사실은 이제 초등학교에 막 입학한 아이도 알고 있는 '상식'이다.
3. 세종이 성군이라는 사실은 이제 초등학교에 막 입학한 아이도 알고 있는 '사실'이다.

214

어떤가? 여기에 여러분이 생각한 답이 없을 가능성도 매우 높다. 간단한 문제 같지만 이렇게 사람에 따라서 답은 전혀 다른 방향으로 나뉜다. 나는 이 사실이 매우 중요하다고 생각한다. 모두가 같은 곳을 보면서도 다른 글을 쓸 수 있다는 강력한 증거이기 때문이다. 섬세한 시선으로 보면 세상에 같은 것도 없고 같은 일도 일어나지 않는다.

작가 중에는 실증을 매우 중요시하는 사람도 있다. 물론 사실에 입각한 글을 쓰는 것도 참 중요하다. 하지만 그래야만 하는 글도 있지만, 그게 군이 필요 없는 분야의 글도 있다. 글을 쓰기 위해 실제로 현장에 다 가서 보고, 공부를 하거나 조사를 한 후에 글을 쓰라고 하면, 수많은 사람이 글쓰기를 포기할 것이다. 오직 사실에 기반한 글을 쓰겠다는 생각을 버려야, 비로소 나만이 보여줄 수 있는 글을 쓸 수 있다. 게다가 사실만을 기반으로 시작부터 끝까지 쓰는 글은 전혀 매력적이지 않다. 거기에는 앞서 언급한 세종대왕의 사례처럼 개인의 사색이 녹아들 공간이 없기 때문이다. 사색이 없는 글은 그저 검색하면 쏟아지는 정보나 백과사전에 적힌 한 페이지에 불과하다.

물론 완전히 상상 속에서 시작해서 끝내라는 것이 아니다. 1과 2라는 사실이 있다면, 그 사이에 수없이 박혀 있는 1.1과, 1.08, 1.01 등의 공간을 사색으로 채우는 방식으로 글을 쓰면 더 쉽게 자기만의 세계를 보여줄 수 있다. 집에만 틀어박혀 있어도 나는 보이지 않는 세계에 대해서 쓸 수 있다. 몸은 갈 수 없지만 정신과 생각은 어디든 날아갈 수 있기 때문이다. 열정이나 희망과 같은 뻔한 단어에 대해서 쓰라고 해도 사색을 통해 내 머릿속에 저장된 열정과 희망에 대한 나만의 양식이 여러 가지가 있기 때문에 누구도 짐작하지 못하는 색다른 글을 써낼 수 있다. 결국 상상력을 만들어내는 것은 끊임없는 사색이다. 쌓여 있는 사색의 양에 따라 우리는 상상력에 자유를 허락할 수도 있고, 반대로 현실에 가둘 수도 있다. 그 사색을 만들어내는 것은 하나를 반복해서 깊이 바라보는 시간이다. 아래의 사례를 통해서 지금까지 내가 설명한 내용을 정리하니, 천천히 읽으며 느껴보라.

"지금도 세상 반대편에서 죽어가는 아이들 100만 명을 위해 당신의 사랑을 보여주세요"라고 말하면 큰 반응을 얻기 어렵다. 하지만 이렇게 바꾸면 상황은 달라진다. "브라질 빈민가에서 굶주림으로 고통받는 일곱 살 소녀 마리아를 위해 사랑을 전해주세요." 후자가 더욱 대중의 마음을 이끄는 이유는 뭘까? 대상을 분명하고 세밀하게 표현했기 때문이다. 가본 적도 없는 어떤 나라의 100만 명의 아이들은 상상하기도 힘들다. 그릴 수가 없다면 마음에 담을 수도 없다. 주변에서 그런 공간을 본 적이 없기 때문이다. 하지만 일곱 살 소녀는 다르다. 당장 내 아이의 일곱 살 시절을 떠올릴 수 있으며, 지금도 우리는 지인과 주변 거리에서 만나는 수많은 일곱 살을 보며 살고 있기 때문이다.

다시 이 긴 내용을 짧게 압축하면 이렇다. 다음 네 줄을 가슴에 새겨라. 그럼 쓸 수 있는 글의 깊이가 달라진다.

"모든 과일에 대해서 말하지 말고

딸기 한 송이에 대해서 말하라.

우주에 대해서 말하지 말고

저 별 하나에 대해서 말하라."

# 호불호가 극명하게 나뉘는 것을 연구하라

"맛에 대한 평가에 호불호가 있던데요."

"책에 대한 리뷰에 호불호가 있던데요."

"그건 좀 호불호가 나뉠 것 같아요."

통하는 콘텐츠가 무엇인지 발견할 센스가 없는 사람은 이런 이유로 그 식당과 책, 혹은 어떤 대상을 외면한다. 그런 선택을 통해 그 사람의 센스는 계속 나빠진다. 이유가 뭘까? 먼저 이 질문에 대해서 생각해보라.

"호불호가 나뉜다는 것은 무엇을 의미하는 걸까?"

그 식당이 맛집이고, 그 책이 베스트셀러라는 사실을 의미한다. 평점이 만점에 가까운 식당과 책은 가보면 인기가 없는 식당이나 책일 가능성이 매우 높다. 사람들이 잘 모르니 주변 지인만 다녀간 식당이자 책일 가능성이 높기 때문이다.

218

하지만 평점의 격차가 크다는 것은 어떤 사실을 의미하는 걸까? 그 안에 그 맛과 맞지 않는 수많은 사람이, 그 글에 공감하지 못하는 수많은 사람이 있다는 것을 말한다. 인기가 많아서 불특정 다수가 모인 결과라고 보면 된다. 그래서 팔리는 콘텐츠를 만들고 싶다면 호불호가 나뉜다고 외면하지 말고, 오히려 반대로 극명하게 호불호가 나뉘는 것들만 찾아서 연구할 필요가 있다. 그 안에 대중이 호응하는 글과 영감이 집중되어 있으니, 그저 들어가 경험하는 것만으로도 다양한 시선을 내면에 담을 수 있다.

그럼 자연스럽게 앞서 질문한 호불호가 극명하게 나뉘는 것을 멀리하는 사람의 센스가 날이 갈수록 나빠지는 이유는 설명이 되었을 것이다. 그렇게 되면 고정관념이 더욱 견고하게 굳어질 가능성이 높고, 세상 어디를 가도 아무것도 발견하지 못하는 수준 이하의 안목을 가진 소유자가 될 것이다. 최대한 호불호가 극명하게 나뉘는 것을 연구하고 관찰한 시간은 여러분에게 다양한 사람의 입장을 이해할 수 있는 수많은 근거에 대해서도 알려줄 것이다. 이런 질문을 통해 접근하면 더 효과적인 관찰이 가능하다.

"무엇이 이 콘텐츠를 인기 있게 만드는 걸까?"

"사람들이 이 글에 반응하는 이유가 뭘까?"

"좋은 것만 내 것으로 만들려면 어떻게 해야 하나?"

탕수육 하나만 봐도 소스를 어떤 방식으로 먹느냐로 호불호가 매우 극명하게 나뉜다. 그럼 이런 식으로 위의 질문을 활용해서 다양한 글의 주제를 추출할 수 있다.

"소스에 찍어서 즐기는 사람들의 이유는 뭘까?"

"탕수육은 원래 어떤 형태로 나왔는가?"

"이렇게 극명하게 호불호가 나뉘는 이유는 뭘까?"

수도 없이 많은 글쓰기 주제를 이렇게 일상의 곳곳에서 쉽고 빠르게 추출할 수 있다. 그래서 더욱 우리는 호불호가 나뉘는 주제에 접근해서 다양한 질문을 통해 눈에 보이지만 아직 찾지 못한 것을 찾아내야 한다. 호불호 노트를 만들어서 매주 1회 이상 하나의 주제를 집중적으로 연구하며 아이디어를 확장하는 연습을 한번 해보라. 세상이 다르게 보일 것이다.

## 당신이 일상의
## 글쓰기를 시작하면 달라지는 것들

글쓰기에 대한 조언은 매우 다양하다. 생각에 따라 첫 문장에 대한 조언도 이처럼 가지각색으로 나타난다.

"첫 문장은 대충 써라."

"첫 문장에 모든 것을 담아 써라."

"첫 문장은 신중하게 써라."

틀린 말은 하나도 없다. 모두 맞는 말이고 참 중요한 의미를 담고 있다. 중요한 건 '공통점이 무엇인지'를 찾는 일이다. 여러분은 뭐라고 생각하는가? 3가지 조언에서 나타나는 단 하나의 공통점은 '쓴다'는 행위에 있다. 목적지로 향하는 길은 모두 다르지만, 반드시 써야 도착한다는 사실은 일치한다. 쓰지 않으면 아무 일도 일어나지 않는다.

나의 글쓰기 멘토인 괴테와 이어령 선생은 생전에 어디를 가든 펜과 노트를 가지고 다녔다. 그것도 늘 가장 부드럽게 써지는 펜만 고집했다. 이유는 간단하다. 방금 떠오른 영감이 달아나기 전에 노트에 적기 위해 거칠게 글을 써도 종이가 찢어지지 않아야 했기 때문이다. 그들에게 배운 나도 마찬가지다. 글은 책상에서만 쓰는 게 아니다. 아니, 오히려 일상의 글쓰기를 실천하는 사람들은 책상에 앉아 글을 쓰지 않는다. 책상은 그들에게 문서를 정리할 때나 필요한 인테리어의 일종이다. 나는 늘 밖으로 나가 영감 하나를 발견하면, 늘 내가 생각한 것들 중 가장 잘 맞는 주제와 연결해서 생각한다. 그런 방식으로 생각하면, 현재의 영감이 과거 사색했던 주제에 대한 해결책을 줄 때가 많다. 그것은 마치 집을 짓기 위해 벽돌과 벽돌을 서로 이어 붙이는 행위와도 같다. 그렇게 당장 서로 이어 붙이지 않으면, 다음 걸음을 걷는 순간 방금 잡은 영감을 잃게 될 것이다.

가까운 지방으로 강의를 가든, 먼 유럽으로 여행을 떠나든, 근처 동네를 산책하든, 나는 순간적으로 매일 나만 지을 수 있는 '언어의 집'을 짓는다. 영감과 영감을 벽돌처럼 연결해서 지은 '언어의 집'을 통해, 나는 내가 돌아갈 또 하나의 공간을 얻는다. 그래서 내게는 힘든 감정을 치유할 공간이 여기저기에 참 많다.

그렇게 일상에서 매일 '언어의 집'을 짓는 사람은 어떤 곳으로 여행을 떠나든, 떠날 때보다 귀국할 때 더욱 행복하다. 이유가 뭘까? 그냥 떠난 사람은 귀국할 때 그저 아쉽기만 하다. 자신이 돌아온 곳으로 가려면 다시 휴가를 내고 비행기 티켓을 구매해야 하기 때문이다. 하지만 자신이 머물렀던 곳에 '언어의 집'을 짓고 온 사람은, 언제든 생각만으로 돌아갈 집이 있어 평온한 나날을 살아갈 수 있다. 동시에 순간적으로 잡은 수많은 영감을 그 안에서 언제든 꺼내 볼 수 있기 때문에 귀국 후에 일적으로 필요할 때 언제든 도움을 받을 수 있다. 그래서 더욱 귀국을 기대하게 된다.

　나는 전 세계에 내가 늘 편안하게 돌아가 쉴 수 있는 집을 갖고 있다. 글쓰기는 그 장소에 나를 붙잡아두는 일이다. 나는 그곳에 붙잡혀 평생 머물 집을 짓는다. 나는 여기에도 있지만 거기에도 있다. 생각만으로 돌아가 편안히 쉴 수 있는, 게다가 평생 월세나 재산세도 내지 않는, 오히려 영감이라는 근사한 글감을 마구마구 주는, 그런 멋진 집을 짓고 살고 있다. 이게 바로 내가 여러분께 일상의 글쓰기를 권유하는 이유다. 이 좋은 걸 굳이 하지 않을 이유가 없다.

( 5장 )

변주, 발견한 것을 읽는 이에게

전달하려면 어떻게 해야 하나?

# '더 겸손해지겠습니다'라는 말이 최악의 자만인 이유

위의 제목을 보고 "응, 이게 뭐지?"라고 생각할 수도 있다. 하지만 읽어보라. 제목을 이해하게 되면서 앞으로 쓰게 될 언어의 방향도 바뀔 것이다. 2022년 코로나 사태로 밖에 나오지 못하던, 에어컨도 없는 뜨거운 옥탑방에 사는, 한 장애인이 세상을 떠난 지 일주일 만에, 월세를 주지 않아 받으려고 찾아간 주인에 의해서 발견되었다는 뉴스 기사를 읽었다. 쉼표를 찍은 문장 하나하나에서 숨이 턱턱 막히는 기분이었다.

"아, 얼마나 외롭고 막막하고 아찔했을까?"

당시 기사에는 이런 식의 댓글이 달렸다.

'주변을 더 돌아보며 살아야겠다.'

'더 낮은 자세로 살아야지.'

늘 '작은 표현 하나에도 심혈을 기울여야만 한다'라는 생각을 갖고 사는 나는, 바로 '더'라는 표현에 대해서 깊이 생각하는 시간을 가졌다. '더 겸손해지자'라는 말조차도 거만한 표현이라는 생각을 예전부터 했었기 때문이다. 우리는 살면서 다양한 감정과 영감을 만나고 글을 통해 누군가에게 자신이 느낀 생각을 전하며 산다. 하지만 이렇게 사소하다고 생각한 부분에서 오해나 불신을 초래할 수 있는 실수를 하곤 한다.

한번 생각해보라. 이런 사례는 정말 많다. 온갖 비리 사건이 터지면 사과문에는 꼭 이런 방식의 글이 포함되어 있다.

"앞으로 더 겸손하게 행동하겠습니다."

"앞으로 저 자신에게 더 철저해지겠습니다."

"앞으로 더 낮은 자세로 살겠습니다."

그들이 아무리 사과를 해도 진정성이 전혀 느껴지지 않는 이유가 바로 여기에 있다. 사과가 아니라 순간을 면피하려고 쓴 글이기 때문이다. 그 증거는 바로 '더'라는 표현에 있다. '더'라는 말이 '나는 이미 그렇게 살고 있거든'이라는 표현을 강하게 하고 있기 때문이다. '더 주변을 돌아보겠습니다' '더 도덕적으로 살겠습니다'라는 말은 듣기에는 좋지만, 그 중심을 보면 여전히 교만한 마음을 선명하게 보여준다. 마음속으로는 이렇게 외치고 있다는 것이 느껴지기 때문이다.

"이 정도 겸손에는 만족 못 하니?"

"내가 얼마나 더 낮아져야 하나?"

"적당히 좀 만족해라!"

살다 보면 상대방에게 사과를 해야 할 때가 자주 생긴다. 글을 통해 진실로 미안한 마음을 전하고 싶다면, '더'라는 표현은 아예 쓰지 않는 게 좋다. '겸손하게 살겠습니다.' '교만하지 않게 생각하고 말하겠습니다.' 이런 방식으로 반성과 사과만 하면 되지, '더'라는 반성을 가장한 자기변명은 오히려 악영향을 미칠 뿐이다.

이 글이 중요한 이유는 단순히 '더'라는 표현의 다른 영향력에 대해서 알려주기 때문이 아니다. 사소한 표현 하나에도 우리가 짐작하지 못했던 의미가 숨어 있으니, 글을 쓸 때 단어와 표현을 섬세하게 선택해야 한다는 이야기를 꼭 전하고 싶어서 이 글을 썼다. 당신이 일상에서 발견한 모든 영감과 느낌 역시 마찬가지로 제대로 변주하지 못한다면 생생한 느낌을 전하기 힘들어진다. 상대방이 읽기에 좋게, 조금의 오해나 불신도 생기지 않게 글을 쓰려면 사소한 것 하나도 다시 한번 생각하며 심혈을 기울여야 한다. 내 마음을 여러분이 꼭 마음에 담았으면 좋겠다.

## 서비스나 제품 홍보 글을 쓰는 3가지 질문법

먼저 이 말로 이야기를 시작하고 싶다.

"글쓰기의 하수는 자기 분야에 매몰된 상태라서, 다른 분야로의 이동을 자유롭게 해내지 못한다."

내가 본 것을 다른 분야로 변주하지 못하면, 나만의 의미를 부여할 수 없기 때문에 본 것의 가치를 제대로 전할 수가 없다. 여러분도 한번 생각해보라. 이 파트의 주요 키워드는 '서비스'와 '제품' 홍보다. 그럼 글쓰기의 하수들은 "에이, 이건 내 분야가 아니네"라며 스쳐 넘긴다. 하지만 고수의 태도와 시각은 전혀 다르다. "이 주제를 어떻게 하면 내 분야로 끌어당길 수 있을까?"라는 생각으로 대상을 바라본다. 결과는 어떻게 될까? 전자는 늘 당연한 이야기만 하면서 배운 것 이상의 수준도 넘지 못하고 곧 소재가 고갈되어 글쓰기를 멈춘다. 하지만 후자는 늘 "와, 여기에서 이걸 이렇게 생각할 수도 있네!"라는 경탄을 부르는 글을 계속해서 생산하며 분야를 가리지 않고 활약한다.

이렇게 이야기를 시작하는 이유는, 이번 글 역시 "이건 나와 맞지 않는 주제이니 넘겨야겠다"라고 생각하는 사람들이 많을 것 같아서다. 우리는 누구나 나라는 서비스를 제공하는 사람이며, 자신이 만든 유무형의 콘텐츠를 파는 사람이다. 그렇게 생각하면 이제는 이 글을 읽어야 할 이유가 생길 것이다. 이렇게 시각을 크고 넓게 혹은 좁고 얕게 바꾸면 얼마든지 글의 소재와 주제를 만날 수 있다. 그 사실을 다시 상기하며 다음 글을 읽어보라.

많은 사람이 온라인 공간에서 각자 자신의 서비스나 제품을 홍보하는데, 가끔 내가 시간을 내서 글을 좀 봐주고 싶다는 생각이 들 때가 있다. 정말 형편이 어려운 사람들인데, 쓴 글을 보면 누가 봐도 절대 사지 못하게(?) 썼기 때문이다. "어떻게 하면 저렇게 사고 싶지 않게 만들 수 있지?" 중요한 포인트만 본다면 크게 3가지를 말할 수 있다.

## 01. 모든 대한민국 사람이 고객인가?

"저 정말 살기 힘듭니다. 꼭 사주세요. 이번에만 도와주시면 은혜는 꼭 갚겠습니다." 슬픈 글이다. 그러나 소비자는 국제구호단체가 아니라는 사실을 먼저 깨달아야 한다. 또한, 자신이 까치도 아니고 은혜를 받으려고 물건을 사는

231

사람은 별로 없다. 아무런 정보도 없이 그렇다고 설명도 없이 무작정 도와달라고 외치는 것은, 그 서비스와 제품을 만들 때 아무런 전략이나 목표 없이 대충 시작했다는 사실을 증명한다. 소비자의 눈과 귀에는 그게 다 보이고 들린다.

## 02. 그들에게 어떤 행동을 원하는가?

자신의 서비스와 제품을 소개할 연령과 타깃을 정했다면 이후가 매우 중요하다. 여기에서 가장 큰 실수는 모두에게 팔려고 하는 자세다. 그런 자세는 아무 생각이 없다는 것을 의미한다. 우리가 홍보 글을 쓰는 이유는 "모두 이걸 사야 한다"라고 말하려는 것이 아니다. 이 서비스와 제품을 주변에 소개해주는 사람, 구입해서 사용한 후에 리뷰를 쓰는 사람, 정성껏 만든 제품을 더 멋지게 팔 수 있는 사람에게 연결해주는 사람 등 각자에게 주어진 역할이 정말 다양하기 때문에 어떤 행동을 요구하는 글인지 정확하게 정하고 써야 효과를 볼 수 있다.

## 03. 왜 자꾸 결과만 보여주나?

가장 중요한 부분이다. 사람들이 정말 정성을 다해 서비스와 제품을 만들었지만, 제품을 홍보하는 글도 제법 잘 써서 기대를 모았지만, 결국에는 원하는 결과를 내지 못하는 이유는 딱 하나가 빠졌기 때문이다. 바로 '과정을 보여주는 일'이다. 주변의 이야기를 들어보면 정말 영혼을 모두 바쳐서 정성껏 만든 제품이 많다. 그런데 왜, 수백 번 시도해서 만난 결과만 보여주고 수백 번 다시 일어선 과정은 보여주지 않는가? 왜 수백 번을 실패했고, 그런데도 다시 수백 번 일어선 이유가 무엇이며, 어떤 가치가 지금의 자신을 만들었는지, 그걸 보여줘라. 정말 중요한 건 결과가 아니라 과정에 모여 있으니까.

시대가 달라졌다. 이제는 서비스든 제품이든 그걸 제대로 만들지 못하는 사람은 별로 없다. 단지 잘 소개하지 못하는 사람만 있을 뿐이다. 모든 것을 담았다면 그걸 소개하는 것까지가 거기에 정성을 담은 사람의 마지막 의무다. 홍보는 그 마음을 아는 자만, 세상에 근사하게 펼칠 수 있는 아름다운 예술이다. '홍보는 나의 분야가 아니야'라고 생각하며 이 글을 스친다면, 글쓰기에서 아무런 발전도 기대하기 힘들 것이다. 생각하고 느낀 것을 어떻게 대중과 소비자에게 적절한 언어로 변주해서 들려줄 것인지, 늘 사색하고 연구해야 당신이 생각하는 마음을 전할 수 있다.

## 시야를 확장하려면
## 어떻게 해야 하나?

스스로 생각한 내용을 상대방에게 적절하게 전달하려면, 넓고도 깊은 시야가 필요하다. 그리고 지금보다 좀 더 자신의 시야를 확장하려면, 세상에 존재하는 이것과 저것을 자유롭게 연결할 수 있어야 한다. 다시 말해서 사물과 사건의 양면성을 알아차려야 한다는 것이다. 이를테면 누군가 지금 당신 앞에서 과학에 대해서 말하고 있어도, 글쓰기에 대한 문제를 가슴에 담고 있는 사람은 과학 안에서 수학과 예술을 발견해야 한다. 과학의 양면을 보면 수학과 예술을 만날 수 있기 때문이다. 그게 바로 내가 여기에서 강조하는 모든 것의 양면을 바라볼 수 있는 사람의 자세이자 태도다. 아무리 빠른 물체나 작은 사건도 그의 눈을 피할 순 없다.

이해하기 쉽게 설명하면 이렇다. 하루는 샐러드를 만들기 위해 오이를 자르다 나는 이런 사실을 깨달았다. 아무리 세심한 손길로 얇

게 오이를 잘라도, 반드시 2개의 면이 존재한다는 사실을. 세상에 양면이 아닌 존재는 없다. 당신의 시선이 섬세하면 섬세할수록 볼 수 있는 양면의 질과 방향도 선명해진다. 잘린 오이의 한 면은 푸른 하늘을 바라볼 것이고, 다른 한 면은 고소한 마요네즈를 바라볼 것이다. 그렇게 바라보는 각도에 따라, 보이는 세상도 다르다는 사실을 오이를 자르다가 깨달았다. 양면에서 바라본 하늘과 마요네즈까지 짐작하게 된 것이다. 이렇듯 시야를 확장하면 좀 더 자신의 생각을 생생하게 전달할 수 있다.

그런 일상을 보내려면 '틀린 것이다'라는 표현을 지울 필요가 있다. 이를테면 이런 방식으로 대상을 바라보는 것이다.

"그의 생각이 틀린 게 아니라 나와 입장이 다른 것이고, 그가 찾아낸 답이 틀린 게 아니라 나와 바라보는 시선이 다른 것이다. 세상에 완벽한 정답은 없다. 자기만의 길을 걸어야, 자기만의 눈을 가질 수 있고, 양면을 바라보며 시야를 확장할 수도 있다."

그러므로 이런 의문에서 당장 벗어나야 한다.

'이게 옳은 길인가요?'

'내가 잘 걷고 있나요?'

스스로 판단한 길에서 최선을 다하고 있다면, 굳이 타인의 동의를 구할 필요는 없다. 믿을 수 있는 건, 내가 어제까지 걸어온 길 위에 남은 흔적뿐이다.

그리고 더 많은 사람을 품에 담으려는 표현을 써야 한다. 주변을 살펴보면 이런 표현을 자주 사용하는 사람이 많다는 사실을 알게 된다.

'내 글을 읽는 한 사람을 위해'

'내 강연을 듣는 한 사람을 위해'

'한 사람이라도 변할 수 있다면'

물론 귀하고 귀한 표현이다. 사람은 참 소중한 존재니까. 나도 처음에는 '한 사람'이라는 표현을 자주 썼다. 그러다가 문득 이런 생각을 했다.

'그게 정말 내 마음에서 나온 말인가?'

'더 많은 사람을 품을 수는 없는 걸까?'

그런 질문 끝에서 나는 조금 더 근사하면서 솔직한 표현을 만났다.

'내 글을 읽는 수만 명을 위해'

'내 강연을 듣는 수만 명을 위해'

'100만 명을 변하게 할 수 있다면'

시야를 확장하려면 당연히 더 많은 사람을 품에 안고 살아야 한다. 수많은 사람을 위해 쓰고 싶다는 강렬한 열망을 가져라. 다만 사랑받기 위해서 그런 마음을 갖는다면, 아마 실패할 것이다. 사랑은 주는 거니까. 이렇게 생각하라.

"살아 있는 동안,

더 많은 사람에게 사랑을 전하고 싶다.

한 사람도 좋지만,

수만 명이라면 더 좋을 것 같다."

# 독창성은
## 기본을 갖춘 후에 논하라

 글쓰기를 망설이게 되는 이유 중 하나는 '독창성'에 대한 오해에서 시작한다. 그런데 독창성은 매우 갖기 힘든 수준 높은 기술이라는 사실을 먼저 깨달을 필요가 있다. 나는 15년 이상 1년에 책 한 권 읽기를 실천하고 있다. 이런 독서 습관을 갖기 전, 연봉이 1800만 원 정도 될 때 책을 엄청나게 많이 사서 읽었다. 매년 300만 원 정도를 책 구입에 투자할 정도였다. 절반은 시집과 단편소설 수상작 모음집이었고, 나머지 반은 당시 많은 사랑을 받는 베스트셀러들이었다. 그냥 1위에서 100위까지, 마치 드라마에서 재벌 2세가 명품 숍에서 "여기에서 저기까지 다 계산해주세요"라고 말하듯 치열하게 책을 사서 미치도록 연구하고 분석하며 읽었다. 내가 그런 행동을 한 이유는, 모차르트의 삶이 가장 잘 설명해준다. 그는 자신을 보며 천재적 재능을 가진 음악가라고 말하는 사람들에게 이런 식의 말을 남겼다.

"세상에 나처럼 대중의 사랑을 받은 위대한 음악가들을 분석하고 연구를 많이 한 사람은 아마 없을 것이다."

가끔 "저거 뭐야? 제목이 좋아서 잘 팔리는구먼?" "조금 읽어보니 이런 건 나도 쓰겠네" "깊이가 없네, 이런 책이 잘 팔리다니 짜증 난다"라고 말하는 초보 작가들을 본다. 부러운 마음과 수준 높은 글을 지향하는 정신이 섞여 나온 그 마음 완전히 이해한다. 나도 그 시절에는 정확히 그렇게 생각했으니까. 나는 아직 좋은 출판사를 만나지 못했을 뿐이고, 마케팅이 폭발적으로 이루어지지 않았고, 아직 운이 좋지 않을 뿐이며, 제목과 디자인이 혹은 책 기획이 신선하지 않아서 팔리지 않는 거라고, 초보 작가 시절에는 생각하게 된다.

그런데 반대로 생각하면 당신의 책이 팔리지 않는 이유가 바로 나온다. 좋은 출판사를 만날 정도의 수준이 아니며, 폭발적으로 마케팅할 정도의 가치가 없는 글이며, 운을 만날 정도의 실력이 준비되지 않았고, 좋은 기획을 할 역량이 없기 때문이다. 모차르트가 그랬던 것처럼 지금이라도 초보 딱지를 떼고 싶다면, 대중의 사랑을 오랫동안 받는 책과 작가를 마치 탐험하듯 치열하게 연구하는 시간이 필요하다. 내가 연봉 1800만 원을 받던 시기에 매년 300만 원을 책에 투자해서 연구했던 이유, 그 후 15년 넘게 괴테의 책만 1년에 한 권을 읽고 있는 이유가 뭘까? 그 모든 것이 치열한 연구와 성장을 위한 것이었으며, 영혼을 담은 글을 쓰기 위해 피할 수 없는 과정이었던 것이다.

　기본은 글쓰기 분야에서도 매우 중요하다. 물론 어쩌다 팔리는 책이 나올 수도 있다. 그러나 행운의 신은 싫증을 심하게 내서, 같은 사람에게 두 번 다시 찾아가지 않는다. 오랫동안 사랑을 전할 수 있는 글을 쓰려면, 매번 다른 색을 보여줘야 한다. 그러기 위해서 필요한 것이 바로 기본이다. 대중의 사랑을 뜨겁게 받고 있는 작가의 글을 치열하게 연구하라. 그냥 그 작가 자체가 되어서, 한동안 그처럼 보고 듣고 생각하며 지내라. 독창성도 물론 중요하지만, 앞서 말한 것처럼 독창성은 기본이 된 사람에게나 찾아오는 선물이라는 사실을 잊지 말자. 공식도 모르는 자에게 응용을 기대할 수는 없다.

# 비난과 조롱을 받고 있다면
## 잘 쓰고 있는 거다

가끔 SNS를 둘러보면 이런 식의 글로 공격(?)을 받는 경우를 본다. 자신이 쓴 어떤 입장에 대한 댓글인데, 보통 이렇게 달린다.

"세상은 하나의 지점만 있는 게 아닌데, 너무 한쪽만 바라보고 쓰신 글인 것 같습니다."

언뜻 보기에는 매우 넓은 마음으로 품위 있게 자신의 생각을 쓴 댓글처럼 보이지만, 실상은 그렇지 않은 경우가 더 많다. 보통 이런 식의 반응이 걱정이 되어서 글을 쓰지 못하는 경우가 많은데, 단언컨대 이런 방식의 지적(?)에는 전혀 신경을 쓸 필요가 없다. 이렇게 지적하는 사람들의 특징 중 하나는 바로 '자신만의 글은 쓰지 못한다'는 것이다. 그들은 그저 정처 없이 여기저기 돌아다니며 남들이 공들여 쓴 글을 아무런 의미도 없는 댓글로 무시할 뿐이다.

글은 한 번에 하나에 대해서만 쓸 수 있다. 본래 글은 자신이 바라보는 한쪽에 대한 것을 쓰는 것이다. 그래서 모든 사람의 마음을 사로잡는 글은 매우 쓰기 힘들다. 아니, 그것은 불가능에 가깝다. 모두의 마음을 사로잡는 글은 세상에 없기 때문이다. 하나의 방향을 잡지 못하면 한 줄도 쓸 수 없다. 다른 것이 존재한다는 것을 몰라서 쓰지 않는 게 아니라, 그 모든 것을 바라보며 전체에서 고른 한 방향에 대한 것을 글로 쓰는 것이다.

자신이 선택한 방향에 대한 믿음은 글을 쓰려고 결심한 자에게는 반드시 필요한 일상의 무기다. 당연히 심각한 비난과 조롱, 그리고 각종 불편한 상황이 당신을 기다리고 있을 것이다. 그러나 그것은 스스로 생각할 수 있고, 생각을 선명하게 글로 적을 수 있는 용기를 가진 자만이 누릴 수 있는 특권이다. 그러므로 다시 한번 기억하라.

"당신이 지금 비난과 조롱을 받고 있다면, 잘 쓰고 있는 거다."

이런 태도가 중요한 이유는 그래야 어제보다 조금이라도 좋은 글을 쓰려는 의지를 갖게 되기 때문이다. 나는 늘 어제보다 좋은 글을 쓰려고 분투한다. 그 이유는 단순히 인지도를 높이고 그걸 미끼로 책을 팔아 돈을 벌기 위해서가 아니다. 애초에 그런 마음이 조금이라도 글에 남아 있다면, 그건 못된 악취가 되어 글을 읽지도 못하게 만들었을 것이다. 내가 운영하는 각종 SNS에 평균적으로 달리는 '좋아요'와 '댓글' 혹은 '공유'의 숫자가 있다. 각종 매체에서 이루어지는 평균이 어느 정도인지 나는 매우 잘 알고 있다. 그걸 잘 아는 이유는, 어제보다 좋은 글을 쓰려는 내 마음을 닮았다. 읽는 분들의 마음에 닿는 글을 쓰면 그날은 평소보다 2배 이상 많은 숫자를 볼 수 있게 되기 때문이다.

그럼 어떤 일이 생길까? 앞에서 언급한 것과는 조금은 다른 부정적인 댓글이 달린다. 여기저기에서 내 글을 한 번도 읽은 적 없고 누군지도 모르는 사람이 찾아와 자신의 쇼핑몰과 사업체, 혹은 자신이 만든 제품과 서비스를 홍보하는 댓글을 남기는 것이다. 누군가는 그런 글을 "영혼이 없는 글"이라며 당장 삭제해야 할 기분 나쁜 글로 치부한다. 하지만 나는 조금 다르게 생각한다. 그 사람이 최선을 다해 만든 것에, 게다가 자신과 사랑하는 가족을 위해 홍보하는 그 글에, 어떻게 그 사람의 영혼이 빠져 있겠는가! 그 절실한 마음을 알기에 나는 더욱 따스한 눈으로 그가 남긴 글을 읽는다. 얼마나 힘이 들었으면 그리고 간절했으면, 남이 쓴 글에 댓글로 자신의 분신과도 같은 제품과 서비스를 홍보하겠는가. 그런 마음까지 담아서 글을 쓰려고 노력한다.

그렇다. 내가 어제보다 나은 글을 쓰려는 이유는 나 자신의 발전만을 위해서가 아니다. 자신이 투자한 모든 것을 담아 쓴 그 홍보용 댓글에 더 많은 호응이 있기를 바라고, 내 글을 읽는 독자가 그 댓글을 읽고 필요한 것이 있다면 찾아주기를 바라는 마음으로 치열하게 글을 쓴다. 타인의 성공을 위해 글을 쓴다는 거창한 말은 하지 않겠다. 누군가를 도운 경험이 자신의 성장을 돕는다는 당연한 말도 하지 않겠다. 그저 자기 삶에서 미치도록 치열하게 살아가는 모든 분들에게 공평한 기회가 주어지기를, 찬란하게 빛날 수 있기를 소망하며 나는 글을 쓴다. 그게 바로 여러분에게 글쓰기를 추천하는 또 하나의 이유다. 어제보다 오늘 좋은 글을 쓴다는 것은 어제보다 오늘 더 좋은 세상을 만드는 데 당신이 일조했다는 증거다. 그러므로 비난과 조롱 따위는 웃으며 이겨내라. 오늘도 당신은 글을 쓸 수 있다. 당신은 자신이 만든 근사한 세계를, 세상에 활짝 펼칠 수 있다.

지금부터 설명할 내용은 매우 중요하면서 동시에 누구나 할 수 있는 이야기가 아니니 더욱 집중해서 읽길 바란다. 잘난 척을 하는 게 아니라, 기본적으로 생각한 것을 그대로 글로 쓴다는 것은, 30년 정도 글을 써야 비로소 가질 수 있는 능력이기 때문이다. 생각해보라. 지금 생각한 그것을 바로 글로 쓸 수 있다면 당신의 인생이 얼마나 많이 변할지를. 글쓰기로 인해서 발생하는 수많은 시간 낭비를 혁신적으로 아낄 수 있으니 그 시간에 더 생산적인 일을 할 수 있고, 동시에 그런 능력을 갖게 되었으니 소통과 다양한 관계에서 우위를 점할 수 있게 된다. 이전과 이후로 나눌 수 있을 정도로 귀한 능력이니 다시 한번 섬세한 눈으로 읽어보길 강조한다.

하루는 어떤 손님이 자신이 자주 찾아가는 식당이 손님 접대에서 부정적인 평가를 받자 그걸 보고 마음 아파하며 쓴 리뷰를 읽다가,

오히려 내 마음이 더 아팠다. 자신이 좋아하는 식당을 옹호하고 보호하며 사랑하는 입장에서 쓴 글이지만, 오히려 더 부정적인 이미지만 덧칠하게 만든 표현이 가득했기 때문이다. 그가 쓴 글을 한번 읽어보라.

"좋은 서비스와 대우를 받고 싶다면, 그리고 당신이 그런 것에 예민하다면, 돈을 더 내서 고급 식당에 가시면 됩니다."

아무리 좋은 마음을 가져도 그걸 글과 말로 전하는 일은 언제나 매우 어렵고 힘들다. 이유가 뭘까? 그가 보호하려는 마음으로 쓴 글을 천천히 읽어보라. 눈에 걸리는 부분이 매우 많이 보일 것이다. 하나하나 찾아보자.

1. 좋은 서비스와 대우를 받고 싶다면
→ 이렇게 말하면 동시에 자신이 보호하려는 식당은 나쁜 서비스와 대우를 하는 곳이라는 말이 된다.

2. 당신이 그런 것에 예민하다면
→ 마찬가지로 그럼 이 식당을 찾는 사람들은 무감각한 사람이라는 말이며, '예민하다'라는 표현은 들어서 좋은 말이 아니니 최대한 사용하지 않는 게 좋다.

3. 돈을 더 내서 고급 식당에 가시면 됩니다
→ 역시 마찬가지다. 그럼 여기는 저렴한 저급의 식당이라는 증거가 될 뿐이다.

어떤가? 그는 결국 자신이 아끼는 식당을 수준 이하로 낮추는 글만 썼을 뿐이다. 아끼는 마음을 제대로 표현하지 못해서 그렇다. 다음 3단계 마음 제어법이 필요하다.

## 1단계

일단 성급하게 말하려는 마음을 버려야 한다. 성급하다는 것은 복수심으로 가득한 상태라는 사실을 증명한다. 이성을 잃은 상태로는 제대로 생각을 표현할 수 없다.

## 2단계

감정이 이성을 앞서지 않는 상태가 되어야 평온한 마음으로 자신의 생각을 글로 표현하는 것이 가능하다. 시간을 두고 나쁜 감정이 모두 사라질 때까지 기다리자.

## 3단계

마지막으로 내가 그를 아끼는 만큼 최대한 시간과 정성을 들여 가장 좋은 표현이 나타날 때까지 생각하고 또 생각해야 한다.

그렇게 3단계로 글을 썼다면 아마 위에서 언급한 글은 보다 지혜롭고 아름다운 글로 탄생했을 것이다. 아무리 좋은 마음을 가슴에 가득 품고 있어도 그것 자체로 상대에게 전해지는 건 아니다. 읽는 이에게 좋은 마음을 전하려면 남의 허물이나 단점을 언급하기보다는, 자신의 생각만 정갈하게 쓰면 된다. 내가 위에 글 쓴 사람이라면 이런 식으로 썼을 것이다.

"저는 사람들과 가깝게 그리고 자유롭게 소통하는 게 좋아서 이 식당을 아끼죠. 편안한 분위기가 마음까지 행복하게 해주니까요. 그걸 좋아하는 분이라면 분명 만족하실 겁니다."

같은 마음으로 쓴 글이지만 뉘앙스가 전혀 다른 이유는, 누군가를 비난하거나 복수를 통해 통쾌함을 느끼려는 욕망이 전혀 느껴지지 않는 글이라서 그렇다. 30년 넘게 글을 쓰며 느낀 건, 글의 중심에 내가 있고 거기에 차분하게 좋은 마음을 담을 수 있다면, 무엇을 생각하든 자신의 생각을 선명하게 글로 표현할 수 있다는 사실이다. 당신도 지금 그런 삶을 시작해보라.

# 원고지 10장을 완성하는
## 소목차의 힘

원고지 10장은 딱 한 번에 읽기 좋은 분량이다. 그러나 역시 쓰는 것은 쉽지 않다. 글자 크기 10포인트로 A4 용지 1.5장을 채워야 가능한 분량이라, 글쓰기에 익숙한 사람이 아닌 경우에는 중간에 쓸 말이 없어져서 포기할 수도 있다. 그냥 아무 말이나 쓰는 건 어렵지 않지만, 상대를 생각하며 그에게 도움이 되려는 글을 그것도 그가 이해하기 쉽게 쓰려면 여간 신경이 쓰이는 게 아니다. 하지만 이때 사용할 수 있는 방법이 하나 있다. 바로 소목차를 잘게 구분해서 활용하는 것인데, 이를테면 '하루 1시간 독서의 힘'을 주제로 글을 쓰고 싶다면, 이런 방식으로 논리를 펼치면 된다.

단, 이것은 나의 논리이자 주장이지 모두의 것은 아니므로 생각과 가치관에 따라 변형은 가능하다. 내가 쓴 글을 보며 여러분도 자신의 생각대로 논리를 펼치며 소목차를 구성하면 훨씬 생산적인 독서를 할 수 있다. 다만 하나 추가 설명을 하자면, 이렇게 예를 드는 이유는 사소하거나 식상하다고 생각되는 주제도 하나의 글로 충분히 확장할 수 있다는 사실을 알려주기 위해서다. 최대한 잘게 쪼개서 논리를 연결하면 더욱 쉽게 쓸 수 있으니 잘 읽고 응용해보라. 이번 주제로 나는 9개의 소목차를 구성했다. 아래 제시하는 9개의 소목차에 적절히 살을 붙이면, 누구나 근사한 글 하나를 완성할 수 있다. 자, 그럼 내가 논리의 흐름을 어떻게 9개의 소목차로 나누었는지 보라.

1. 인간은 누구나 자기 삶에서 바쁘게 산다.
2. 시간 관리를 잘하는 사람은 하루 1시간 독서가 가능하다.
3. 시간을 내서 독서하는 가치를 알아야 한다.
4. 무엇을 먼저 해야 하는지 우선순위를 제대로 파악해야 한다.
5. 선택과 집중에 능해야 생산성을 높일 수 있다.
6. 하나에 집중할 수 있는 이유는 다양한 관점이 있기 때문이다.
7. 다양한 관점은 그 사람만의 독특한 시각에서 나온다.
8. 세상을 자기 시각으로 볼 줄 아는 사람이 책도 다르게 읽을 수 있다.
9. 그렇게 하루 1시간 독서를 1년 반복하면 다른 세상을 발견하게 된다.

어떤가? 처음에는 '하루 1시간 독서의 힘'에 대한 글을 어떻게 쓸 수 있을까, 라는 고민에 글쓰기를 망설일 수도 있다. 하지만 이렇게 글을 전하려는 대상을 생각하며 자신의 생각과 논리를 잘게 쪼개서 구분하면 세상에 쓰지 못할 주제의 글은 별로 없다는 사실을 알게 된다. 일단 소목차로 하나하나 구분하며 생각을 발전시켜나가면 누구나 가능하다. 여기에 자신의 생각을 담아 살을 붙이면 순식간에 하나의 주장을 담은 멋진 글이 된다. 매일 주제를 하나 정하고 이렇게 소목차만 쓰는 훈련을 하면, 글을 전체적으로 조망하며 논리적으로 구상하는 훈련을 할 수 있어서 좋다.

## 읽어서 행복한 글을
## 자신에게 자주 선물하라

책을 3권 낸 비문학 계열의 책을 쓰는 한 베스트셀러 작가가 "저를 많이 소진해서 한동안 글은 쓰지 못할 것 같습니다"라고 말했다. 그 말을 듣고 나는 바로 이런 생각에 잠겼다.

"시나 소설도 아니고, 비문학 계열의 글을 쓰는데 자신을 다 소진해서 더 글을 쓰지 못한다고?"

그냥 던진 말이 아니라는 생각이 들었다. 그는 아마 실제로 자신의 말대로 평생 글을 더 쓰지 못할 가능성이 높다. 그런 말을 했다는 것 자체가 자신이 아는 것만 글로 표현하는 사람이라는 사실을 고백한 것과 같기 때문이다.

"그게 무슨 말이지?"

"다들 아는 것만 쓰지 않나?"

"세상에 모르는 것을 쓰는 사람도 있나?"

이렇게 생각할 수도 있다. 하지만 글을 쓰는 방법에는 끝이 없다. 이 책을 통해 내가 계속 강조하듯, 아는 것이 아닌 자신이 본 것을 글로 표현하는 사람에게는 한계가 없다. 이미 글로 한번 쓴 재료도 다르게 보면 다른 글이 나오고, 분야를 바꿔서 바라보면 다른 분야에 대한 글이 또 나오기 때문이다. 그래서 아는 것을 쓰거나 말하는 사람에게는 한계가 찾아오며 경쟁자가 나타나지만, 보는 것을 말하고 쓰는 사람에게는 한계와 분야 구분이 없기 때문에 경쟁자도 나타나지 않는다. 오히려 그렇게 사는 나날이 쌓이면 자신의 경쟁력이 된다.

읽으면 스스로 기분이 좋아지는 글을 자신에게 선물하는 일상을 자주 반복해보라. 그게 뭐냐고? 하루는 이런 글을 써서 내가 운영하는 SNS에 올린 적이 있다.

인간은 자꾸만 무언가를 남기려고 한다. 그러나 유일한 삶을 강조하며 살아온, 이어령 선생은 내게 이렇게 말했다.

"젊은이는 늙고, 늙으면 죽는다."

그대는 죽기 전에 무엇을 남기고 싶은가? 돈, 사람, 아니면 명예와 지위? 다 의미 없는 것들이다. 그것마저 헛된 욕심이니까. 남기긴 뭘 남기는가. 그저 사랑만 하고 가라. 그대가 사랑한 것들이, 그대를 기억할 수 있도록.

그러자 댓글로 한 사람이 이런 질문을 남겼다.

"사랑만 하고 아무것도 남기지 말라고 하시면서, 왜 당신은 책을 써서 남기나요?"

　보통의 감정을 가진 사람이라면 아마 이런 댓글에 기분이 상했을 것이다. '당신'이라는 표현에 일단 감정이 민감해졌을 가능성이 높기 때문이다. 그래서 괜한 시비를 건다고 생각할 여지가 있다. 하지만 나는 그 댓글에 굳이 내 생각을 남기지 않았다. 대신 나 자신에게 들려주기 위해서 메모장에 이런 짧은 글을 쓰고 혼자 여러 번 낭독했다.

　　"내가 책을 남기는 이유는, 내 책은 내가 세상을 사랑한 기록이기 때문이지. 그러니 더욱 열심히 사랑하자. 더 따스한 기록을 남길 수 있도록."

　어떤가? 상대는 내게 기분 나쁜 말을 던졌지만, 나는 굳이 돌려주지 않고 나 자신에게 소중한 마음을 들려주었다. 이렇게 상황을 전환해서 내 생각을 제대로 전할 수 있는 사람에게는 시비가 거의 생기지 않는다. 스스로 좋은 방향으로 바꿔서 생각할 줄 알기 때문이다. 때문에 분노할 일이 점점 줄고, 행복할 일이 점점 늘어난다. 이게 왜 중요할 것 같은가? 이런 일상의 연습이 내 생각을 타인의 마음에 맞게 변주해서 전하는 데 도움이 되기 때문이다. 내 기분이 좋아야 읽는 사람도 기분 좋은 글을 쓸 수 있다. 어떤 경우에든 글을 더 멋지게 쓰고 싶다면, 혹은 읽어서 마음이 편안해지는 글을 쓰려면, 여러분도 일상에서 이런 훈련을 자주 하는 것이 좋다.

## 길을 잃지 않고 글을 쓰려면
## 이것 3가지를 버려야 한다

　이제 글쓰기는 이 시대를 살아가는 사람들에게 필수 능력과도 같은 것이 되었다. 쓰지 않으면 살아갈 수 없고, 제대로 쓰지 않으면 미래를 기대할 수 없는 현실이기 때문이다. 글쓰기 자체를 직업이라고 생각할 정도로 가치를 더한 상태에서 대하는 자세가 필요하다. 그래야 남들과 다른 의지를 갖게 되며, 좀 더 좋은 언어, 좀 더 선명한 표현을 찾으려고 노력할 수 있다.

　내 이야기를 조금 전하자면, 쓰는 일을 직업으로 삼는 건 생각보다 힘들고 고달픈 선택이다. 본격적으로 글을 쓰기 시작한 후, 20년 전 아르바이트로 일하던 편의점에서 받았던 월급과 같은 수준에 도달하는 데 10년이 걸렸고, 마지막 직장에서 받던 연봉과 같은 수준에 도달하는 데 무려 20년이 넘게 걸렸다. 글 쓰며 사는 삶은 상상 그 이상으로 어려운 선택이다. 그래서 가끔 나는 직업으로 글을 쓰려는 사람들에게 돈이 목적이라면 차라리 편의점에서 아르바이트를 하는 게 훨씬 효율적이라고 장난삼아 말한다.

사실 맞는 말이다. 지금도 나는 24시간 글을 쓰며 살지만, 20년 전 편의점 아르바이트를 하던 시절보다 경제적으로 나은 결과를 내려면 모든 순간 영혼을 바쳐야만 겨우 가능하다. 조금만 정신을 놓아도 뒤로 밀리는 건 순식간이다. 하지만 나는 여기까지 온 과정이 길고 힘들었기 때문에 더 행복하다고 생각한다. 쓰자마자 바로 베스트셀러가 나오고, 쓰는 책마다 좋은 반응을 얻었다면 오히려 중간에 글을 그만 썼을 것이다. 글을 쓰려고 영혼까지 들먹이진 않았을 테니까. 그 근사한 기분도 느끼지 못했을 테지. 모든 일이 다 그렇겠지만, 나는 글쓰기가 아무나 쉽게 할 수 없는 힘든 일이라서 더 좋다. 힘들다는 건, 그게 도전할 만한 가치가 있다는 증거니까. 만약 당신이 그럼에도 글을 쓰고 싶다면, 다음 3가지만 버리면 조금은 수월하게 해낼 수 있다.

첫 번째, 글을 쓴다는 것은 '부끄러운 일'이다. 그래서 자꾸만 부끄러워지는 그 마음을 계속 버려야 한다. 글쓰기는 나를 견딜 수 있어야 시작할 수 있다. 모든 글의 첫 독자는 글을 쓴 자신이기 때문이다. 숨기고 싶은 내면과 마주하고, 슬픔과 고통이 마찰하며 내는 열기에 얼굴이 확 달아오른다. 하지만 이것은 글을 쓰기 위해 반드시 이겨내야 할 과정이다. 따라서 글을 쓰기 시작한 사람은 강한 내면의 소유자라 볼 수 있다. 반대로 자신이 요즘 내면이 약해졌다는 생각이 든다면, 당장 글을 쓰기 시작하길 추천한다. 글을 쓰며 만나는 자신의 맨살을 마주치며 강한 내면의 소유자로 다시 태어날 수 있다.

　두 번째, 지속해서 글을 쓴다는 것은 '두려운 일'이다. 내 글을 읽은 누군가가 내 생각을 부정할 수 있고, 내가 보낸 시간을 검증하려할 수도 있다. "그게 정말이야?" "책임질 수 있어?" 또한 글을 통해 좋은 인연을 악연으로 만들어버릴 수도 있고, 나도 모르는 누군가에게 실망을 줄 수도 있다. 심지어 가족에게도 말이다. 따라서 글을 지속해서 쓴다는 것은 두려운 일이라, 자꾸만 그 불필요한 걱정을 버려야 한다. 많은 사람이 글쓰기를 중간에 포기하는 이유도 바로 여기에 있다. 글쓰기를 중단하고 다시 일상에 빠져 살면 순간적으로는 자유롭다. 하지만 곧 허무해질 것이다. 자유란 '회피하며 얻는 것'이 아니기 때문이다. 도망쳐서 도착한 곳에 결코 천국은 없다.

　세 번째, 글을 쓴다는 것은 '어제의 나를 버리는 일'이다. 일상에서 느끼는 영감과 사색의 덩어리들은 글로 표현하지 않고 방치하면 정말 빠르게 어딘가로 숨는다. 문제는 이것들이 다시 내게 돌아오지도 않으면서, 그렇다고 사라지지도 않는다는 것이다. 그렇게 내내 주변을 어슬렁거리며 돌아다닌다. 글을 열심히 쓰다가 중단한 사람들이 겪는 고통은 바로 '사라지지 않고 나를 괴롭히는 수많은 영감' 때문에 일어난다. 이것들은 나중에 모두 걱정과 고민이 된다. 글을 쓰지 않는 사람들의 특징 중 하나가 유독 고민과 걱정이 많다는 것이다. 그래서 일상에서 느낀 것을 바로 글로 표현해야 하는데 이때 중요한 것이 바로 어제의 나를 버리는 일이다. 새로운 영감을 글로 붙잡지 못하는 이유 중 다수가 '어제까지 쌓은 고정관념'에서 발생하기 때문이다. 어제까지의 나를 버리고 매일 새롭게 태어나야 오늘의 영감을 글로 표현할 수 있다.

마지막으로 하나만 더 전한다. 30년 가까이 글을 썼지만, 나는 여전히 부족하고 이제 막 글쓰기를 시작한 사람처럼 어설프고 갈 길이 멀다. 그럼에도 누군가 내게 진지한 표정으로 "책을 80권이나 쓴 비결이 뭔가요?"라고 물으면, 이렇게 짧게 답할 수 있을 것 같다.

"저는 살면서 글쓰기를 잊은 적이 없습니다.
반대로 글을 쓰면서도 삶을 잊은 적이 없죠."

중요한 지점이다. 무언가를 꾸준히 하는 것도 중요하다. 그러나 그 모든 것은 삶 속에서 움직여야 한다. 아무리 좋은 구두를 신은 사람이라도 삶이라는 대지를 벗어나면, 자신의 모든 가치를 잃는다.

## 나로부터 시작해서 누군가의 마음에 도착하는 글은 무엇이 다른가?

2023년에 들어 각종 SNS에서 나타나는 특징 중 하나는 자신의 20대 시절 사진을 올리는 사람이 많아졌다는 사실이다. 유심히 관찰해보면 90퍼센트 정도는 이런 말로 포스팅을 시작한다. "요즘 이게 유행이라네요." "다들 하니까 나도 못 참지." 이런 방식의 포스팅이 바로 태어나자마자 사라지는 대표적인 사례 중 하나다. 자신의 스토리는 하나도 없이 유행어만 남는 포스팅이 되어버리고 말기 때문이다. 이런 방식으로 글을 쓰면 100년을 써도 조금도 나아지지 않는다. 그러나 의미를 부여할 줄 아는 사람들은 거기에 스토리를 넣는다. 이를테면 최근에 꿈에 나온 자신의 젊은 시절 이야기로, 20대를 정의하는 삶의 철학 이야기로, 그 사진에 나온 배경에 대한 이야기로 포스팅을 시작하는 것이다. 자신의 철학과 이야기가 중심이 되고, 사진은 그걸 돕는 엑스트라 역할 정도를 하는 셈이다. 그래

258

서 어떤 방식이든 지금 유행하는 것을 따라서 하고 싶다면, 그리고 그것을 자신의 글쓰기에 생산적으로 활용하고 싶다면 이런 질문을 던져서 스토리를 접목하는 게 좋다.

"그 상황에 맞는 과거의 경험이 뭐가 있었지?"

"나는 그 주제에 대해서 어떻게 생각하나?"

"내가 평소 주장하는 철학과 그것은 일치하나?"

하지만 명심해야 할 지점이 하나 있다. 모든 글이 나로부터 시작해야 하는 건 맞지만, 너무 심각하게 자신만 넣어서 이런 문제가 발생하면 곤란하다는 사실이다. 이 글을 한번 읽어보라. 무엇이 문제일까?

"아, 그래? 이제 ○○○에서 라벨지가 없는 생수를 팔기 시작했다고? 이제야 ○○○가 정신을 차렸네. 이제 좀 그 회사 생수를 살 수 있겠네. 아직도 그렇게 하지 않고 라벨지 붙여서 자연을 파괴하는 몰지각한 기업은 반성해야지! 의식이 없단 말이야!"

이렇게 늘 모든 사항마다 자신의 의견을 분명하게 주장하고 강력한 어조의 글로 표현하는 사람들의 공통점이 하나 있다.

1. 정말 옳은 말만 한다.
2. 주변에 사람이 없다.

이유는 간단하다. 자신의 분명한 생각이 담긴 정말로 옳은 이야기를 하려면 자연스럽게 누군가와 어떤 대상을 비난해야 한다. 이 글을 쓴 사람도 정말 많은 것들을 비난했다. 이제야 라벨지가 없는 생수를 판매하는 그 회사에 다니는 모든 직원은 이미 기분이 상했을 것이고, 굳이 생수를 파는 기업이 아니라도 플라스틱을 만드는 기업이나 그걸 받아 유통하는 모든 기업의 임직원들 역시 매우 기분이 상했을 것이다. 몰지각한 사람이라고 언급했기 때문이다. 또한, 지금 마트에 가서 보라. 온라인도 마찬가지다. 라벨이 없는 제품과 있는 제품의 가격이 동일하며 같은 장소에 진열되어 있지만, 소비자는 여전히 라벨이 붙어 있는 제품을 조금 더 많이 구매한다. 그런데 글에서는 그런 소비자를 의식이 없는 사람이라고 매도했다. 정신을 차리지 못한 몰지각한, 게다가 의식도 없는 기업과 사람들이 된 것이다. 그래서 너무 자신의 의견만 강하게 피력하는 사람에게는 주변에 사람이 없다. 하나하나 떨어져 나가기 때문이다.

수위를 적절히 조절해야 한다. 세상에 절대적으로 100퍼센트 맞는 소리는 없다. 이 전제를 깔고 생각을 시작해야 한다. 옳은 소리가 있다고 해도 그건 어디까지나 '나의 세계에서만 통하는 이야기'라는 틀에서 주변을 바라보는 것이 좋다. 자신의 생각을 모두의 기준으로 만드는 순간 주변에 있던 모든 것이 의미를 잃고 뿔뿔이 흩어진다. "세상이 잘못되었어"라는 표현에서 벗어나 "내게 못난 부분은 무엇인가?"라는 질문으로, "세상을 바꿔야지"라는 틀에서 벗어나 "나의 어떤 부분을 바꿔야 좋을까?"라는 질문으로 이동해야 더 많은 이의 공감을 얻으며, 누군가의 마음에 무사히 도착하는 글을 창조할 수 있다.

지금 이 시간에도 커피를 즐기는 사람은 참 많지만, 모든 사람이 같은 방식으로 커피를 즐기는 것은 아니다. 세상에는 커피를 각기 다른 방식으로 즐기는 3가지 부류의 사람이 있다.

1. 커피를 마시고 참 맛있다고 말하는 사람
2. '어! 이 커피 어떻게 만들었을까?'라고 묻는 사람
3. '커피 만드는 방식을 내 일에 적용해보면 어떨까?'라며 좋은 방식을 일에 적용하려는 사람

맛을 즐기는 건 입만 있으면 가능한 쉬운 일이다. 하지만 같은 곳에서 같은 커피를 즐기지만, 맛과 함께 '인생'이라는 첨가물까지 넣어 깊은 생각을 즐기는 사람도 분명 있다. 여러분은 어디에 속하는

261

사람인가? 이쯤에서 한번 자신을 돌아보며 "나는 어디에 속하는 사람인가?"라고 자문해보는 것도 좋다.

물론 여러분이 예상한 것처럼 마지막에 언급한 사람들이,

1. 같은 것을 보며 다른 것을 발견하고,

2. 발견한 것을 나의 관점에서 연구해서,

3. 추출한 것을 자기 일에 연결하는 창조적인 사람들이다.

그들은 이런 습관을 하나 가지고 있다. 나는 간혹 내가 기획한 것들을 지인에게 들려주며 조언을 구한다. 그러면 '커피가 맛있다'라고 말하는 부류의 사람들은 별 언급 없이 그저 '내 전문 분야가 아니라 모르겠네'라고 답하고, '어떻게 만들었을까?'라는 고민을 하는 사람들은 '이번 기획 괜찮은 것 같은데'라고 말하며 자기 의견을 들려주고, 가장 마지막 단계인 '모든 장점을 자기 일에 적용하는 사람'들은 평가하는 수준에 그치지 않고 평소의 자기 생각을 들려주며 조금 더 발전된 상태의 기획안을 내게 전해준다. 그래서 그들 주변에 있는 사람들은 유독 뭘 시작해도 잘되는 사람이 많다. 서로를 가장 생산적으로 돕는 사람들로 무리가 구성되어 있기 때문이다.

자기 일에 충실한 건 좋은 자세다. 하지만 더 좋은 자세는 남의 일에까지 관심을 갖는 것이다. 참견하라는 말이 아니다. 그 사람이 하는 일의 장점과 단점을 분석해서, 장점을 끊임없이 내 일에 연결하려고 노력하는 일상을 말하는 것이다. 나만 나를 키울 수 있는 게 아니다. 생각만 바꾸면 세상 모든 사람이 나를 성장하게 만들 좋은

인연이 될 수 있다.

글을 쓸 때 다음 2가지 태도를 잊지 않고 기억한다면, 여러분은 지금보다 더 다양한 사례와 지식으로부터 영감을 받을 수 있다.

1. 지금 집중적으로 하는 나의 생각과 그 안에 숨어 있는 가치를 소중한 사람들에게 알려주고 싶다.
2. 내 눈과 가슴으로 느끼는 모든 것을 좀 더 생생하게 표현하고 싶다.

이 2가지 태도가 우리의 글에 깊이와 무게를 줄 수 있는 이유는, 결국 모든 글은 글을 쓴 사람의 생각과 시선에서 나오기 때문이다. 생각이 깊어지며 동시에 생생하게 표현하려는 시선으로 바뀌면 글도 저절로 그렇게 달라진다.

지금 여러분은 어떤 글을 쓰고 있는가? 그대의 글이 곧 그대의 현실이다. 다음 문장을 시를 읽듯 낭송하며 가슴에 담아라. 앞으로 더 좋은 글을 쓸 수 있게 도와줄 것이다.

"단어의 기품은 흔들리지 않는 그대의 마음을,
표현의 고상함은 아름다운 그대의 시선을,
문장의 단아함은 그대의 세심한 성품을 말해준다."

# 가독성이 높은 글을 쓰게 해주는
## 3가지 태도

먼저 하나 묻겠다.

"가독성이 떨어지는 글은 무엇이 문제일까?"

너무나 당연한 사실을 묻는다고 생각할 수도 있다. 하지만 그게 그렇지 않다. 많은 사람들이 잘못 생각하는 글쓰기에 대한 오해가 하나 있다. 바로 가독성에 대한 부분인데, 글의 가독성이 떨어지는 이유는 글을 잘 쓰지 못해서가 아니다. 중요한 건 놀랍게도 태도다. 나도 30년 넘게 글을 썼지만, 어떤 글은 가독성이 떨어진다는 이유로 수정 요청을 받고, 반대로 어떤 글은 가독성이 뛰어나다는 칭찬(?)을 듣기도 한다. 100년을 써도 마찬가지다. 글은 단어 하나하나를 대하는 작가의 마음이 결과의 수준을 결정하기 때문에 글쓰기 능력이 아닌 태도가 좋아야 원하는 결과를 낼 수 있다. 내가 참 오랫동안 사색해서 만난 결론은 이것이다.

"글이 '쉽게' 이해되고 '빠르게' 읽히려면, 쓰는 사람이 '어렵게' 이해하고 '느리게' 써야 한다."

이를 위해서는 다음 3가지 글쓰기 태도가 필요하다.

## 01. 언제든 이미 완성한 원고를 모두 버릴 '용기'가 필요하다

내 노트북 문서 폴더에는 원고지 1000매 분량으로 이미 탈고한 원고가 5개 넘게 있다. 탈고했지만 스스로 충분하다고 생각하지 않아서 책으로 내지 않고 방치하는 원고다. 물론 어떻게든 책으로 낼 수는 있다. 하지만 가독성이 높은 글을 쓰려면 결과만 내면 된다는 그 못된 태도를 버려야 한다. 이미 완성한 글이 아무리 많아도 그걸 다 버릴 용기를 갖고 있어야 비로소 수정을 시작할 수 있기 때문이다. 생각을 먼저 바꿔야 좋은 태도가 따라올 수 있다. 꼭 기억하라, 수정은 버릴 용기를 결심한 사람만이 시작할 수 있는 예술이다.

## 02. 주제에 대한 강력한 '의지'가 필요하다

자신이 쓴 글을 읽고 수정하고, 수정하고 또 읽고, 이 과정을 무한 반복하게 만들 정도로 주제에 대한 강력한 의지가 필요하다. "이 주제로 쓴 글은 반드시 명품으로 만들겠어!"라는 강한 사명감이 느껴지는 의지를 가져야 자신의 모든 능력을 꺼내서 가독성이 높은 글을 쓸 수 있다. 우리는 결코 잘 쓰지 못해서 가독성이 좋은 글을 쓰지 못하는 것이 아니다. 문제는 의지에 있다. 명품으로 만들겠다는 의지만 있다면 그는 결코 멈추지 않을 것이며, 스스로 최상의 글을 완성할 수밖에 없을 것이다. 그 의지까지 모두 글에 녹아들기 때문이다.

## 03. 아름다운 것을 추구하는 '시선'이 필요하다

글도 음악과 춤처럼 리듬이 중요하다. 읽는 사람에게 능숙한 파트너와 춤을 추는 느낌, 완벽한 조화를 이룬 연주곡을 듣는 느낌을 줄 수 있어야 한다. 중간에 걸리는 부분이 하나도 없어야 가독성이 높은 글을 썼다고 말할 수 있기 때문이다. 방법은 간단하다. 당신이 가장 좋아하는 노래는 무엇인가? 자신이 쓴 글을 읽으며 그 음악을 듣는 것보다 더 아름다운 느낌을 가졌다면 이제 글쓰기를 멈춰도 된다. 음악보다 아름다운 글을 써라.

글의 가독성은 결국 쓰는 사람이 가진 용기와 의지, 그리고 시선의 태도가 결정한다. 다시 강조하지만 우리는 결코 잘 쓰지 못해서 가독성이 나쁜 글을 쓰는 게 아니라, 하나하나 순간순간 충분히 몰입하지 못해서 그런 결과를 맞이한 것뿐이다.

위에 나열한 3가지 태도를 자신의 것으로 만들라. 글쓰기 공부를 하라는 말이 아니다. 글과 일상을 대하는 태도를 아름답게 바꾸면, 글의 가독성은 자연스럽게 나아질 수밖에 없다.

✉

'쓰고 싶다'라는 열망과 '완성하고 싶다'라는 욕망이
쓸 수 없는 나를 자극하거나 넘치지 않는 나를 쥐어짜는 일이 없어야 한다.
우리는 넘친 것만 글로 쓸 수 있으며
그런 글만이 누군가의 마음에 닿을 수 있기 때문이다.

# 6장

쓰기, 가장 쉽고 생생한 언어로
바꾸려면 어떻게 해야 하나?

# 챗GPT 시대를 선도하는 사람으로 성장시키는 글쓰기

2023년, 세상은 이 소식에 들썩였다. 그 주인공은 바로 챗GPT. 온라인에 존재하는 수많은 자료를 바탕으로 어떤 주제로든 매우 빠르게 글을 써낼 수 있다는 소식이 그 중심에 있었다. 수많은 사람이 서로 앞을 다투며 이제는 챗GPT를 활용할 수 있는 사람만이 돈도 벌 수 있고, 글도 빠르고 쉽게 쓸 수 있으며, 유튜브 구독자도 늘릴 수 있다고 주장했다. 물론 다 맞는 말이다. 하지만 나는 조금은 다른 지점을 바라보았다. 바로 인간만이 해낼 수 있는 지점을 본 것이다. 나의 글쓰기 스승 괴테와 이어령 선생이 옆에 있었다면 이런 조언을 던졌을 것이다.

"챗GPT 시대를 선도하고 싶다면, 챗GPT를 당장 버려라.
그리고 네가 본 것을 글로 써라. 네 글이 너를 증명할 수 있도록!"

271

괴테와 이어령 선생, 그리고 그들에게 사색과 글쓰기를 배운 내게는 이런 특징이 있다.

1. 자료를 참고하지 않고 글을 쓴다.
2. 당연히 인용문이 거의 없다.
3. 배운 게 아니라 본 것에 대해서 쓴다.
4. 모든 분야에 대한 글을 자유롭게 쓴다.

배운 것에 대해서 쓰거나 자료를 참고해서 쓰는 방식도 괜찮았다. 단, 지금까지는! 이제는 그런 방식의 글을 비롯한 모든 콘텐츠는 챗GPT와 경쟁이 불가능하다. 그런 수준으로는 챗GPT를 활용해서 살아갈 수도 없다. 낮은 수준의 생명체가 높은 수준의 생명체를 제어할 수는 없다. 그것은 모든 생명체는 자기 수준에 맞는 삶을 살게 된다는 지성의 원리와도 같은 문제다. 활용은 더 나은 자가 하는 것이다. 활용하려면 더 나은 존재가 되어야 하고, 그런 수준에 도달하려면 지금부터 내가 강조하는 글쓰기 방식을 체득해야 한다.

하루는 산책을 하다가 좋아하던 동네가 재건축으로 달라지는 모습을 보며 다음 9단계 과정으로 생각을 구분해서 이런 글을 썼다. 유심히 관찰해보라.

[보다]

**01.** 좋아하던 동네가 재건축으로 모조리 철거된 장면을 목
격했다.

[생각하다]

**02.** 추억이 사라지네. 이런 동네는 그냥 보존하는 게 어떨
까?

[더 생각하다]

**03.** 이 동네에 살던 사람들 중 다수는 노후가 되어서 살기
힘들었겠지, 그리고 재건축으로 돈을 많이 벌어서 기
뻤겠지.

[결론 내다]

**04.** 나라도 결국 그렇게 했겠지. 추억으로 영원히 남으면
좋겠다는 생각은 이 지역 사람이 아니라서 할 수 있는
이기적인 마음이네.

[다시 보다]

**05.** 어, 반포 주공아파트는 한 동만 남기고 모두 철거했네?

**06.** 왜 하나만 남겼을까? 보존해서 추억으로 남기려고 그랬나? 다 철거하는 것보다는 이것도 괜찮네.

**07.** 그런데 새로 지은 아파트도 결국 세월이 지나면 또 재건축하는 거잖아. 그때도 이렇게 한 동만 남기는 건가?

**08.** 2030 세대들이 볼 때는 새로 건축한 아파트가 추억의 전부일 텐데, 긴 역사적 관점에서 보면 추억은 그 시대를 사는 사람들만의 것이 되어야 하는 게 아닐까? 그럼 과거 시대를 살았던 사람들의 추억이라는 이유로 아파트 한 동만 남기는 게 어떤 의미가 있을까?

**09.** 추억은 사라져야 아름답다. 사라지기 때문에 추억으로 남길 수 있는 거니까. 사랑했고 소중하게 생각한 그것을 눈앞에서 지우고 마음에 담을 때, 비로소 그것들은 영원한 추억으로 내게 남는다.

내가 하나의 글을 쓰는 과정을 간단하게 설명한 글이다. 이렇게 무언가 하나를 보며 최소 9번, 많게는 100번 넘게 생각하며 범위를 확장하거나 축소하고 또 그걸 다른 분야로 변주하며 처음과는 전혀 다른 결론이나 내용으로 끝을 맺는다. 이는 괴테의 방식이기도 하다. 우리가 '눈의 인간'이 되어야 하는 이유도 바로 여기에 있다. 보고, 본 것에 대해서 생각하고, 그걸 원하는 분야로 변주하는 과정을 통해 글도 쓸 수 있지만, 가장 순수한 감각기관인 눈을 통해 변하지 않는 세상의 진리를 내면에 담을 수 있기 때문이다.

하지만 대부분의 사람들이 이런 과정에 진입하지 못하는데, 그 이유가 그들의 능력이 떨어지기 때문은 아니다. 그들은 위에 나온 9단계 중에서 어느 하나만 읽고 평가하기 때문에, 글을 쓴 사람이 볼 땐 '훼방'이나 '딴지'로 느껴지는 의견만 내고 사라진다. 물론 그들은 '다양성'이라는 이유로 자신을 변호하지만, '다양성'이라는 이유는 논리에 맞지 않는 핑계에 불과하다. '다양성'을 강조하며 비난하는 그들 역시도 '글 쓴 사람의 다양성'을 인정하지 않았기 때문이다.

다시 그들의 이야기로 돌아가서 그들이 딴지를 거는 방식은 이런 것들이다. 이건 꼭 알고 있어야 한다. 그래야 여러분도 이런 실수를 하지 않을 수 있기 때문이다. 2번의 예를 들면 이렇다. 그들은 "왜 보존을 해야 하죠? 그거 오래된 건물이라 나중에 다 쓰레기가 됩니다! 자꾸 뭘 남기려고 하지 좀 마세요! 인생을 길게 봅시다"라는 식으로 자기 생각을 남기고 사라진다. 이렇게 그들은 내가 하나의 글을 쓰기 위해 필요했던 9단계 과정 중 단 하나에만 자기 의견을 내고 사라진다. 이게 바로 그들이 하나의 완성된 글을 쓰지 못하는 이유다. 그들은 언제나 전체를 조망하지 못하고 단편적인 부분에만 집착하며 독선에 빠진다. 그런 상태로는 챗GPT 시대에서 살아남기 어렵다.

내가 9단계로 생각을 확장하며 조금씩 전체로 시선을 이동한 것처럼, 일상에서 그런 연습을 자주 반복해야 한다. 내가 좋아하는 동네가 철거된 장면을 보며 그걸 1번으로 정해서 글을 시작한 것처럼, 그들도 나의 글에서 본 것을 1번으로 정해서 그들만의 글을 시작했어야 하는데, 비판이나 비난에만 신경을 썼기 때문에 글을 쓰지 못하고 사라진 것이다. 자, 이제 그럼 챗GPT 시대에서 자신의 경쟁력을 확장시킬 수 있는 글은 어떤 방법으로 배울 수 있는지 하나하나 알아보자.

# 아무리 열심히 써도 읽히지 않는 글의 4가지 특성

매우 슬픈 사실은 앞서 소개한 단편적인 것에 집착하는 이들이 글에 많은 시간을 투자하는 사람이라는 것이다. 투자는 많이 하지만 결과가 늘 좋지 않다. 더 슬픈 사실은 이들이 기본적으로 글을 잘 쓰는 사람들이라는 것이다. 어찌 보면 매우 당연한 결과다. 시간을 많이 투자하니 잘 쓸 수밖에 없다. 문제는 간단하다. 시간도 많이 투자하고 글도 잘 쓰지만, 그 글을 읽으려는 사람은 없다. 이유가 뭘까? 앞서 언급한 것처럼 그들 안에 가득한 '자만'과 '허세'가 애써 쓴 글을 버려지게 만든다. 그들이 쓴 글의 특징은 크게 다음에 소개하는 4가지로 나눌 수 있다.

## 01. 과도한 느낌표

잘 읽히는 글을 쓰는 사람들은 느낌표를 과도하게 사용하지 않고, 글을 읽는 것만으로 저절로 느낌표가 그려지게 표현한다. 마지막에 느낌표를 굳이 찍지 않아도 시선이 마지막에 도달하면 자신도 모르게 느낌표가 느껴진다. 이 부분을 분명히 기억할 필요가 있다. 과도하게 사용한 느낌표는 읽는 이에게 불편함을 준다. 모든 것을 글에 녹여내야 한다.

## 02. 필요 이상의 수식어 남발

필요 없는 표현을 남발해서 문장이 의미하는 게 무엇인지 감을 잡지 못하게 글을 쓰는 사람이 있다. 많이 고민한 글이라는 사실은 안다. 하지만 화려한 문장을 쓰려는 욕심에서 나온 글이라, 대중의 마음에 온기를 전하지 못한다. 읽는 이에게 감동이나 경탄을 주기 위해서 필요한 건 특별한 언어가 아니라, '일상의 언어'라는 사실을 기억하자. 일상에서 자주 사용하는 언어를 배치하여 글을 자연스럽게 엮는다고 생각하면 된다.

## 03. 오락가락하는 감정선

온라인에서도 마찬가지다. 엄청나게 기분 좋은 글을 썼다가, 바로 우울한 글을 쓰는 사람이 있다. 물론 잘 쓴 글이 다수다. 하지만 읽는 사람에게는 불안과 고통만 준다. 자신에게 부정적인 기운을 주는 글을 굳이 시간을 내서 읽으려는 독자는 없다. 게다가 대체 무슨 말을 하고 싶은 건지 알 수 없는 말만 한다. 가끔 자신을 동화 속 주인공이라고 착각하는 것처럼 보인다. 만약 읽히는 글을 쓰고 싶다면, 최소한 대중을 위한 글을 써야 한다는 시각 정도는 장착해야 한다.

## 04. 히히, 헤헤, 쿠쿠, 키키의 남발

여기에 언급한 것이 전부는 아니다. 이런 종류의 기괴한 표현이 매우 다양하게 존재하는데, 주로 글에서 자기 안에 존재하는 우울을 숨기려는 방법으로 사용하는 경우가 많다. 문제는 글의 내용이나 전개상 전혀 그럴 상황이 아닌데 히히, 키키 등의 표현을 쓰며 애써 밝음을 보여주려고 한다는 데 있다. 다시 말하지만, 밝음은 문장 안에서 글로 보여주는 것이지, 그런 식으로 강요하면 부작용만 생긴다. 스스로 불안한 상태라면 조금 나아진 후에 글을 쓰는 게 좋고, 그럼에도 글을 쓰며 이겨내고 싶다면 최대한 이런 표현은 쓰지 않겠다는 작정을 하고 써야 한다.

지금까지 아무리 많은 시간을 투자해도 글이 읽히지 않는 4가지 이유를 업급했다. 하지만 다시 말하는데 기본적으로 이들은 글을 잘 쓰는 사람들이다. 다만 방향이 잘못된 것뿐이다. 지금까지 썼던 글의 반대 방향으로 쓰면, 순식간에 많은 사람의 호응을 얻게 될 것이다. 그러므로 대중의 마음을 얻을 수 있는 글을 쓰고 싶다면 여기에서 언급한 4가지를 반대로 하면 가능하다.

내가 지난 15년 넘게 연구한 괴테의 글쓰기는 이런 과정으로 시작하고 완성된다.

"나는 방금 집을 짓겠다는 결심을 했다. 물론 아직은 작은 텐트를 겨우 칠 수 있는 수준이다. 하지만, 땅을 파서 지반을 단단하게 하고, 각종 건축자재를 구입해서 하나하나 집을 지어나갈 것이다. 나도 알고 있다. 물론 쉽지 않겠지. 평소 사용하지 않던 낯선 도구를 자유자재로 구사하기 위해서는 치열하게 그것을 연구해야 할 것이다. 안에서 봤을 때는 실용적으로 또 밖에서 봤을 때는 멋진 디자인을 뽐내는 집을 만들기 위해서는 각종 지혜를 모아야 할 거다. 어렵고 지난한 과정이지. 하지만 혹시 알고 있는가? 그렇게 집을 짓는 것처럼, 나의 책도 언제나 그런 과정을 통해 탄생한다네."

괴테는 좋은 글을 쓰기 위한 첫 번째 조건으로 '무의식의 투명화'를 꼽는다. 그의 주장처럼 우리가 의식하며 하는 말과 행동은 예상과는 달리 우리 삶에 별 영향을 미치지 않는다. 스스로도 알고 있는 것들이기 때문이다. 중요한 건 나도 모르게 내 안에서 분출되는 감정과 행동이다. 무의식은 내가 억압하거나, 나를 억압한 감정이 쌓여 형성되기 때문에 내가 무의식중에 하는 모든 행동과 말은 내 안에 억압되어 있는 감정의 합이라고 보면 된다. 무의식은 나도 모르게 나를 지배하는, 내 감정의 맨살이다. 가장 순수한 글은 순수한 마음에서 나온다. 무의식이 불결하고 부정적인 사람에게서는 위대한 글을 기대할 수 없다. 만약 당신이 수많은 시간을 글에 투자했지만 여전히 사람들에게 감동을 주는 글을 쓰지 못하고 있다면, 재능이 아니라 무의식을 들여다봐야 한다. 구체적인 방법으로 다음 4가지를 제안한다.

## 01. 나를 주도하는 언어를 재구성하라

정신분석의 창시자 프로이트가 자신을 대표하는 대화 치료 중심에 '언어'를 둔 이유는 '그 사람의 언어가 곧 그 사람의 모든 것'이기 때문이다. 인종과 사는 공간은 모두 다르지만, 우리는 모두 '언어'라는 성 안에서 산다. 결국 우리가 겪는 모든 상처는 언어로 굳어 있기 때문에, 그걸 다시 풀기 위해서는 역시 언어로 접근해야 한다. 지금 당신이 가장 자주 사용하는 단어를 한번 나열해 보라. 그 단어의 느낌이 어떤가? '우호적인가, 비난하는 느낌인가?' '공격적인가, 방어적인가?' 단어의 느낌을 제대로 점검하고 자기가 원하는 방향에 맞는 단어를 사용하기 위해 노력해야 한다. 이런 과정이 중요한 이유는 목표한 지점과 결이 맞는 단어를 써야 목표에 도달할 가능성이 높아지기 때문이다. 마음이 아픈 사람은 희망의 언어를, 부정적인 사람은 긍정의 언어를, 속이 좁은 사람은 넓은 느낌의 언어를 사용해야 원하는 방향으로 변화할 수 있다. 이때 글쓰기가 매우 좋은 역할을 한다. 일상에서 습관이 될 때까지, 자신이 원하는 단어만 나열해서 그것만으로 글을 하나 써보는 것도 좋다. 그런 글쓰기를 원하는 단어가 나올 때까지 무의식적으로 반복하라.

## 02. 세상을 향한 증오심을 완전히 버려라

글에도 나름의 표정이 있다. 글쓰기 수준이 어느 정도 올라온 사람은 아무리 처음 본 사람이라도, 그가 방금 쓴 글만 봐도 그 사람의 감정과 일상을 대하는 태도까지 예상할 수 있다. 발견할 수 있는 감정은 수준에 따라 달라지지만, 가장 쉽고 빠르게 발견 가능한 것은 바로 증오심이다. 기쁨은 감출 수 있지만, 증오심은 감출 수 없다. 미워하는 마음은 자신을 숨길 줄 몰라서 글에 선명하게 나타난다. 이는 읽는 이에게 부정적인 영향을 주기 때문에 당장 고쳐야 한다. 게다가 증오심이란 가장 수준이 낮은 감정이다. 괴테는 이렇게 강조했다.

"증오심이란 독특한 것이네. 여러분도 알다시피 문화적으로 가장 낮은 단계에 있을 때 그것이 가장 극심하게 나타나니까. 증오심이 완전히 사라지면 그제야 타인의 행복이나 불행을 내 기쁨과 슬픔처럼 느끼게 되는 법이지."

그래서 우리가 사는 세상에는 온갖 증오와 분노만 가득하다. 그리고 온갖 부정적인 상황에서 이런 이야기가 나온다. "너희 가족이 사는 집이라면 이렇게 지었겠냐?" "너의 가족이 먹는 음식이라면 이렇게 만들었겠냐?" 이런 하

282

소연이 나오는 이유는 괴테의 말처럼, 분노와 증오심만 가득한 낮은 문화 수준이기 때문에 타인의 행복과 불행을 나의 일처럼 느끼지 못해서 그렇다. 이는 글을 쓰는 사람에게 매우 중요하고 유용한 조언이다. 그래서 실제로 괴테는 나이 서른이 되기 훨씬 이전부터 증오심을 떠나보내고, 정신적으로 높은 수준에 이를 수 있게 증오심을 버리려는 시도를 했다.

## 03. 내 행복을 기준으로 글을 써라

평판은 '남이 쓰는 나의 이력서'라는 말이 있다. 과거나 지금이나 평판은 한 사람의 인생을 구성하는 매우 중요한 재료다. 그럼에도 괴테는 글을 쓴다는 것은 모든 비난을 감수하겠다는 의지를 수반한다고 생각했기 때문에 평판에 아예 신경을 쓰지 않았다. 그는 자신을 사랑하고 지지하는 사람을 보기에도 인생이 짧다고 생각하며 사랑하는 사람들을 아끼는 데 더 많은 시간을 투자했다. 물론 자신을 염탐하는 사람이 있고, 치졸한 목적을 갖고 자신의 글을 분석하는 사람이 있다는 사실도 잘 알고 있었다. 간혹 공개적으로 그를 지지하던 사람이 순식간에 달라져 입에 담기도 힘든 못된 말로 비난할 때도 있었지만, 그의 삶은 우리에게 이렇게 말한다.

"나는 그가 왜 갑자기 나를 대하는 태도를 바꾼 줄 알고 있다. 그래도 나는 매일 내 방식대로 쓴다. 진실로써 자기 이야기를 쓰는 사람은 타인의 시선에서 자유롭다."

그게 바로 괴테가 생각하는 글쓰기의 장점이다. 그는 글을 쓰며 세상과 사람으로부터 받은 수많은 상처를 치유한다. 그런 생각으로 글을 쓰면 자신에게 솔직해지며 거짓말처럼 타인을 의식하는 감정이 사라진다. 진정한 나 자신이 된다. 이는 매우 놀라운 현상이다. 세상의 시선에서 벗어나며 비로소 우리는 자기 삶을 살게 된다. 이제 진짜 한 살이 된다는 말이다. 자기 삶을 사는 사람은 그래서 봄처럼 젊고 가을처럼 화창하다. 60년 넘게 성장하는 현역으로 살았던 괴테가 언제나 활력이 넘쳤던 이유도 바로 거기에 있다. 매일 새로워지는 활력의 비결은 나 자신의 행복을 중심에 두고 쓰는 삶에 있다. 처음부터 자신의 행복을 기준으로 삼아라. 다른 사람을 자꾸 신경 쓰며 선택하다 보면 나중에는 아예 내가 존재하지 않는다. 하나하나 쌓여, 결국 나 아닌 삶을 살게 된다. 그땐 더 힘들어진다.

## 04. 가장 현명하게 자유를 즐기며 글을 쓰는 사람의 비밀

괴테는 다양한 종류의 글을 쓰면서 삶이 주는 자유를 가장 효율적으로 즐긴 사람 중 한 명이었다. 자기 자신에게 만족하고 분수를 지킬 줄만 알면 누구라도 쉽게 충분한 자유를 즐길 수 있다고 생각한 그는 우리에게 이렇게 조언한다.

"자유가 넘칠 만큼 있어도 사용할 수 없다면 무슨 소용일까! 내 방을 보게나, 무엇이 보이는가? 침대와 여러 일용품, 그리고 책과 원고, 미술품 등이 방이 비좁도록 들어차 있지. 나는 내 글쓰기에 좋은 재료가 될 그것들만 있으면 충분하네. 겨울 내내 이 방에서 살아왔고, 바깥방에는 거의 발도 들여놓지 않았지. 아무리 넓은 집을 갖고 있어도, 그 공간에 내가 사랑하는 것들이 없다면 그게 다 무슨 소용이겠는가!"

괴테는 그런 삶을 살고 싶다면 이렇게 하라면서 다음 2가지 조언을 전했다.

## 01. 먼저 삶을 대하는 태도를 바꿔야 한다

건강하게 살면서 자기 일에 종사할 만한 자유만 있으면 그것만으로 충분하니, 누구나 자유를 즐기며 글을 쓸 수 있는 삶을 시작할 수 있다. 사실 그 정도의 자유라면 누구든 쉽게 얻을 수가 있으니, 모두가 환경을 핑계로 삼지 않고 시작할 수 있다는 사실을 꼭 기억하라.

## 02. 자유를 즐기려면 분야와 깊이를 확장해야 한다

가장 좋은 방법은 의식 수준을 스스로 높이는 것이다. '존경'이라는 단어를 기억하면 된다. 대부분의 낮은 수준에 있는 사람들은 자기 위에 있는 것을 인정하지 않으면서 자존감을 지키려고 한다. 그러나 이건 매우 어리석은 선택이다. 자유는 높은 의식 수준에 있는 것을 무시하면서 얻을 수 있는 것이 아니라, 존중하면서 얻을 수 있는 것이다. 우리는 자기 위에 있는 것을 존경함으로써 자신을 거기까지 높일 수 있고, 위에 있는 것의 가치를 인정함으로써 우리 자신도 고귀한 것을 몸에 지닐 수 있다.

워낙 중요한 부분이기 때문에 위에 소개한 존경과 가치에 대한 실제 괴테의 경험을 마지막으로 정리하며 전한다. 실제로 괴테는 여행 중에 종종 북독일의 상인들을 만났는데, 그들은 식사할 때 그에게 무례한 태도를 보임으로써 그와 동등하게 될 수 있다고 믿고 있었다. 하지만 그런다고 해서 그와 동등해지는 것은 아니었다. 오히려 그들이 괴테의 삶과 말을 소중히 여기면서 제대로 응대할 줄 알았더라면 그와 동등하게 되었을 것이며 괴테가 가진 좋은 것들을 내면에 담아 내적 성장을 이룰 수 있었을 것이다. 자신의 진짜 상태를 제대로 인지하는 건 현자도 쉽게 도달하기 힘든 수준 높은 지성인에게만 가능한 일이다. 하지만 지금까지 무의식의 투명화를 통해 글쓰기에 필요한 최소한의 내적 성장을 이룰 수 있게 돕는 괴테의 조언을 들었다면, 누구든 그런 삶을 시작할 수 있다.

# 4주 만에 《젊은 베르테르의 슬픔》을 창조한 괴테의 6단계 글쓰기

스무 살 무렵 젊은 괴테는 전 세계 독자들의 가슴을 뜨겁게 만들 최고의 작품을 완성하기로 결심했다. 당시 괴테의 내면을 압축하면 이랬다. "이전에 없던 새로운 작품을 창조하자!" 그 결심만으로 젊은 그의 가슴은 더욱 뜨겁게 타올랐다. 당시 그에게는 2가지 삶의 목표가 있었다. 하나는 "독일 문학을 세계 최고 수준으로 끌어올리겠다"라는 것이고, 나머지 하나는 "지성을 통해 귀족이라는 신분을 쟁취하겠다"라는 목표였다. 이 목표가 그의 수준을 한없이 위로 이끌었다.

물론 의지만으로 할 수 있는 일은 없다. 최대한 섬세하게 계획을 세우기 시작한 그가 가장 먼저 설정한 것은 마음가짐이었다. 당시 괴테의 마음을 글로 표현하면 이렇다. 기적과도 같은 가르침이니 마음에 새긴다는 생각으로 아주 천천히 읽어보라.

"내 마음에 내재하는 자연을 그 성질이 향하는 대로 자유롭게 활동시키고, 외부의 자연 역시 마찬가지로 그 성질이 향하는 대로 나에게 영향을 끼치게 해야 한다. 그래야만 그것들이 나를 나조차 짐작할 수 없는 어떤 공간으로 이동시켜줄 수 있기 때문이다."

괴테의 각오와 마음이 느껴지는가? 그렇다. 자연과 내면의 힘이 얼마나 위대한지 알고 있었던 그는, 자연과 내면이라는 파도에 자신을 맡기기로 결심했다. 자신을 어디로 인도하든 그곳은 인간이 상상할 수 없는 놀라운 공간일 거라는 사실을 확신했기 때문이다. 이런 마음으로 그는 마침내 집필을 시작했다. 그 놀라운 과정을 크게 6단계로 구분해서 압축했으니, 명화를 감상하는 마음으로 읽어보길 추천한다. 또한, 여러분이 지금 글을 쓰고 있다는 상상을 하면서 읽는 것도 좋다. 독서는 가장 창조적인 지적 행위이니 자신만의 방법을 끝없이 찾아야 한다는 사실도 기억하길 바란다.

## 1단계 | 나를 이끄는 공간으로 이동하라

모든 자연이 다 내게 맞는 건 아니다. 자신에게 질문해봐야 한다. 여러분도 지금 해보라. 괴테는 자신의 내면이 이끄는 자연으로 둘러싸인 공간에서 책의 전체적인 구성을 수립하고 집필을 시작했다. 어떤 장소든 좋다. 여러분의 내면이 이끄는 곳으로 가라.

## 2단계 | 오래된 나를 떠나 새로운 나로 존재하라

그렇게 괴테는 처음 만나는 장소로 이동했지만 의식적으로 이질적인 모든 것으로부터 자신을 해방시켰다. 또한, 자신이 갖고 있던 오래된 고정관념이나 습관을 잠시 버렸다. 그리고 외부의 세계를 유연한 정신으로 관찰하기 시작했다.

## 3단계 | 외부에서 오는 모든 영감과 자극을 흡수한다

그렇게 해서 괴테는 인간은 물론, 자신에게 영감을 줄 수 있는 모든 자연의 존재가, 각기 자신이 구성한 이야기에 어울리는 형태로 자신에게 흡수될 수 있게 하려고 애썼다. 모든 감각을 활짝 열었기에 가능한 것이었다.

## 4단계 | 지성과 영감의 통로가 생긴다

괴테는 이런 방식의 노력을 지속하면서 자연계의 개별적인 대상 하나하나와 교류할 수 있는 지성과 영감의 통로를 만들었다. 주변에 존재하는 모든 것과 공명하며 조화를 이룬 것이다.

## 5단계 | 주변 모든 것의 존재의 이유를 깨닫게 된다

그 결과 마을이나 주변의 변화, 주야의 교대, 계절의 이동 등 자연 속에서 생길 수 있는 모든 변화가 괴테 본인의 마음을 절실히 감동시키지 않는 것이 하나도 없을 정도로 전체적인 분위기가 극적으로 바뀌기 시작했다. 경탄의 수준에 도달한 것이다.

## 6단계 | 어떤 문제든지 곰곰이 관조하게 된다

화가와 시인의 눈빛으로 하나가 된 괴테는, 그간 풀리지 않았던 모든 문제를 다정하게 흘러가는 냇가의 숨결처럼 차분하게 관조하게 된다. 이때 그를 둘러싼 아름다운 전원 풍경은 고독을 한층 부채질하여, 모든 방향으로 퍼져가는 내면의 조용한 관찰을 수월하게 만들었다.

이런 6단계 집필 과정을 통해 나온 것이 바로 여전히 수많은 사람들의 가슴을 울리고 있는 고전, 《젊은 베르테르의 슬픔》이다. 그는 단 4주 만에 지금까지도 뜨겁게 읽히는 근사한 작품을 창조했다. 하나의 현상이라고 부를 수 있을 정도로 대단한 작품인 《젊은 베르테르의 슬픔》, 당신도 위에 제시한 6단계 방법을 통해 지금 당장 쓸 수 있다. 이 책에 나온 모든 내용이 대부분 그렇지만, 위에 소개한 6단계 방법 역시 아직까지 누구도 세상에 소개하지 못한 방법이니 여러 번 읽어서 당신만의 것으로 만들어보라. 삶이 달라질 것이다.

# 일기 수준의 글에서 벗어나는 가장 현실적인 방법

"왜 제가 쓴 글은 일기처럼 느껴질까요?"

이런 고민을 하는 사람이 참 많다. 당신도 그런 고민을 하고 있다면 핵심만 아주 짧게 설명할 테니 5분만 집중해서 읽어보라. 책이 될 수 있는 글과 일기로 끝나는 글은, 겉으로 볼 땐 큰 차이가 있을 것 같지만, 사실 매우 미세한 차이로 결정된다. 이 한마디면 모든 설명이 끝난다.

"하루에 한 번 쓰면 일기지만, 24시간 내내 쓴다면 글이다." 이 말은 이런 놀라운 사실을 의미한다.

> "만약 당신이 매일 몇 번에 걸쳐서
> 일정 분량의 글을 정기적으로 쓰고 있다면,
> 자신의 삶을 대표할 최고의 글을 완성할 수 있다."

자, 이제 무엇이 문제인지 제대로 알았을 것이다. 하지만 더 큰 문제가 하나 있다. 문제는 그 미세한 차이를 발견해서 방향을 제대로 잡는 것이 정말 어려운 일이라는 사실이다. 주변을 둘러보면 정말 열심히 글을 쓰는 사람이 많다. 그들이 쓴 글을 보면 절로 이런 생각이 든다.

"저 정도 수준의 글을 쓰려면 최소한 30분, 길게는 1시간은 투자했을 것 같은데."

세상에는 계속 쌓이는 글이 있고, 반대로 끝없이 사라지는 글이 있다. 안타깝게도 세상에 태어난 모든 글의 운명은 그렇게 나뉜다. 글의 종류는 매우 다양하다. 자신의 사업을 알리는 글, 자신이 지금까지 배운 것을 전파하는 글, 자신의 꿈과 신념을 표현하는 글, 이렇게 세상에는 수많은 글이 탄생하지만, 그리고 매일 자신의 소중한 시간을 투자해서 열심히 글을 쓰지만, 대부분의 글은 쌓이지 않고 사라진다. 그게 글쓰기를 포기하게 만드는 가장 큰 이유가 되기도 한다. 시간을 투자해서 썼는데 남는 게 하나도 없으니 허무해져서 그렇게 된다.

결코 일기가 나쁘다는 말이 아니다. 다만 정말로 일기를 쓰기 위한 목적이 아니라면, 방식을 바꿀 필요가 있다. 여러분이 펼치고 있는 사업과 꿈, 그리고 신념을 더 많은 사람에게 선명하게 보여주고 싶다면, 그 목적에 맞는 변화가 필요하다. 스스로 좋다고 아무리 외쳐도 읽는 사람에게 느껴지지 않으면 공허하다. 그건 글의 길이나 문장의 화려함이 결정하는 게 아니다. 단 한 줄을 써도 마음을 사로잡는 글이 있고, 수백 장을 써도 바람처럼 사라지는 글이 있다. 수준의 문제도 분량의 문제도 아니다. 단지 방향을 잘못 잡았을 뿐이다. 지금이라도 쓰는 방향을 아래에 맞게 수정하면 누구나 일기를 다른 수준의 글로 순식간에 바꿀 수 있다.

1. 결과가 아닌 과정에 대해서 쓰기

2. 도움을 주고 싶은 마음에 대해서 쓰기

3. 준 게 아니라 받은 사랑에 대한 이야기를 쓰기

4. 계획이 아니라 했던 일에 대해서 쓰기

5. 분노한 일이 아니라 좋았던 일에 대해서 쓰기

일단 매일 정기적으로 24시간 내내 글을 쓰려는 태도를 가지고, 위에 소개한 5가지 방향에 맞춰서 글을 쓰면 몰라보게 달라진 자신의 글을 만날 수 있을 것이다.

## 반드시 자신의 욕구를
## 정확히 파악해야 한다

지금 글을 쓰거나 앞으로 쓸 계획을 갖고 있는 사람들을 만나면, 늘 내가 가장 중요하다고 생각하는 이 질문을 던진다.

"글을 쓰는 이유가 뭔가요?"

그럼 보통 이런 식의 답이 나온다.

"기회가 되면 책을 내고 싶어서요."

그렇게 대화는 주로 이런 흐름으로 이어진다(거의 100퍼센트다).

"그럼 책을 내고 싶은 이유는 뭔가요?"

"그냥 내 이름으로 된 책을 갖고 싶어서요."

"그럼 어렵게 출판사에 원고를 투고하기보다는 소량만 찍어서 소장하면 되지 않나요?"

대화가 여기까지 도착하면, 그의 3가지 본심이 서서히 나온다.

1. 이왕이면 서점에도 진열이 되고,

2. 사람들이 좀 구입해서 인세도 받고,

3. 작가로 새롭게 인생을 시작해보고 싶어서요.


문제는 그가 꺼낸 본심 3가지가 각각 격차가 너무나 크다는 것이다. 책을 내서 서점에 진열되는 것도 어려운 일이지만, 그 책이 팔려서 의미 있는 인세를 받는 것은 훨씬 더 어려운 수준의 일이며, 작가로 살아가는 일은 세상에 존재하는 책을 낸 작가 중 0.01퍼센트에게만 허락된 복권 당첨보다 힘든 일이기 때문이다.

이 3가지 지점은 각각 그 격차가 현격하게 차이가 나기 때문에 스스로도 나중에 혼란스럽게 된다. 목표를 세우지 못했는데 어떻게 목표를 이룰 수 있겠는가? 자신이 원하는 지점이 어디인지 정확하게 파악해야 그에 맞는 과정과 노력을 기울일 수 있다. 작가로 새롭게 인생을 시작해보고 싶다는 꿈을 갖고 있으면서, 겉으로는 "서점에 제 책이 진열되어 한 사람에게라도 읽혀진다면 만족합니다"라는 말을 하고 다닌다면 꿈이 이뤄질 가능성은 매우 낮다. "하다 보면 어떻게 되겠지" "이왕이면 책을 내서 인세를 받는 작가가 되는 것도 좋겠지"라는 식의 두루뭉술한 태도는 오히려 자신을 힘들게 만들 뿐이다. 당신 주변에 본격적으로 글을 쓰며 경제적인 고통을 호소하는 사람이 많이 있을 것이다. 그들 대부분이 이 경우에 속한다. 현실과 이상의 차이가 너무나 크다.

중요한 건 "작가가 되고 싶거나, 되고 싶지 않거나"의 문제가 아니다. 글을 쓰는 목적이 무엇이든 자신의 욕구를 생생하게 표현할 수 있어야 한다는 사실이다. 스스로를 속이거나 좋은 말로 포장하는 건 별 의미가 없다. 가령 이런 방식이 대표적으로 나쁜 사례다.

"(속으로는 많이 팔리길 바라면서) 한 사람에게라도 도움이 되려고 씁니다."

"(경제적인 자유를 위해서 쓰면서) 그냥 취미로 쓰는 거죠."

유명해지고 싶다는 말과 돈을 많이 벌고 싶다는 생각 자체가 나쁘거나 수준 낮은 것이라고 말하는 게 아니다. 모든 목표와 꿈은 멋진 일이니까. 오히려 그런 생각을 마음에 품고 있으면서 겉으로는 다른 것을 꺼내 포장하는 것이, 자신의 낮은 수준을 증명하는 태도라고 할 수 있다. 이 책의 주인공이라고 볼 수 있는 이어령 선생과 괴테의 사례를 보라. 그들은 사는 내내 스스로 이렇게 공언했다. "나의 글로 독일의 문화 수준을 확실하게 높이겠다!" "귀족이라는 신분을 반드시 쟁취하겠다!" "모든 한국인이 인문학을 느낄 수 있게 노력하겠다!" 어떤가? 이들은 목표가 매우 높았다. 하지만 그래서 그들은 그에 합당한 노력과 시간을 쏟았다. 꿈과 목표를 제대로 이루는 사람들의 공통점은 자신의 욕구를 제대로 파악한 후, 자신이 품은 그것들을 자랑스럽게 생각하며 당당히 말하는 삶을 살았다는 데 있다. 늘 "나는 왜 글을 쓰는가?"라는 질문에 가장 솔직하게 답하며 써야 한다. 그래야 글이 당신을 원하는 곳으로 데려다줄 수 있다.

✉

"그대가 자기 삶에 솔직해진다면,
어떤 꿈이라도 생생하게 이뤄질 것이다."

## 최고의 참고문헌은
## 작가 자신의 삶이어야 한다

　잘 쓴 글처럼 보이는데, 막상 읽어보면 별다른 느낌을 주지 못하는 글이 많다. 참고문헌이 너무나 많아서 자신의 생각이나 경험은 거의 나오지 않아서 그렇다. 우리는 논문이나 리포트를 작성하는 게 아니다. 아예 참고문헌을 활용하지 않겠다고 생각하며 글을 쓰는 게 좋다. 글이 될 다양한 정보와 영감은 이미 우리 안에 가득하다. 최대한 혼자만의 공간에서 자신과 마주하는 시간이 중요하다. 이제는 수많은 타인에게서 나를 발견하는 것이 아닌, 자신에게서 수많은 타인을 발견하는 능력이 중요한 시대다. 다시 말해서 시대를 바꿀 트렌드의 소스도 내 안에 있고, 수많은 사람의 마음을 움직일 수 있는 글의 주제와 정보도 이미 우리 안에 있다. 이제는 우리 안에 있는 다양한 자신을 발견하고 꺼내야 한다. 자기 안에 모든 것이 있다는 자신감을 가져라. 참고문헌은 결국 타인에게서 나온 '다른 삶'이다. 다른 삶을 펼치려는 모든 마음을 접어라.

삶에서 끌어낼 자기만의 방법을 찾아라. 내가 다양한 음악을 다양한 장소에서 듣는 이유는 음악을 즐기며 사는 세상과 듣지 않고 사는 세상은 전혀 다르다는 사실을 알고 있으며, 글이 될 수 있는 조금의 영감도 놓치기 싫어서다. 같은 음악이라도 듣는 공간이 다르면 전혀 다른 것을 발견할 수 있다. 그렇게 내 안에 잠든 수많은 내가 고개를 드는 순간이 오면, 전혀 다른 세상이 보인다. 그때 나는 나를 철저히 혼자만의 공간에 둔다. 누구도 만날 수 없는 세상에서 혼자 그 근사한 것들을 보고 느끼며, 그것들이 불러주는 대로 받아 적는다. 내가 아니라 수많은 그들이 써주는 것이다. 그래서 기계적인 표현과 문체로 포장한 보통의 글쓰기는 가르칠 수 있지만, 자기만의 글쓰기는 혼자 스스로 그 방법을 찾아야 한다.

그런 삶을 살기 위해 꼭 필요한 원칙이 바로 '모두'를 빼고 생각하는 것이다. 예를 들어서 내가 만약 "좋은 사람에게만 좋은 마음을 주면 된다"라는 주제의 글을 쓰면 "그럼 세상이 발전할 수 있을까요? 좋은 사람 나쁜 사람 나누지 않고 모두에게 좋은 마음을 주는 게 좋지 않을까요?"라는 식의 댓글이 달린다. 이번에는 반대로 "모두에게 좋은 마음을 주자"라는 식의 글을 쓰면 "굳이 모두에게 좋은 마음을 줄 필요가 있을까요? 과연 사람이 바뀔까요? 그런 세상 꿈꾸지 마세요. 시간 낭비입니다"라는 식의 댓글이 달린다. 실제로 늘 "이런 식의 반대 생각을 가진 분의 댓글이 달릴 거야"라고 생각하며 글을 쓰고 그 생각은 곧 현실이 된다. 간혹 너무 심한 표현으로 자기 생각을 강압적으로 주장하는 분도 있어 당혹스럽지만, 내가 그럼에도 불구하고 내 생각을 담아 글을 쓸 수 있는 힘은 여기에 있다.

"내 삶을 굳게 믿고 열렬히 사랑하는 힘."

내가 만약 내게 유해한 감정을 주는 그들을 의식해서 이렇게 글을 바꾸면 결과가 어떻게 될까? "좋은 사람에게 좋은 마음을 주는 삶도 좋지만, 나쁜 사람에게도 좋은 마음을 주며 사람을 포기하지 않는 태도가 필요합니다." 그럼 바로 "그게 뭐냐? 이것저것 다 하지 말고, 하나만 골라라"라는 비난의 댓글이 달릴 것이다. 결코, 모두를 만족시키는 글은 쓸 수 없다. 결국 답은 자신의 생각을 믿는 삶에 있다. 비판에서 자유로운 글은 없다. 쓴다는 것은 그래서 자신에게 줄 수 있는 가장 용기 있는 행동이다. 어떤 비난도 감수하겠다는 의지의 표현이니까.

결국 중요한 건 쓰는 사람의 삶에 있다. 많은 사람이 책을 쓰기 위해서 수많은 뉴스와 다른 사람이 쓴 책을 참고하거나 무한정으로 인용한다. 참고문헌이 오히려 많을수록 정성을 다해 쓴 책이라고 생각하기도 한다. 하지만 나는 최고의 책은 어제까지 보낸 자신의 일상을 참고한, 자기 삶이 참고문헌인 작가가 쓴 책이라고 생각한다.

✉

"최고의 참고문헌은,
작가 그 자신의 삶이어야 한다."

299

　강의의 세계는 참 다채롭고 독특하다. 그중 한 예로 강의료를 들 수 있다. 강의료는 구분하기 힘들 정도로 정말 천차만별인데, 기업이 아닌 공공기관은 각자의 기준이 정해져 있어서 더 주고 싶어도 줄 수 없는 곳이 많다. 다만 액수가 말로 할 수 없을 정도로 매우 심하게 낮아서, 정말 차비 수준의 강의료를 주는 곳이 많은 게 현실이다. 그래서 공공기관에서 보내는 강의 의뢰 메일 중 다수는 안타깝게도 이미 사용하는 단어나 표현에서 기가 많이 죽어 있고, 나열된 '언어의 고개'가 잔뜩 숙여져 있는 상태라는 공통점을 발견할 수 있다. 할 수 없는 일이다. 스스로 줄 수 있는 금액이 낮다는 것을 알고 있으며, 이미 수많은 곳에서 거절을 받았으니 그렇게 되는 게 당연하다. 다만, 그런 메일을 받을 때마다 마음이 아프다. 누구나 그런 성향을 갖고 있겠지만, 나도 누구에게 잘 보이려고 애쓰는 사람이

300

아니다. 오히려 일할 땐 매우 냉정한 사람이기도 하다. 그러나 이미 잔뜩 기가 죽어 있는 분들의 강연 의뢰 메일에 답장을 보낼 때는, 특별히 이런 생각을 품고 답신을 한다.

"이 사람에게 정말 잘 보이고 싶다."

이유는 간단하다. 상대는 그런 답신을 받아본 적이 별로 없었을 것이기 때문이다. 내 메일 한 통이 그들에게 스스로 자기 일을 자랑스럽게 생각하며 자부심을 가질 수 있는 계기가 된다면 얼마나 좋을까. 그런 기분 좋은 상상을 하며 온 마음을 다해 메일을 쓴다.

반대로 강의료를 많이 주는 곳은 담당자의 표정과 자신감이 다르다. 줄 수 있는 금액의 크기가 자신감의 크기가 되는 셈이다. 그에 반해 많이 주고 싶어도 그럴 수 없는 곳에 있는 담당자들은 "꼭 모시고 싶습니다. 오시기만 한다면 정말 더 바랄 게 없습니다"라는 식의 느낌을 보여준다. 물론 그런 의뢰에 모두 긍정의 답신을 보낼 수는 없지만 최대한 가려고 노력하며, 세상에 좋은 거절은 없는 것이겠지만 말이라도 예쁘게 전하려고 이미 쓴 메일을 수차례 다시 읽어보며 수정하고 또 수정한다. 설령 내 표현이 가장 적절한 것이 아닐 수는 있지만, 수정하고 또 수정하며 최대한 좋은 마음을 담아 보낸 메일은 결코 그걸 받은 사람의 마음을 아프게 하지는 않기 때문이다.

그럼 놀랍게도 내 메일을 받은 강연 담당자에게 이런 내용이 담긴 답신이 온다.

"작가님 이런 따뜻한 메일은 처음 받아보았습니다. 참 놀랍죠? 작가님은 분명 강연을 거절하셨지만, 전혀 제 기분이 나쁘지도 아프지도 않아요. 향기로운 커피 한 잔을 받은 듯 좋은 기분입니다."

우리가 글을 쓰는 이유는 뭘까? 이것이 바로 인공지능은 절대로 할 수 없는 글쓰기다. 인공지능은 배려와 양보, 이해와 인격이 깃든 글을 쓸 수 없다. 분명히 이길 수 있는 상황이었지만, 아픈 상대를 위해서 져줄 수도 있는 게 인간만이 가진 특이성이자 인공지능은 1000년이 지나도 이해할 수 없는 장점이다. 여러분도 충분히 상대의 마음에 위로를 줄 수 있는 글을 쓸 수 있다. 그래서 나는 늘 모든 언어 공부의 시작과 끝은 글쓰기에 있다고 생각한다. 글쓰기는 살면서 그간 쌓은 지성과 문해력을 보여줄 수 있는 최고의 무대이기 때문이다.

다만 반복해서 우리를 유혹하는 3가지 마음을 버리면 누구나 멋지게 글쓰기를 시작할 수 있다. 하나는 '이득을 보려는 마음'이고, 또 하나는 '있어 보이려는 마음'이며, 마지막 하나는 '보답을 바라는 마음'이 그것이다. 이 세 마음은 인간이 가진 기본적인 욕구이지만, 매우 헛된 것에 불과하다. 가지려고 노력한다고 해도 가질 수 있는 것이 아니기 때문이다. 오히려 그것들로 인해 그간 힘들게 쌓은 지성과 문해력의 가치는 순식간에 사라질 것이다. 그런 마음으로 글을 썼다면 내 글은 어느 한 사람의 마음도 위로하지 못했을 것이다.

✉

"멋진 지성과 문해력을 가진 삶의 주인으로 살고 싶다면,
가장 먼저 상대를 위한 가장 좋은 마음을 품어야 한다."

302

## 한 줄로 보여줘야 읽는 사람이 상상할 수 있다

다음에 소개하는 글을 차분하게 읽어보라.

"배가 고팠고 집에 돌아갈 수 없는 현실에 죽을 것처럼 답답하고 힘들었다. 왜 세상은 나를 버렸는가? 앞으로 나는 또 어떻게 해야 하는가? 지나가는 아이가 들고 있는 과자를 달려가 빼앗아 먹고 싶을 정도로 배가 고프다. 하지만 이제는 그런 삶의 욕구마저도 느껴지지 않는다. 돌아갈 곳도 없이 나는 오늘도 여기 바닥에 누워 잠을 청해야 한다. 노숙! 내일 또, 이 지긋지긋한 해가 뜨겠지."

어떤가? 다음 3가지 질문을 던지며 한번 생각해보라.

1. 이 글에 어떤 의미가 있는가?
2. 너무 길거나 너무 설명하고 있지 않은가?
3. 이 글이 말하려는 한 줄은 무엇인가?

누구나 열심히 글을 쓴다. 하지만 그렇게 나온 모든 글이 대중에게 읽히는 건 아니다. 자신의 글이 최선을 다해 썼지만 읽히지 않는다면 위에 소개한 3가지 질문을 자신에게 던질 필요가 있다. 먼저 의미 있는 글이어야 하고, 너무 많이 설명하지 말아야 하며, 마지막으로 글의 주제를 한 줄로 압축할 수 있어야 한다. 이렇게 3박자가 맞을 때 그 글은 비로소 읽힐 가능성이 높아진다.

위에 3가지 사항을 흡수하려면, 이런 태도를 가져야 한다.

"내가 처한 상황을 읽는 사람에게 생생하게 글로 전한다는 것은, 하나하나 모두 설명해서 알려주는 것이 아니다. 그림 한 장을 그려 한 줄로 보여주는 일이다."

하나의 장면은 언제나 한 줄로 표현해야 한다는 사실을 기억해야 한다. 이렇게 3단계 질문을 통해 우리는 저 긴 글을 읽는 이로 하여금 상상하며 이해하게 만들, 단 한 줄의 글을 발견할 수 있다. 바로 이 한 줄이다.

"신문지 냄새에 잠이 깼고, 또 하루가 날 찾았다."

글은 길어서 좋은 게 아니다. 이렇게 저 긴 글을 한 줄로 압축해서 보여주면, 읽는 이가 상상하며 그 장면을 그리게 된다. 쓰는 사람이 압축해야 읽는 사람이 압축을 풀기 위해 허공에 장면을 그리게 된다. 마치 여운이 깊은 영화를 감상하듯, 빠져나올 수 없는 만화책을 읽듯, 생각하며 깊이 빠져서 읽는 독서로 만들 수 있는 것이다. 모든 장면을 100퍼센트 다 묘사하며 설명하려고 하지 말라. 이렇게 장면 하나를 짧게 압축한 한 줄로 상황을 그리면, 읽는 이의 상상력을 자극해서 읽히는 글이 된다.

## 1시간 만에 글쓰기 능력을 평균 이상으로 끌어올리기

30년 넘게 글만 생각하며 살았다. 그렇게 최근 깨닫게 된 사실 하나가 있는데, 이것 하나만 주의하면 누구든 글쓰기 능력을 빠르게 평균 이상으로 끌어올릴 수 있다는 사실이다. 그 방법이란 바로 '읽고 정리하기'다. "에이, 그게 뭐야? 특별할 게 없네!"라고 생각할 수도 있다. 하지만 이는 결코 평범한 방법이 아니다. 18세기를 살았던 괴테도, 21세기를 살았던 이어령 선생도 늘 강조했던 매우 특별한 방법이기 때문이다.

간혹 타인이 쓴 글쓰기를 봐줄 때, 가장 자주 느끼는 것이 '너무 빠르게 완성하려는 마음'을 가졌다는 사실이다. 자유롭게 글을 하나 써서 달라고 하면 어디에 쫓기는 사람처럼 빠르게 글을 써낸다. 그들은 빠르게 써서 1등으로 제출하는 게 글을 잘 쓰는 사람의 풍모라고 생각하는 것처럼 보인다. "자, 다 썼습니다!" 그는 내게 느낌표를 주지만, 물음표가 생긴 나는 바로 이렇게 말한다. "조금만 더 읽고 정리하세요." 그럼 또 바로 나오는 대답이 "이미 충분히 많이 읽고 정리했는데요?"라는 말이다. 더 검토할 필요가 없다고 말하는 그들의 글을 읽어보면, 마음이 답답해진다.

중요한 건, 90퍼센트 정도의 사람들은 이런 방식을 되풀이하기 때문에 글쓰기 능력이 늘지 않지만, 10퍼센트 정도의 사람은 내 조언을 따라 '읽고 정리하기'를 반복해서 실천하면서 순식간에 자신의 글쓰기 능력을 상승시켰다는 사실이다.

대문호 셰익스피어의 "모든 초고는 쓰레기다"라는 말에 많은 사람이 용기를 얻고 때로는 변명거리로 사용하기도 하는데, 분명한 건 "당신은 셰익스피어가 아니다"라는 사실이다. 당신은 대문호가 아니다. 셰익스피어 정도나 되니 할 수 있는 말이지, 보통 사람은 초고부터 치열하게 써내야 한다. 그래서 필요한 것이 바로 읽는 사람이 어지럽지 않도록 글을 부드럽게 하는 '읽고 정리하는 태도'다. A4 1매 정도의 짧은 글도 최소한 20번 정도는 읽고 마찬가지로 20번 정도 정리해야 한다. 멋진 표현을 사용해서 근사한 글을 완성하라는 것이 아니다. 그건 누구라도 갑자기 할 수 있는 것이 아니다. 다만 두 눈이 마치 고속도로 위에서 달리듯, 종이 위에서 돌에 걸리지 않고 달릴 수 있는 최소한의 수준 정도에만 도달하라는 것이다. 그래야 읽는 사람이 멀미가 나지 않을 것 아닌가. 이건 누구라도 1시간 정도만 투자할 의지만으로 가능한 일이다.

아무리 글을 잘 쓰는 사람도 처음 쓴 글은 읽기만 해도 어지럽다. 영감만 난무하고 정리가 되지 않아서 그렇다. 글을 읽고 수정한다는 것이 무엇을 의미하는지 분명한 정의를 해둘 필요가 있다. 글을 수정한다는 것은 새롭게 더 무엇을 쓰라는 것이 아니라, 이미 쓴 글을 조화롭게 정리하라는 의미다. 정리만 깨끗하게 해도 글은 그 자체로 빛을 낸다. 결국 읽고 또 읽는 수밖에 없다. 읽으며 눈에 걸리는 가시를 잘라내고 울퉁불퉁한 표면을 매끄럽게 만들어내야 비로소 글 하나를 썼다고 말할 수 있으며, 누군가에게 읽힐 수 있다. 자신이 쓴 글이 뭔가 만족스럽지 않다면 다시 읽어보라. 그리고 스스로 자신의 마음에 들 때까지 정리해보자. 1시간이면 충분하니 용기를 내라. 어디에서 글쓰기를 따로 배우거나 한 경력이 없어도, 단순히 시간을 투자해서 읽고 정리하는 것만으로도 충분히 생각보다 빠르게 괜찮은 글을 완성할 수 있다.

# 글의 제목을
## 흥미롭게 짓는 법

"제목 짓기가 진짜 너무 힘들어요."

"매력적인 제목은 뭐라고 생각하나요?"

"보기만 해도 매력적인 제목을 짓는 작가님만의 방법은 무엇인가요?"

자주 듣는 질문이다. 정말 그렇다. 좋은 제목은 글의 운명을 결정할 정도로 중요하다. 제목이 일단 매력적이어야 그 글을 읽기 시작하기 때문에 누구나 제목 정하는 일에 특별히 최선을 다하고 있는게 현실이다. 책을 낼 때, 간혹 어떤 출판사에서는 제목 구상만 한달을 하기도 한다. 그만큼 중요하다. 하지만 역시 쉽지 않다. 시간을 아무리 투자해도 도무지 좋은 제목이 나오지 않아 한숨만 내쉬기도한다. 그런 여러분에게 도움이 될 3가지 방법을 소개한다. 제목을 먼저 정하고 글을 쓰기 시작하는 사람도 있어서 좋은 제목은 글쓰기의 출발선이 되기도 하니, 모두 읽고 제목을 정하는 데 도움이 되기를 바란다.

## 01. 당신이 독보적인 분야를 찾아라

'2등 생존법칙'과 같은 부류의 제목이 의외로 많다. 1등은 식상하니 오히려 2등으로 새로움을 꾀하려는 시도이지만, 그게 시장에서 통한 적은 거의 없다. 세상에 2등을 좋아하는 사람은 별로 없다. 간혹 감동적인 스토리가 녹아 있는 2등에게 '1등보다 아름다운 2등'이라고 말하지만, 매우 특별한 사례이다. 기억해야 할 것은, 그 사례가 글로 나오면 그를 찬양한 수많은 사람이 생각만큼 글에 반응하지 않는다는 사실이다. 냉정하지만 현실이 그렇다. 말로는 감동을 논하지만 일상에서는 2등을 원하지 않는다. 당신이 세계 최고의 기업에서 2등의 업적을 올리는 것보다, 동네 최고의 실력을 보여줄 수 있는 당신만이 가능한 이야기를 제목으로 사용하는 게 현명하다. 당신이라서 가능한 경쟁조차 허락하지 않는 독보적인 이야기를 제목으로 잡아라.

## 02. 글도 하나의 액세서리라는 사실을 기억하자

'나는 왕따에서 리더로 성장했다'라는 글이 있다고 가정하자. 나는 이런 내용을 담은 글을 '계단 오르기' 방식의 전개라고 부른다. 가장 밑바닥에서 보통 사람이 상상하는 가장 상위권에 도착하는 힘겨운 과정을 담은 글이다. 예전에 읽은 사법고시 수기처럼 읽기만 해도 감동과 슬픔에 눈물이 난다. 그러나 제목을 떠올릴 때는 당신이 늘 지하철에 타고 있다고 생각해야 한다. 각종

SNS에서 공유가 되어야 비로소 반응을 이끌 수 있는데, 공유를 한다는 것은 마치 모르는 사람들이 가득한 지하철 안에서 표지를 활짝 펼치는 것과 같기 때문이다. 제목에 쏠린 사람들의 시선을 감당할 수 있겠는가? 이런 방식의 제목은 이런 식의 제목과 연결되어 있다. '연애에 성공하는 10가지 비법' '사람들 앞에서 떨지 않고 말하는 법'. 물론 모두 필요한 글이다. 그러나 이런 식의 제목이 표지에 대문짝만하게 크게 적혀 있다면 당신은 자신 있게 책을 들어 읽을 수 있을까? 이런 식의 내용을 담고 있을 때는 뒤에 나온 단어가 주를 이루는 제목을 구상하자. '왕따'가 아닌 '리더'에 포커스를 두고 제목을 다시 구상하는 것이다. '이것이 바로 지금의 나를 대변한다'라는 확신으로 자랑스럽게 지하철에서 펼칠 수 있는 제목이 가장 좋다.

## 03. 제목은 당신을 홍보할 최고의 무대다

SNS를 둘러보면 '최고의 독서법'과 같은 방식의 제목이 참 많다. 공통점은 별로 읽히지 않는다는 사실이다. 물론 좋은 의미를 품고 있는 제목이다. 그러나 당신이 인구의 50퍼센트 이상이 알고 있는 괴테나 빌 게이츠 등 독서의 대가가 아닌 이상 매우 비효율적인 제목이라고 말할 수 있다. 제목은 당신이 글에서 하고 싶은 이야기를 설명하는 무대다. 그 무대 위에서 아무도 모르는 무명 배우가 "나는 최고다"라고 아무리 말해봐야 누가 관심을 갖겠는가? 당신이 하고 싶고, 할 수 있고, 가르치고 싶은 부분이 무엇인지 짧게 압축해서 전하라. 세밀하게 좁게 포커싱을 해서 강점만 언급하는 것이다. 간단하게 '내면을 탄탄하게 다지는 독서법' '아픈 마음을 치유하는 독서법'이라고 바꾸기만 해도 내면과 독서에 관심이 있는 독자에게 강하게 어필할 수 있다.

## 타인의 시선에서 벗어나 당신의 글을 쓰게 하는 5가지 원칙

글쓰기에 재능과 의욕이 넘치지만 이상하게 진도가 나가지 않는 사람이 있다. 사실 쓰는 행위는 누구나 쉽게 쓸 수 있는 지적 도구다. 하지만 그게 자연스럽게 이루어지지 않는 이유는 역시, 세상과 타인의 시선에서 벗어나지 못하기 때문이다. 당연한 말이라고 생각하지 말자. 우리는 자신이 느끼는 것보다 더 깊이 자주 타인의 시선에 갇혀서 허우적거리고 있다. 마음과 머리에는 글로 쓸 영감과 소재가 가득하지만, 타인의 시선에 갇혀 방황하다가 그것을 글로 쓰지 못한다. 그 대표적 유형을 다음 5가지로 정리했으니, 참고해서 쓰는 태도를 바꿀 수 있다면 예전보다 자신 있게 써나갈 수 있을 것이다.

## 01. 중심에 언제나 자신을 두라

주로 SNS에서 자주 나타나는 현상인데, "글이 너무 자기중심적이네요"라며 댓글로 타박하는 사람이 있다. 워낙 자주 경험해서 이런 이야기를 듣기만 해도 분통이 터지는 사람이 있을 것이다. 이제는 그 문제를 이렇게 해결하라. 그럴 때는 "그럼 타인 중심적이어야 하나요?"라는 질문으로 그 상황을 지나가면 된다. 글은 다른 사람이 아니라, 쓰는 사람의 생각을 담은 이야기다. 흔들리지 말고 자신의 생각을 강력하게 주장하라. 내 글에 내 생각이 진하게 담겼다는 건, 잘한 일이지 비난받을 일이 아니다.

## 02. 가장 잘 아는 하나를 주장하라

다음으로 자주 나오는 것 중 하나는 바로 이것이다. "너무 하나만 집중적으로 주장하시네요." 그럴 때는 "그럼 꼭 2개 이상을 주장해야 하나요?"라는 질문으로 그 상황을 지나가면 된다. 우리가 글을 쓸 수 있는 이유는 그 하나의 대상과 상황에 대해 잘 알기 때문이다. 왜 잘 모르는 것까지 주장해야 하나? 하나를 누구보다 잘 알고 있어서, 그 하나에 대해서 쓸 수 있다는 사실을 잊지 말자.

## 03. 모두가 만족하는 글은 없다

이것도 정말 자주 나오는 반발 중 하나다. "너무 편파적이네요. 다른 사람들의 다양성을 인정해주세요." 그들의 공통점은 그 사람도 역시 나의 다양성을

313

인정하지 않았다는 것이며, 그 이유는 그 댓글이 반발을 위한 반발에서 나온 생각이기 때문이다. 그럴 때는 "나의 다양성은 왜 인정하지 않나요?"라는 질문으로 지나가면 간단하다. 다양성은 갑자기 하늘에서 뚝 떨어지는 것이 아니다. 한 사람의 의견을 존중하는 것이 바로 다양성의 시작이다.

## 04. 가장 좋은 것을 보라

"에이, 그런데 다 그런 건 아니죠"라는 말과 글로 상대의 의견을 묵살하는 사람이 있다. 그들의 말에 신경을 쓰면 글을 아예 쓰지 못하게 된다. 그럴 때는 "세상에 100퍼센트 적용되는 말이 있나요?"라는 질문으로 지나가면 된다. 사람이 사는 세상에 100퍼센트는 없다. 우리가 글로 무언가를 쓰는 이유는 그게 100퍼센트 맞는 말이라서가 아니라, 내가 좋다고 생각한 지점과 의미를 발견했기 때문이다. 글쓰기는 확률이 아닌 발견의 개념으로 접근해야 흔들리지 않는다.

## 05. 나는 나의 이야기를 쓰는 사람이다

어떤 사건이나 상황에 대해서 관찰해서 글을 쓰면 꼭 이런 방식의 표현으로 반박하는 사람이 있다. "제 주변 사람들은 다르게 이야기하던데요." "제가 읽은 책에서는 다른 의견을 제시하던데요." 다른 사람 혹은 다른 책에서 읽은 경험을 바탕으로 반박하는 사람이 있을 때는 이런 방식의 질문으로 그 상황을 벗어나자. "저는 당신의 주변 사람이 아닌가요?" 어차피 그는 주변에 존재하는 모든 주변 사람들에게 반박하며 시비를 거는 사람이다. 다른 사람 의견

314

을 들어 반박할 때는 "그 사람 이야기는, 그 사람이 쓰면 된다"라는 생각으로 자신의 글과 생각을 믿고 계속 쓰면 된다.

나는 최근 설겆이를 설거지로, 틀린 맞춤법을 하나 교정한 사진을 SNS에 올렸다. 그러자 많은 사람들이 각자의 생각을 댓글로 표현했다. 놀라운 것은 각자의 의견이 서로 모두 달랐다는 사실이었다. 그러나 내가 글을 쓰고 사진을 올리며 그걸 예상하지 못했을까? 등록 버튼을 누르기 전에 내 머릿속에는 수많은 반응이 총알처럼 빠르게 스친다. 아, 그 아우성! 사람 생각은 모두 다르다. "마음을 전했다면 맞춤법은 틀려도 괜찮아요. 틀린 맞춤법은 있어도 틀린 마음은 없으니까요"라는 글을 쓸까, 아니면 "더 좋은 마음을 전하고 싶다면 사소한 부분까지 신경을 써야 합니다. 그래야 특별한 마음을 전할 수 있으니까요"라고 쓰는 게 좋을까? 그러나 이런 생각에 잠겨 자꾸만 타인을 의식하면 결국 등록 버튼을 영영 누르지 못한다. 같은 사람이라도 같은 상황을 보며 늘 다른 생각을 하게 된다. 그 순간이 주는 감정에만 충실하라. 그래야 순간순간 당신에게 온 감정을 글로 선명하게 표현할 수 있다.

✉

"당신의 생각에 자신을 가져라.
그래야 당신의 글을 가질 수 있다."

315

# 초보의 글쓰기 실력을 키우는
## 10가지 태도

초보에게 가장 절실하게 필요한 건 막연했던 초보의 길을 먼저 건너간 선배의 조언이다. 이에 내가 괴테에게서 배운 것들을 모아 10가지로 정리해서 전한다. 글쓰기가 막연하게 느껴질 때, 힘겹게 느껴질 때, 포기하고 싶을 때 자주 꺼내서 읽어보라. 10가지 태도를 설명한 이 조언이 당신에게 길을 보여줄 것이다.

### 01. 엄숙하게 그러나 즐겁게 써야 오래 쓴다

글을 쓴다는 것은 매우 엄숙한 작업이다. 읽을 때 웃음이 나는 글이라고, 쓰는 사람까지 그런 상태로 쓰진 않는다. 그러나 뭐든 즐기지 못하면 오랫동안 지속하기 힘들다. 나의 내면에는 이런 마음이 공존한다.

"나는 과학자가 풀리지 않는 문제를 연구하는 것처럼 치열하게 글을 쓰지만, 재미를 놓치지 않고 결과를 인내하는 사람이다."

재미를 찾아야 오랫동안 쓸 수 있다. 쓰는 것만 생각하지 말고, 중간중간 쓰기와 즐거움을 연결할 자기만의 고리를 늘 찾아야 한다.

## 02. 감성과 체력을 루틴으로 키워라

글을 쓰는 시간도 중요하지만, 쓰지 않는 시간 역시 마찬가지로 중요하다. 쓰지 않는 시간을 잘 보내야 쓰는 시간을 귀하게 보낼 수 있다. 쓸 힘을 주기 때문이다. 그래서 나는 글을 쓰지 않는 시간에 피아노 연주를 하거나 운동을 한다. 감성과 체력은 글쓰기에 매우 강력한 영향을 주기 때문이다. 그러나 그럴 시간이 충분히 나지 않아서, 음악을 즐기며 글을 쓰고 실내 자전거를 타며 글을 쓸 때가 더 많다. 포기하지 않고 동시에 해내는 것이다. 처음에는 당연히 쉽지 않았다. 그러나 그것이 이제는 하나의 루틴이 되어 내게 기쁨을 준다.

## 03. 쓸 수 있다는 의지가 필요하다

다른 분야에 비해서 글쓰기가 좋은 것은 권위나 지식의 높이가 아닌, 자신만의 시각으로 방법을 찾아내고 어려움을 극복하겠다는 의지의 높이가 결과를 결정한다는 점에 있다. 글쓰기의 과정이나 결과는 세상이 말하는 각종 자격이나 환경이 결정하지 않고, 오직 쓰고야 말겠다는 자신의 의지가 수준을 결정하는 가장 공평한 지적 무기인 셈이다. 지금 늦었다고 걱정할 필요도 없다. 당장 평가를 내리는 것보다 길게 가는 것이 훨씬 더 중요하다.

## 04. 충분히 듣고 끝없이 써라

'123법칙'을 기억하자. 1분 말했으면 2분 동안 듣고, 3분 이상 사색에 잠겨야 한다. 말하는 시간보다 듣는 시간이, 듣는 시간보다 사색하는 시간이 길어야 글을 쓸 수 있다. 또한 작가는 끝없이 소통해야 한다. 작가라면 글을 써서 받는 독자의 애정을 학자가 나라에서 연구비를 지원받는 것처럼 생각해야 한다. 그 마음이 필요한 이유는 더욱 사람들의 소리에 귀를 기울일 수 있게 해주기 때문이다. 무엇이 필요한지, 무엇을 원하고 사랑하는지 사람들의 이야기를 경청하라. 작가라면 언제나 읽는 사람과 소통하며, 적당히 써서 완성하려는 마음을 버려야 한다.

## 05. 당신은 그저 운이 좋은 것뿐이다

열심히 글을 써서 책을 내고 그게 팔리면, 그건 누구의 공로일까? 나는 내 글이 읽히는 것은 오로지 운이 좋았기 때문이라고 생각한다. 누구나 지금도 미치도록 치열하게 글을 쓴다. 이런 상태에서 내 글이 누군가에게 읽히고 공유가 된다는 것은 기적에 가까운 행운이다. 쓰고 읽히는 모든 과정을 행운처럼 기쁘게 받아들여라. 그것은 내가 특별한 존재라는 것이 아니라, 특별한 기회를 만났다는 사실을 의미할 뿐이다.

## 06. 돈이 아닌 완성도를 추구하겠다는 원칙을 가져라

무언가를 시작할 때 명심해야 할 것 중 하나는 희망이 곧 절망으로 바뀔 수 있다는 사실에 대한 자각이다. 앞서 한번 언급했지만 나는 이미 원고지 1000매 분량의, 그러니까 단행본 한 권을 낼 수 있는 글을 썼지만, 세상에 내놓지 않고 잠재우고 있는 원고가 5개 넘게 있다. 그 원고의 존재를 아는 사람은 가끔 안타까운 표정으로 이렇게 말한다. "이거 책으로 내도 좋을 것 같은데, 잘 팔릴 것 같아." 그러나 내 기준은 조금 다르다. 팔리는 것도 좋지만 가장 중요한 기준은 필요한 내용을 담아야 한다는 것이며 거기에 모든 마음을 충실히 녹여야 한다는 것이다. 그게 이루어지지 않으면 수억 원을 줘도 책으로 낼 수 없다는 강한 의지가 있어야 한다.

## 07. 자기만의 트랙을 달려라

우리가 글을 쓰는 이유는 그 흔적이 세상에 존재하는 수많은 사람과 나를 구분해주기 때문이다. 당신은 쓰기 때문에 매 순간 다른 것이다. 그러므로 시대와 트렌드를 무작정 따라가서는 곤란하다. 작가는 스스로 자기가 좋아서 쓰는 사람이고 글을 쓴다는 것은 끝이 없는 트랙을 달리는 일과 같다. 당장 인기나 존경을 얻으려는 생각은 버리고 영원한 것을 보자. 열정은 크기가 아니라, 유지한 기간으로 그 온도를 증명한다. 열정을 조절하면서 오래가는 것이 중요하다.

## 08. 질문한 만큼 앞으로 나아갈 수 있다

매일 자기만의 글을 쓰는 사람이 되려면, 질문을 많이 해야 한다. 중요한 사실은 질문에는 수준의 차이가 없다는 것이다. "이건 좀 낮은 수준의 질문 아닌가?"라는 생각 자체를 버려라. 나 역시도 가끔은 바보 같은 질문을 하면서 후회도 한다. 하지만 그런 현실에 전혀 영향을 받지 않고 또 질문하고 질문한다. 그래서 질문은 포기하지 않는 의지를 가져야 비로소 해낼 수 있는 임무와도 같다. 스스로 자신의 질문을 평가하지 말고, 그저 계속 질문하라. 질문하는 일상이 곧 쓰는 삶을 완성한다.

## 09. 그럼에도 우리는 계속 쓰는 사람이다

자주 생기는 일은 아니지만, 각종 SNS에서 글을 써서 대중의 사랑을 받으면 순식간에 팔로워가 늘어나 이전과는 다른 세계를 경험하게 된다. 왕래가 없던 먼 친척과 초등학교 친구에게도 연락이 와서 온갖 이야기를 듣고 다양한 종류의 사업 제안도 받게 된다. 그러나 그 시간은 매우 짧다. 달콤한 시간을 즐기는 것도 좋지만, 빠르게 빠져나와서 다시 이전처럼 글을 쓰며 사는 게 좋다. 우리는 결국 쓰는 사람이기 때문이다. 좋은 반응을 얻어서 내 글을 아끼는 사람을 만나는 것도 좋지만, 그 마음을 간직하며 꾸준히 쓰는 루틴 자체가 더 소중한 본질임을 잊지 말아야 한다.

## 10. 글쓰기는 스스로 자신에게 시킨 일이라 소중하다

내가 낸 책들은 평균 3년 이상 쓴 원고에서 탄생한다. 2023년 기준으로 80권이나 낼 수 있었던 이유는, 동시에 5권 이상의 책을 번갈아가면서 쓰기 때문이다. 작가에게 필요한 것은 집념이다. 스스로 만족할 수 없다면 책으로 낼 수 없다는 강한 의지가 필요하다. 책을 내는 게 아니라, 쓰는 과정에 모든 목적을 집중하라. 나는 스스로 좋아서 글을 쓰고 사색을 연구하는 사람이다. 누가 시켰다면 아마 이렇게 오랫동안 사명감을 갖고 하기 힘들었을 것이다. 무엇보다 누가 시킨 일이라면 그 사람에 의해서 곧 그만둬야 했을 것이다. 스스로 자신에게 시킨 일만이 끝까지 남아 그 사람의 시작을 빛낸다.

# 하나의 브랜드가 되는
## 글은 이것이 다르다

글을 쓰는 이유는 사람에 따라 매우 다양해서 읽히는 글을 쓰거나 책을 내는 것이 반드시 당신의 목적은 아닐 것이다. 하지만 자신의 생각을 글로 알리고 공감하는 사람을 모으는 일은 누구에게나 필요하고 그 자체로 의미가 있다. 무언가를 통해 공감을 받는다는 것은 앞으로 다가올 인공지능과 공존하며 살아가는 삶에 큰 경쟁력이 되어주기 때문이다. 물론 상업적인 이득도 생기겠지만, 그보다 중요한 건 나와 생각을 공유하는 근사한 인연을 맺을 수 있다는 점에 있다. 그것이 바로 내가 생각하는 브랜딩이다. 글을 써서 당신의 이름을 알리려면, 꼭 거쳐야 할 4단계 과정이 있다. 이건 어떤 대가가 글을 가르쳐도 결코 단계를 뛰어넘어 2단계 혹은 4단계로 바로 넘어갈 수 없다. 누구나 1단계부터 차근차근 과정을 거쳐야만 한다는 사실을 기억하며 읽어보라.

1. 내가 쓰고 싶은 이야기를 쓰면 '일기'가 된다.
2. 남도 읽고 싶은 이야기를 쓰면 '좋아요'가 붙는다.
3. 세상에 필요한 이야기를 쓰면 '공유'가 된다.
4. 도움을 주려는 마음을 담으면 '브랜드'가 생긴다.

이 책의 끝에 도착해서야 비로소 내가 왜, 일기에 대해서 자주 언급했고, 왜 누군가에게 도움을 주려는 마음이 중요한지 이해하게 되었을 것이다. 이 단계를 차분하게 읽고 사색하며 마음에 새겨라. 4단계가 가장 멋져 보이지만 누구나 1단계인 일기 쓰기 먼저 시작해야 한다. '일기'를 쓰기 시작해서 익숙해져야 '좋아요'가 붙는 남도 읽고 싶은 이야기를 쓸 수 있고, 그 단계를 혹독하게 지나야 '공유'할 가치가 있는 글을 완성할 수 있다. 브랜딩은 그 이후에 자연스럽게 이루어지는 일이다. 하나의 단계에 '수많은 시간'과 '사람', 그리고 '사랑한 공간'과 '그 안에서의 경험'이 필요하다. 또한, 단계 하나를 넘을 때마다 "아, 이렇게 힘들면 차라리 글쓰기를 포기해야겠다"라는 두려움에 직면해서 이겨내야 한다. 언제나 다음 단계는 그 막연한 고통과의 전쟁에서 이긴 자에게만 주어지는 값진 선물이다.

그러나 간혹 1단계 수준에 있는 사람이 4단계에 도달해야 할 수 있는 "세상에 선한 영향을 주고 싶다"라는 목표를 전하는 장면을 목격할 때가 있다. 스스로도 자신의 능력이 어느 정도인지 알고 있을 텐데, 할 수 없는 상태에서 하고 싶다고 말하는 것은, '잡아야 할 고귀한 꿈'이 아니라 '놔야 할 거친 욕망'이다. 그런 마음이 강해져 자신을 유혹할수록 오히려 지금 당장 해야 할 일기를 집중적으로 써야 한다. 4단계를 욕망하기보다는 빨리 1단계를 벗어나는 것이 현실적인 계획이기 때문이다.

이제 모두가 깨달았을 것이다. 가장 좋은 글은 화려하거나 유려한 문체가 돋보이는 글이 아니다. 어떤 과장이나 아쉬움 하나 없이 머릿속에 있는 자기 생각을 100퍼센트에 가깝게 복사해서 종이에 붙여넣기할 수 있다면, 당신은 자신의 브랜드를 가진 4단계에 도달했다고 볼 수 있다. 브랜드란 결국 자신의 내면을 밖으로 끄집어내는 거니까. 그런 단계에 도달하면 이제 여러분의 삶은 걱정이 사라지게 된다. 글의 주인이 누구인지 전혀 모르는 상태에서 읽어도, 단한 줄만 읽은 경험만으로도 "아, 이건 그 사람이 쓴 글인 것 같은데!"라는 확신을 줄 수 있기 때문이다. 그게 바로 브랜드를 가진 사람의 가치이자 힘이다. 그래서 더욱 누구나 자신의 브랜드를 갖고 싶다면 일기부터 시작해야 한다. 일기보다 좋은 내면과의 대화는 없다. 자, 이제 내 이야기는 끝이 났다. 그렇다면 이제 여러분은 무엇을 해야 하나? 그래, 일기부터 치열하게 쓰자! 내면에 무엇이 있는지 알아야 그걸 꺼내 보여줄 것 아닌가. 시작하라, 시작 안에 당신을 위한 모든 기적이 존재한다.

✉

좋은 글을 쓰면서 성장하는 삶을 살고 싶다면 가장 좋은 방법은 이것 하나다.
'그럼에도 쓰는 것'
나는 30년간 욕을 먹어도 쓰고 비참한 상태에 놓여도 쓰고
몸이 아파서 죽도록 힘들어도 쓰고 그저 계속해서 쓰는 사람으로 살았다.
기억하라, 인간은 노력하는 한 글을 쓴다.

# 낭독과 필사로 기르는 글쓰기 Tip 45

# 01

## 글쓰기에 대한 열망을 가지려면
## 다음 3가지 마음이 필요하다

1. 당장 쓰지 않으면 인생을 제대로 살지 못하겠구나.

2. 글을 쓰기 시작하면 당장 좋은 소식이 많이 생기겠구나.

3. 나도 충분히 많은 사람의 사랑을 받는 글을 쓸 수 있겠구나.

그게 바로 필사를 해야 하는 이유다. 지금부터 선물하는 내 글을 낭독하고 필사하며 위에 제시한 3가지 이유와 글 쓰며 사는 삶의 가치를 스스로 깨닫고 실천하길 바란다.

## 02

# 쓰려는 주제에 대한 자료는
# 참고하지 말라

내가 만약 교육에 대한 책을 쓴다면, 유일하게 참고하지 않는 분야의 책이 뭘까? 놀랍게도 교육에 대한 책을 참고하지 않는다. 내가 하고자 하는 분야가 아닌 다른 분야의 지식을 나의 분야에 끌고 와 나의 언어로 바꿀 수 있다면, 그는 자기 삶을 살 수 있다. 어떤 시대든 자기가 앉을 의자를, 그러니까 직업을 스스로 창조할 수 있기 때문에 경제적으로나 지적으로도 자유를 누릴 수 있다. 어떤 인공지능도 그를 위협할 수 없다.

"나라면 이걸 어떻게 만들 수 있을까?"
"나라면 어떤 방식을 선택했을까?"
"나라면 다른 방식을 선택하지 않았을까?"

다른 분야에 대한 지식과 정보를 나의 분야로 이동시킬 수 있게 돕는 질문을 매일 자신에게 던지며 조금씩 무엇이든 가져와 변주할 수 있는 사람으로 변신하라.

## 03
## 가장 소중한 것 하나 정도는
## 바칠 각오를 하자

삶의 무기가 절실하게 필요한 분들께 글쓰기라는 최고의 무기를 전하기 위해 무려 5년 정도의 시간이 필요했고, 그렇게 잘 모르는 당신께 도움이 되려고 작정한 책을 쓰기 위해 소중한 시력 0.3을 버려야 했다. 이제 나는 안경을 쓰지 않으면 강연도 제대로 할 수 없는 신세가 되었다. 여러분의 살아갈 내일을 선명하게 만들기 위해, 내가 나서서 좀 흐릿한 세상을 보기로 한 셈이다. 늘 그렇다. 내가 힘들게 쓰면 여러분은 쉽게 읽을 수 있고, 내 시선이 희미해지면 여러분의 시선은 선명해진다. 가장 소중한 것 하나 정도는 웃으며 잃을 각오를 해야, 정말 갖고 싶은 것 하나를 얻을 수 있다.

# 04
## 신조어나 각종 이모티콘에 섬세한 감각을
## 빼앗기지 말라

이모티콘을 과도하게 사용하는 사람은 자신의 감각을 단련해서 글로 표현할 기회를 스스로 버리는 것과 같다. 이모티콘으로 우리가 주로 표현하는 것은, 인간이 느낄 수 있는 고통이나 슬픔 혹은 기쁨과 감동 등의 섬세한 감각이기 때문이다. 인간만이 채울 수 있는 귀한 자리를 이모티콘에 빼앗기면서 우리는 자신의 감각을 표현하지 못하며, 무엇을 느끼고 있는지조차 모르는 수준 낮은 인간으로 추락한다. 단순히 못 하는 것이 아니라, 인간이라 부르기 민망한 수준으로 바뀌는 것이다. 또한, 말줄임표도 과도하게 사용하면서 자신의 의견과 생각을 제대로 맺는 방법을 찾지 못하게 된다. 대충대충, 설렁설렁 쓰는 못된 버릇만 갖게 된다. "너를 사랑해……"라고 쓰면 상대는 그 감정을 선명하게 알기 힘들다. 간혹 말줄임표를 통해 글로 표현할 수 없는 더 많은 것을 전할 수도 있지만 그건 정말 간혹 일어나는 일이다. 또한, 매우 선명한 문장들 사이에서 가끔 나올 때만 빛날 수 있다. 뭐든 끝까지 말하고 쓰는 습관을 들이자. 문장이 끝나야 생각도 끝나는 거다.

# 05

## 글 쓰는 방식은 목적에 따라
## 달라져야 한다

---

하나에 오랫동안 시간을 투자하지 못하거나, 집중력이 낮은 사람들이 책을 쓰기 위해 사용하는 대표적인 방법이, 바로 매주 1회 칼럼을 쓰듯 차근차근 1년 동안 글을 쓰는 것이다. 언뜻 보기에 현명하고 생산적인 방법처럼 느껴진다. 그러나 그렇게 1년이 지나 한 권의 책이 될 분량인 60개의 칼럼을 마주하며, 뒤늦게 중요한 사실 하나를 깨닫게 될 것이다.

"칼럼 쓰는 것과 책을 쓰는 일은 전혀 다르구나!"

칼럼을 60개 모은다고 그게 바로 책이 되는 것이 '절대' 아니다. 책을 쓰거나 만드는 사람 입장에서 60개의 칼럼은 '완성한 원고'가 아니라, '참고할 자료' 수준으로 흩어진 파편에 불과하다. 그렇다. 책을 다 쓴 게 아니라, 이제 본격적으로 써야 하는 것이다. 단순하게 기사를 쓰거나 칼럼을 하나 쓰는 일은 비교적 단숨에 해치울 수 있는 일이지만, 하나의 주제로 끝까지 흐름을 유지하며 책을 쓰기 위해서는, 1년 365일을 그것 하나만 계속 생각해야 겨우 완성할 수 있다.

# 06

## 보상을 기대하지 말고
## 그저 순간에 몰입하라

---

글쓰기가 힘든 이유는 그렇게 보낸 시간에 대한 어떤 것도 보장해주지 않기 때문이다. 글을 쓰고 싶다는 생각은 누구나 자주 하지만, 시간 낭비로 끝날 것이 두려워 망설이게 된다. 80권이나 쓴 나도 여전히 그렇다. 정말로 막연한 상태에서, 마치 암흑 속에서 걷듯 한 줄의 글을 써나가야 한다.

"지금 쓰는 이 글이 과연 책이 될 수 있을까?"
"나의 경력에 도움이 될까?"
"각종 서류와 업무상 보내는 이메일이 효과가 있을까?"

모두 불안한 마음이 녹아 있는 질문이다. 그러나 아무도 장담할 수 없다. 그래서 더욱 명심해야 한다. 중간에 보상을 기대하려는 마음이 들면, 글쓰기는 바로 실패하게 된다. 그저 지금 이 순간 글을 쓰는 과정에만 집중해야 마음을 담아 하나의 글을 완성할 수 있다.

# 07
## 글을 수정하는 방법도
## 전략이 있다

일단 글을 쓰는 것도 쉽지 않지만 수정은 더 어렵다. 원고를 빠르게 효율적으로 수정할 때 내가 사용하는 방법은 전체 원고를 6분의 1로 나눠서 6개를 하나하나 수정하는 것이다. 이유는 간단하다. 하나를 통으로 수정할 때 막연한 마음이, 일단 6개로 잘게 나누면 한눈에 수정할 부분이 보이고, 시각적으로 짧게 느껴져서 마음의 평안을 얻게 된다. 그리고 2개만 수정해도 "벌써 3분의 1이나 수정했네"라는 안도감을 스스로에게 선물할 수 있고, 거기에 힘을 내 하나를 더 수정하면 절반을 해낸 것이 되기 때문에 마지막까지 힘낼 근거를 찾을 수 있어 좋다. 지치지 않는 사람은 없다. 지치지 않고 쓰려면 늘 자신에게 힘낼 근거를 선물해줘야 한다.

# 08
## 글'도' 잘 쓰는 사람으로
## 성장해야 한다

---

인공지능 시대에 오히려 승승장구하며 오랫동안 멋지게 살기 위해서는 글쓰기가 반드시 필요하다. 다만, 꼭 기억해야 할 게 하나 있다. 단순하게 글을 잘 쓰는 것은 그리 대단한 일이 아니고, 글'도' 잘 쓰는 사람이 되어야 한다는 사실이다. 글이 전부가 아닌 삶을 살아야 한다. 자신의 글을 삶에서 실천하는 하루를 보내라는 말이다. 또한 최악은 글'만' 잘 쓰는 사람이라는 것을 기억해야 한다. '만'에서 벗어나 '도'에 접속해야, 당신이 매일 쓴 글이 아름답게 완성된다.

# 09

## 탄탄한 글을 쓰기 위한
## 3가지 조건

간혹 중심이 없고 금방이라도 무너질 것 같은 글을 읽을 때가 있다. 그 주제를 다룰 능력이 없는 자가 단순히 기술로만 완성한 글이라서 그렇다. 그런 글은 금방 질리며 글을 읽은 사람의 변화나 성장을 이끌기 힘들다. 이런 방식의 글은 쓰는 자의 도리가 아니다. 다음 3가지 원칙을 통해 철저히 나의 기준으로 쓸 주제를 정하는 게 좋다.

1. 내가 알거나 알고 싶은 것
2. 스스로 즐거운 마음으로 쓸 수 있는 것
3. 내 능력 안에 존재하는 것

아무리 좋은 주제로 글을 써도 쓰는 사람의 능력을 벗어난 주제는 결코 '적당한' 수준을 넘을 수 없고, 적당한 수준의 글로는 사람의 마음을 움직일 수 없다. 그게 누구라도 우리는 자신의 경험치를 넘는 글을 쓸 수 없으며, 마음 밖에 존재하는 것들에 대해서 섬세하게 묘사할 수 없다. 자신의 능력이 어느 정도 수준인지 늘 점검하며, 그 안에서의 쓰기를 통해 조금씩 자신을 나아지게 하라.

# 10

## 독자의 시선을 자꾸 멈추게 만드는
## 지적인 글을 쓰려면

읽기 시작하면 멈출 수 없는 글이 아닌, 읽기 시작하면 자꾸만 멈추게 되는 글을 써야 한다. 나는 소설도 마찬가지라고 생각한다. 소설을 읽으면서도 중간중간 멈출 수 있다면, 우리는 그 안에서 무언가를 배울 수 있다. 읽을 땐 흥미롭지만, 다 읽고 나서 아무런 생각도 나지 않는 이유는 멈춰서 생각하지 않았기 때문이다. 멈출 수 없게 하는 글은 단순하게 스토리로 독자를 유혹하지만, 멈추게 하는 글은 작가의 사색에서 나온 문장이라 잊지 못할 깨달음을 준다. 공감하려는 마음과 경험, 실천한 시간과 사색, 그리고 배려와 기품까지 모두 갖추면, 비로소 독자의 눈과 내면의 흐름을 멈추게 할 지적인 글을 쓸 수 있다.

# 11

## 일어선다는 것은 관찰이
## 끝났다는 증거여야 한다

머릿속 생각을 밖으로 끄집어내야 생각을 글로 표현할 수 있지만, 그게 쉬운 일은 아니다. 생각이 머릿속에서 도무지 나올 생각을 하지 않기 때문이다. 머릿속 생각을 밖으로 끄집어내는 그 만만치 않은 일을 하기 위해서는, 당신이 만만치 않은 사람이라는 사실을 머릿속 생각에게 알려줘야 한다. 그래야 '이 사람은 내가 나갈 때까지 포기하지 않겠구나'라는 생각을 하며 자신을 순순히 허락한다. 글을 쓰려고 생각한 사람이라면 무언가를 관찰할 때, 그것을 말과 글로 설명할 수 있는 수준까지 관찰한 상태가 아니라면 그 자리를 떠나서는 안 된다. 일어서서 이동한다는 것은, 모든 것을 이미 완벽하게 관찰했다는 말을 대신할 수 있어야 한다. 봤으면 알아야 하고, 관찰했다면 언어로 표현할 수 있어야 한다. 그게 글을 쓰며 사는 사람이 지켜야 할 최소한의 의무다.

# 12

## 알고 싶은 것을 글로 쓰면
## 독자의 마음을 움직일 수 있다

---

당신이 매우 오랜 기간 글을 쓰기 위해 노력했지만, 아직 어떤 글을 써야 할지도 정하지 못했다면 원인은 단 하나다. "나는 많이 배운 사람이다"라는 생각이 마음속에 아직 남아 있기 때문이다. 내가 '아직'이라고 표현한 이유는, 글을 쓰기 위해서는 스스로 자신이 지금까지 배운 모든 지식을 밖으로 버리는 과정을 거쳐야 하기 때문이다. 알기 때문에 아는 것을 글로 쓰려는 자는 쉽게 시작하기 힘들다. 글은 알아서 쓰는 것이 아니라, 알고 싶어서 쓰는 것이다. 그래서 알고 싶어서 쓴 글은 탈고를 거치며, 그걸 쓴 사람에게 지성이라는 선물을 준다. 스스로 안다고 생각하며 그것을 글로 쓰려는 사람의 집필은 지체될 수밖에 없으니 억지로 끌려가듯 나온 그 글은 독자의 마음에 닿기 힘들다. 세상이 모두 아는 지식을 굳이 글로 또 썼기 때문이다. 반대로 알고 싶어서 쓴 글은 좀 더 수월하게 시작할 수 있으며, 독자의 마음 깊이 닿을 수 있다. 작가가 스스로 배우며 썼기 때문에 독자도 그 글을 읽으며 작가가 그랬던 것처럼 하나하나 배우는 과정을 경험할 수 있어서다. 아는 것을 쓰는 것도 좋지만, 독자의 마음에 닿는 글을 원한다면, 당신이 알고 싶은 것에 대해서 써라.

# 13

## 인기와 돈이 아닌 도움이 되려는
## 마음만 남겨라

괴테는 역작 《파우스트》를 말년에 완성하며 책상 깊은 곳에 원고를 숨기듯 넣었다. 그리고 이런 유언을 남겼다. "내가 죽은 후에 책으로 내주게." 나는 나이 마흔이 되기 전에는 그의 유언을 이해할 수 없었다. "뭔가 있어 보이려고 멋지게 말한 게 아닐까?"라는 괜한 오해를 하기도 했다. 그러나 역시 사람은 자기 수준에 맞는 생각만 하는 법이었다. 마흔이 지나서야 나는 지난 3년 넘게 끌고 오는 원고 하나를 수정하며 문득 이런 생각을 했다. "이 원고는 굳이 내가 살아 있을 때 세상에 나오지 않아도 된다. 이 글이 가장 필요할 때 세상에 나오는 게 우선이니까." 그렇게 나는 스스로 내 생각에 놀라며 동시에 괴테를 떠올리게 되었다. 그리고 깨달았다. 사랑 그대로의 사랑이 힘든 일인 것처럼, 글쓰기 그대로의 글쓰기를 하는 마음도 이토록 갖기 힘든 것이다. 글을 써서 얻는 인기와 돈, 주변의 환호와 박수에서 멀어져서 오직 세상에 좋은 영향을 주며 내가 가진 가장 귀한 언어만 전하겠다는 생각으로 글을 쓴다는 것이 얼마나 갖기 힘든 태도인지 깨닫게 되었다. 그러나 그걸 깨닫고 욕망에서 멀어지면 진짜 세상에 필요한 글을 쓸 수 있다.

# 14

## 자랑하려는 마음을
## 늘 조심하라

---

내가 글 쓸 때 가장 중요하게 생각하는 부분은, 자랑하는 방식의 글이 아니어야 한다는 점이다. 예를 들어서, 이사를 주제로 문장을 쓸 때도 이렇게 3가지 선택지가 있다.

1. "이사를 가야 하는데 최근 전세가가 많이 올랐다."
2. "지금 사는 크기로 이사를 가면 전세가가 너무 비싸다."
3. "지금 사는 크기로 전셋집을 구하려면 최소 10억 원 이상 내야 한다."

1번은 전혀 자랑이 없는 마음을 그대로 전한 글이지만, 아래로 갈수록 자랑이 중심이 되어버렸다. 조금만 마음을 놓으면 우리는 자랑의 늪에 자신도 모르게 빠지게 된다. 진심을 전하는 글을 쓰고 싶다면, 첫 문장처럼 써야 한다. 세상에 듣기 좋은 자랑은 없다. 조금이라도 자랑이 섞이면 글이 죽는다. 당신의 책이 10만 권이 팔리든, 매주 전국에서 강의를 하든, 어떤 고가의 차를 사든, 그 사실에 관심 있는 사람은 거의 없다. 자랑하려는 마음을 조심하라. 늘 당신의 실수를 노리고 있으니까.

# 15
## 감동을 주고 싶다면
## 결과를 지우고 과정만 남겨라

---

감동적인 글을 쓰기 위해서 가장 중요한 건 과정을 보여주는 일이다. 결과를 보여주면 자랑으로 끝나지만, 과정을 보여주면 하나의 스토리가 된다. 사람들이 기대하는 건 단순한 결과가 아니라, 그 과정에서 당신이 경험한 것들이다. 인생은 모두 다르지만, 힘든 과정을 겪어야 한다는 공통점이 있고, 각자의 힘들었던 이야기는 모두의 감동으로 확산될 가능성이 매우 높다. 그러므로 검색하면 바로 나오는 결과에 대한 이야기는 지우고, 결과로 이어지는 과정에 무엇이 있었는지 그것을 선명한 언어로 솔직하게 써라. 가장 담백하고 진실하면서도 감동적인 글이 될 것이다.

# 16

## 자신이 보낸 하루의 가치를
## 강력하게 믿고 써라

---

글쓰기에서 가장 중요한 원칙은 "당신의 하루와 당신의 생각을 글로 써야
한다"라는 것이다. 누구에게나 자신의 이야기가 있다. 그래도 글을 쓰지 않
는 사람들에게, 나는 가끔 경고하듯 이렇게 이야기한다.

"그럼 당신의 이야기를 제가 써도 되나요?"

이게 과연 무엇을 의미하는 걸까? 자신의 이야기를 스스로 쓰지 못하는 사
람은, 결국 누군가의 이야기 속 재료로 남을 뿐이다. 쓰지 않는 사람은 결국
누군가가 먹을 라면 속 분말스프가 되어 사라진다. 그가 보낸 하루가 고스
란히 남의 것이 되기 때문이다. 타인의 요리 속 재료가 되어 사라지지 말고,
당신의 이야기로 근사한 요리를 만들어라.

# 17

## 내면이 이끄는 소리에만
## 집중하라

스스로 자신을 글쓰기의 초보라고 생각한다면 당신이 글쓰기의 초보라면, 단 하나의 단어라도 타인의 요구에 맞춰서 수정하지 말라. 당신은 그저 당신의 내면이 요구하는 글을 써야 한다. "이걸 대체 누가 읽을까?"라는 고민도 필요 없다. 다수를 생각하면 생각이 멈추고 진도가 나가지 않는다. 당신에게 필요한 건 단 한 사람이다. 당신이 가진 아주 독특한 감성에 공감할 수 있는 사람들이 하나둘 모여들기 시작하면, 그들은 당신이라는 삶에 녹아 당신이 쓰는 문장이 될 것이다. 그러니 처음부터 모두를 욕망하지 말라. 당신에게서 시작한 것이 모두의 것이 될 때, 자연스럽게 당신의 문장은 모두의 문장이 될 테니까.

# 18

## 삶을 어려워해야
## 글쓰기가 쉬워진다

쉽지 않지만 그럼에도 당신이 글을 써야 하는 이유는 분명하다. 당신이 현재 갖고 있는 생각과 능력을 글로 2배 더 선명하고 정확하게 표현할 수 있다면, 그것 자체가 곧 자신의 생각과 능력을 2배로 높이는 것과 같기 때문이다. 쓰는 삶을 살고 싶다면 글을 쓰는 행위보다 글이 되는 삶을 사는 데더 공을 들여야 한다. 다시 말해서 삶을 어려워해야 한다는 뜻이다. 삶을 구성하는 말과 태도, 마음 하나까지, 마치 책 한 권을 쓰는 것처럼 공들여야한다. 만약 당신이 글을 쓰기 어렵다면 그 이유는 쉬운 삶을 살았기 때문이다. 쉬운 삶을 살았던 사람의 글은, 경험한 적이 없기 때문에 상상을 해야겨우 나온다. 삶을 어려워해야, 글이 쉬워진다.

# 19

## 내가 쓴 글은 나한테만
## 괜찮게 느껴지는 법이다

각종 SNS에서나 오프라인에서 자기 자식 사진을 보여주며 예쁘거나 혹은 멋있다고 자랑하는 부모가 있다. 그런데 그들도 남의 자식 자랑하는 걸 보면 알겠지만, 내 자식은 내 눈에만 멋지고 예쁜 거다. 실제로 멋지고 예쁜 아이도 소수 있겠지만, 그런 아이들도 조금만 시간을 같이 보내면 짜증이 밀려오고 벗어나고 싶어지는 게 현실이다. 당신이 쓴 글도 마찬가지다. 아이가 부모에게나 예쁘게 보이는 것처럼, 내가 쓴 글도 나한테만 재미있게 느껴지는 거라는 사실을 빨리 깨달아야 한다. 그 슬픈 사실을 빠르게 깨달아야 누군가에게 도움이 되며 감동과 웃음을 주는 글을 쓸 수 있게 된다. 이건 책을 10권 넘게 쓴 작가도 벗어날 수 없는 과정이다. 아니 오히려 그렇게 많은 책을 내고도 시장의 반응을 얻지 못했다면, 더욱 "내 글이 내게만 재미있는 게 아닌가?"라는 말로 자신을 의심해봐야 한다.

# 20

## 글쓰기는 초밥처럼
## 바로바로 즐겨야 한다

---

아이디어는 초밥이다. 앞에서 만들어 주는 즉시 먹어야 가장 맛있게 즐길 수 있는 초밥처럼, 생각나는 즉시 실천하지 않으면 그 의미를 조금씩 잃어 결국에는 안개처럼 사라지기 때문이다. 모든 글쓰기는 초밥 즐기기의 연장선에 있어야 한다. 초밥이 처음 가졌던 수분과 식감을 잃어가는 모습을 차마 볼 수 없어 가장 맛있을 때 즐기는 것처럼, 일상에서 글이 될 수 있는 아이디어가 떠오르면 그 맛과 빛을 잃기 전에 글로 써내야 한다. 그렇게 당신이 가장 맛있는 걸 먹을 때처럼 열정적으로 글을 쓸 수 있다면, 멋진 글을 쓰지 못할 수가 없다.

# 21

## 글이 저절로 자신을
## 쓸 때까지 기다려라

---

주변에서 일어나는 모든 일과 사건에 귀를 기울여야 한다. 365일 24시간 내내 글쓰기 전원을 켜라. 감정을 늘 좋은 상태로 유지하는 것도 매우 중요하다. 내가 잘 모르는 일에, 그것도 굳이 부정적인 반응을 보이지 말자. 밖으로 나가는 모든 감정과 시선을 안으로 가두고 말하고 싶은 이야기를 모두 참고, 언제나 내면을 바라보며 말하려는 언어의 발효를 기다려라. 바깥으로 나가려는 감정을 멈추고, 내면에 소리를 가둘 때, 비로소 글쓰기 전원이 작동한다. 그때 글은 스스로 자신을 쓴다.

# 22
## 나는 가끔
## 글을 쓰지 않는다

"글은 언제 쓰세요?"라고 물으면 할 말이 없다. 그건 마치 "숨은 언제 쉬세요?"라는 질문과도 같다. 오히려 나는 가끔 글을 쓰지 않는다. 거의 모든 시간을 쓰기에 투자하고 있다. 중요한 건 이것이다. 나는 단순히 쓰기 위해서 쓰는 게 아니라, 내게로 쏟아진 영감이 존재할 자리를 잡아주는 역할을 하기 위해 쓴다. 열심히 사색한 작가는 게으르게 쓴다. 글쓰기의 핵심은 '쓰기'가 아니라 '글'이다. 쓰는 행위는 기계적인 반복에 불과하다. 사색하고 실천한 것을 적는 수단이기 때문이다. 오랫동안 행복하게 쓰는 사람은 게으르게 쓴다. 그러나 그는 24시간 내내 글만 생각한다. '쓰는 동작'은 짧지만, '생각하는 시간'은 길다. 해가 뜨기 시작할 때, 하늘과 태양은 뜨겁게 불탄다. 불타오르며 조금씩 하늘로 날아오른다. 태양처럼 빛나기 위해서는, 태양처럼 불타야 한다. 24시간 자기 일을 불태운 사람만이, 자기 일에서 빛날 수 있다. 태양처럼.

# 23

## 생명과 생명이
## 서로를 구분하는 간격을 주시하라

보통 길을 걸을 때 사람들은 지나가는 사람들과 일정한 간격을 유지하며 걷는다. 너무 멀리 떨어져 걷지도, 그렇다고 너무 가까이 다가가 걷지도 않는다. 그러나 룰은 없지만 서로만 알고 있는 그 미세한 간격이, 코로나 사태 이후로 파괴되었다. 사람들은 이제 길에서 최대한 서로 멀리 떨어져 지나친다. 그러나 이것 역시 파괴된 날이 왔으니 눈을 뜨기도 힘든 한파로 다시 서로의 간격이 파괴된 것이다. 지나치는 사람의 위치와 간격의 폭은 이제 하나도 중요하지 않다. 그저 이 추위를 피해 빠르게 이동할 생각만 머리에 가득하기 때문이다. 이 과정을 통해 나는 우리가 자신의 생명을 대하는 인식을 3단계로 나눌 수 있었다. 하나는 여기에 자신이라는 생명이 존재한다는 사실을 알리고 싶은 '욕망', 다른 하나는 생명을 잃을 수도 있다는 '불안', 마지막 하나는 당장 죽을 만큼 힘든 현실을 맞이할 때 느끼는 '절망'이다. 욕망은 사치스러울 정도의 간격을 유지하게 만들고, 불안은 서로의 존재를 의식하게 만들고, 마지막 절망은 오직 자신만 생각하게 한다. 나는 인간의 심리와 욕망, 생명과 인식의 변화를 연구한 학자도, 그것을 공부한 적도 없다. 글쓰기는 사물에 대한 연구로 이루어진다. 주변을 섬세하게 관찰할 수 있다면, 우리는 언제나 자신이 본 대상을 글로 표현할 수 있다.

# 24

## 용기를 주고 싶다면
## 스스로 더 힘을 내서 써라

---

글은 분명 힘든 사람을 위로할 힘을 갖고 있다. 그러나 그런 글을 쓰는 건, 결코 쉬운 일은 아니다. 주의할 게 하나 있기 때문이다. 나는 힘든 시간을 보내는 사람에게 "응원해!" "힘내자!"라고 말하는 걸 별로 좋아하지 않는다. 이미 스스로 낼 수 있는 최고의 힘을 내며 고통을 극복하고 있는 사람에게, 다시 힘을 내라는 것은 미안한 일이며 오히려 의욕을 꺾는 말처럼 느껴질 수 있다. 또한, 말로만 응원을 하거나 힘을 내라는 것보다는 힘낼 근거를 제공하는 것이 우선이라고 생각해서 그렇다.

그러나 무언가를 줄 수 없어 말과 글로 힘을 줄 수밖에 없는 경우도 있다. 나는 그럴 때 홀로 사색하며 몇 시간 동안 그 사람만 생각하며 글을 쓴다. 물론 그 글에는 직접적으로 "힘내자"라는 말과 "응원한다"라는 말은 쓰지 않는다. 그 말을 쓰지 않지만 읽으면 절로 그 마음이 느껴지도록 글을 쓴다. 당연히 쉽지 않다. 그래서 그 글을 쓰기 위해 매우 많은 시간이 필요하다. 글이 한 사람 마음에 닿기 위해서는 오랫동안 사색하며 그 사람만 생각한 시간이 필요하기 때문이다. 읽기만 해도 힘이 되는 글은, 쓰는 사람이 최대한 힘을 내서 써야 완성할 수 있다.

# 25

## 늘 모른다고 생각해야
## 늘 새로운 사실을 찾을 수 있다

보통 책이 나오기 전에 작가는 자신의 원고를 최소한 3회 이상 다시 검토하며 오탈자를 확인한다. 그러나 그렇게 철저하게 검토해도, 출간 이후 독자에 의해 오탈자가 발견되는 이유는 명확하다. 작가와 독자의 읽는 태도가 각각 다르기 때문이다. 작가는 자신이 쓴 글을 이미 알고 있다는 태도로 검토하지만, 독자는 모르는 것을 알고 싶다는 태도로 탐험하듯 읽는다. 그래서 작가에게는 간단한 오탈자도 눈에 보이지 않지만, 독자에게는 눈에 거슬릴 정도로 선명하게 보인다. 이것이 바로 우리가 무언가를 할 때, "나는 아무것도 모른다"라는 태도로 임해야 하는 이유다. 안다고 생각하면 아무것도 볼 수 없지만, 모른다고 생각하면 보이지 않는 것에서도 영감을 찾아낼 수 있다.

# 26

## 이제 방법은
## 그만 찾아라

---

최근 몇 년 동안의 내 삶을 글로 바꿔 얘기하면 "1초도 그냥 보내지 않는 다"라고 할 수 있다. 내가 보낸 모든 1초가 어떤 모습이었는지 다 기억하고 있다고 말한다면, 너무 과장된 표현일까. 그럼에도 그렇게 말할 수 있는 이 유는, 시간이라는 재료를 영감을 텍스트로 변환하는 데 모두 다 쓰고 있기 때문이다. 나를 스치는 모든 1초는 모두 각각 새로운 영감을 내게 주고 떠 났다. 그걸 받아서 가슴에 담고 다시 원하는 텍스트로 바꾸기 위해 모든 것 을 바쳤다. 그렇게 나는 깨달았다.

"글쓰기를 잘하려면 어떻게 해야 할까?"
그냥 계속 쓰면 된다.
"그럼 어떻게 써야 할까?"
무슨 방법이 있나, 역시 그냥 쓰면 된다.
"에이, 그래도 뭔 방법이 있을 것 아니냐?"

단연코 다른 방법은 없다. 방법을 찾는 사람은 단지 쓰기 싫어서 그럴 뿐이 다. 쓸 수 있는 방법을 찾는 사람은 대부분 쓰기 싫어하는 사람이다. 뭘 찾는 지 그 대상을 보면, 그가 그것을 어떤 마음으로 대하는 사람인지 알 수 있다.

"진짜로 쓰는 사람은 방법이 아니라, 영감을 찾는다."

# 27

# 진실을 빛나게 하면
# 글은 완성된다

---

쓸데없이 글이 길어지는 이유는 모두의 사랑을 받으며 동시에 좋은 사람처럼 보이고 싶어 하는 욕망이 내 안에 있기 때문이다. 사랑과 마음을 얻기 위해 사용할 수 있는 가장 좋은 방법은 글에 '객관적인 시각'을 녹여 넣는 것인데, 그게 진실이 아닌 '척'에서 나온 경우 글은 망가진다. 객관적인 것처럼 보이려는 마음은 결국 사족에 사족을 더해 글을 길게 쓰게 만들기 때문이다. 자신이 쓰려는 말과 표현이 스스로 진실하다고 생각한다면, 글은 길어지거나 현란할 필요가 없다.

"진실 그 자체가 가장 찬란한 문장이다.
진실로 빛난다면 다른 빛은 필요하지 않다."

# 28

## 글쓰기를 포기하고 싶다면
## 잘 쓰고 있는 것이다

글을 쓰다가 보면 도저히 진도가 나가지 않아 막막한 순간이 반드시 찾아온다. 많은 사람들이 거기에서 "역시 이건 내 길이 아니야"라며 글쓰기를 포기한다. 나는 30년 넘게 글을 썼지만, 모든 순간 글을 쓰며 여전히 한계를 경험한다. 다시 말해서 나도 매일 글쓰기를 포기하고 싶다는 생각을 하고 있다. 하지만 나는 이 사실을 알고 있기에 지금까지 매일 견디며 쓸 수 있었다.

"고통을 반겨라, 글쓰기가 되지 않는다고 생각해서 포기하고 싶은 그 순간이 바로 당신이 진짜 글을 쓰는 시간이기 때문이다. 모든 순간 포기하고 싶을 정도로 간절하기 때문에 모든 순간을 성장의 기회로 만들 수 있다."

포기하고 싶게 만드는 그 순간을 나는 글과 하나가 되는 '체화'의 순간이라고 부른다. 지금 이 시각에도 누구나 연습을 하고 있다. 다만 차이는 연습의 수준에서 벌어진다. 연습이라고 다 같은 연습이 아니다. 다른 때와는 다르게 유난히 힘든 시기가 있는데, 그 이유는 배운 것이 몸에 각인되는 순간이기 때문이다. 뼈에 새기는 그 시간과 과정이 아프지 않다면 거짓말이다. 그러나 그 순간을 견디면 성장하지 않을 수가 없다. 매일 글을 쓴다는 것은 매일 나아진다는 사실을 의미한다.

# 29

# 첫 줄과 마지막 줄에
# 숨겨진 비밀

---

글을 쓸 땐 마지막 줄에 모든 것을 다 쏟아부어야 한다. 그게 글 수정하기의 1원칙이다. 마지막 줄을 읽고 쓰고, 수정하고 읽고, 다시 쓰기를 반복해야 한다. 마지막 한 줄이 살아야 전부 빛나기 때문이다. 패션이 마지막에 선택한 가방으로 완성된다면, 글쓰기의 완성은 마지막 한 줄에서 결정된다. 마지막 한 줄이 좋아야, 다 좋다. 그러나 마지막 한 줄이 좋으려면 출발이 좋아야 한다. 첫 줄만 읽어도 기대되는 글로 느껴져야, 쓰는 사람도 호흡을 놓치지 않고 끝까지 영혼을 불어넣을 수 있기 때문이다. 완성했다는 사실에만 의의를 두고 싶지 않다면, 첫 줄부터 더 많은 시간을 투자해서 수정할 만한 가치가 있는 글을 써야 한다.

"섬세하게 그려낸 첫 줄이
위대한 마지막 줄을 완성하고,
그 마지막 줄이 다시 시작할 글의
첫 줄을 선물로 준다."

# 30

## 글 쓰며 사는 삶을 위한
## 3가지 조언

하나, 잘 쓴다고 생각하지 말아라.

글은 잘 쓰는 게 중요한 게 아니다. 가장 중요한 건 그럼에도 불구하고 오늘도 쓰는 것이다. 세상에 글을 잘 쓰는 사람은 없다. 그저, 어제처럼 오늘도 쓰는 사람만 있을 뿐이다. 꾸준히 쓰기만 하면 된다고 생각하자.

둘, 새로운 표현과 멋진 글은 중요하지 않다.

아무도 모르는 새로운 단어와 표현, 그런 것들은 별로 중요하지 않다. 한 사람의 문체는 멋진 표현과 아무도 모르는 단어가 아닌, 그 사람의 일상이 모인 결과이기 때문이다. 너의 삶을 살아라, 그럼 너의 글이 나온다.

셋, 모든 조언을 다 무시하라.

누구의 조언도 듣지 말자. 글을 쓴다면 자신이 최고라고 생각해야 한다. 극단적으로 말하자면, 내 조언도 다 무시하는 게 좋다. 살아가며 스스로 쓰고 싶은 걸 쓰며 살면 되는 것이다. 내 삶이 소중한 것처럼, 나만 쓸 수 있는 나의 글이 최고다.

# 31

## 엄청난 비난 정도는
## 각오하고 써라

---

한 줄이라도 자신만의 글을 쓴다는 것은 다음 3가지를 증명하는 일이다.

1. 자기 생각이 있다.
2. 그걸 표현할 용기가 있다.
3. 비난받을 준비를 마쳤다.

하지만 아무리 강한 내면을 지닌 사람이라고 해도, "왜 내 글을 비난하냐?"
라며 억울한 표정을 짓는다는 것은, 아직 글을 쓸 마음의 준비를 마치지 못
했다는 사실을 의미한다. 위에 소개한 3가지 조건이 모두 충족되어야, 그게
한 줄이든 수천 줄이든 글을 쓸 수 있게 된다. 다시 말해서 자기 생각을 세
상을 향해 글로 표현한다는 것은, 비난까지도 귀 기울여 듣겠다는 강한 다
짐과도 같다. 그 정도 각오도 하지 않고, 그 정도 마음을 다지지 않고 글을
쓰는 사람은 위험하다. 세상을 향해 쓴 글이, 결국 자신에게로 돌아와 상처
가 될 것이기 때문이다. 그래서 글은 쓰면 쓸수록 쓰는 사람의 내면을 탄탄
하게 해준다.

## 32

# 타인의 평가와 기준에서
# 매일 벗어나라

---

분명 영감을 발견해서 글을 쓰는 감각은 좋지만, 정작 꾸준히 쓰지 못하는 사람에게는 이런 공통점이 있다.

1. 세상의 비난을 매우 두려워한다.
2. '이게 이론에 맞나?'라는 걱정을 한다.
3. '내가 정말 써도 되나?'라며 두려워한다.
4. '이게 문법에 맞나?'라는 걱정을 한다.

이들은 글을 쓰는 내내 걱정, 걱정, 또 걱정을 하느라, 평생 한 줄도 쓰지 못한다. 그렇다고 정직하고 성실해서 규칙을 반드시 지키는 것도 아니다. 오히려 누구보다 다른 사람의 글을 비난하며, 주변에 나쁜 소문을 내는 부류일 가능성이 높다. "저 사람 심리학자도 아닌데 심리에 대해 쓰네?" "저 사람 문장 맞춤법 오류 엄청 많아!" "저 사람이 글 쓸 자격이 있나?"

타인의 시선에서 자유롭지 못하다는 것은, 자신도 같은 시선으로 타인을 평가하고 간섭하고 있다는 증거다. 평생 나도 잘 모르는 '저 사람'만 논하며 비난하다가, 정작 자기 글은 쓰지 못한다. 어서 빨리 그 늪에서 벗어나라.

## 33

# 다른 시선을 선물해줄 수 있는
# 글쓰기 스승을 주변에 많이 두라

분명하게 말해서, 글을 잘 쓰게 하는 건 글쓰기 선생의 몫이 아니다. 글이 될 말을 하게 하고, 최소한 글과 유사한 삶을 살게 하는 것이 글쓰기 선생의 몫이다. 글은 같은 것을 봐도 다른 사람들과 다르게 쓰는 게 중요한데, 다른 글은 다른 삶의 시선에서 나오기 때문이다. 남과 같은 것을 보며 남과 같은 글을 아무리 잘 써도 그 글에는 큰 의미가 없다. 같은 것을 바라보고 있지만, 내 눈에만 보이는 그것을 나만의 방식으로 써야 한다. 그래서 더욱 글쓰기 초보에게는 다른 시선을 선물해줄 수 있는 글쓰기 스승을 주변에 많이 두는 게 좋다.

# 34

## 삶이 가장
## 좋은 책이 되도록 살아보자

난 어려운 글이나 복잡한 철학은 모른다. 하지만 이런 사실은 하나 알고 있다. "부모가 삶에서 보여주면, 모든 아이는 그걸 쉽게 체득한다." 곰곰이 생각해보면, 공자와 소크라테스는 스스로 책을 쓴 적이 없다. 모두 그들의 제자가 스승의 삶을 글로 바꿔 써준 책들이다. 그들의 삶이 책이 될 수 있었던 이유는, 제자들의 눈에 스승인 그들이 책이 될 만한 말을 했고 스스로 자신의 말을 실천했기 때문이다. 부모가 일상에서 공자와 소크라테스가 전한 이야기를 실제 삶으로 보여주면, 아이들이 굳이 어렵게 그들의 책을 읽을 필요가 없을 것이고, 그저 부모의 삶을 바라보는 것만으로도 가만히 앉아 세상의 진리를 깨우치게 된다. 글쓰기에도 이런 공식을 적용해보라. 가장 좋은 글이 될 수 있는 가장 좋은 삶을 산다면, 사는 나날이 곧 쓰는 나날이 될 것이다.

## 35

# 그저 쓰고 싶다는
# 수수한 마음으로 시작하라

---

돈과 명예를 위해 "반드시 글을 써야만 한다"라는 욕망이, "아, 글을 쓰고 싶다"라는 수수한 마음을 이기지 못해야 한다. 이 미세하지만 강력한 차이를 감지할 수 있다면, 당신은 글쓰기를 통해 자유롭게 살 수 있다.

글쓰기는 의무가 아니라,

기침이나 사랑하는 마음처럼

하나의 자연스러운 현상이어야만 한다.

잔에서 넘쳐흐르는 영감이라는 물이,

조금씩 움직여 스스로 글자가 되어야 한다.

억지로 나온 단어와 글,

그리고 부자연스러운 사색으로는

읽는 사람의 마음에 닿을 수 없다.

# 36

## 읽는 사람의 시간을
## 아껴줄 수 있는 글을 써라

나는 내 글을 읽은 독자들의 삶이 점점 나아지기를 기대한다. 그런 이유로 글을 쓰는 일이 힘들거나 나약해질 때마다 꺼내 읽는 문장이 있다.

> "출판사가 책을 만들고 팔기 위해 노력한 것과 비교해 2배 이상의 매출을, 독자가 독서에 투자한 시간과 비교해 10배 이상의 가치를 전할 수 있는 글을 쓰자."

적당한 노력으로는 인생을 바꿀 수 없는 것처럼, 적당한 수준의 마음으로는 내 글을 읽는 독자의 마음과 그걸 만드는 출판사의 만족까지 이끌어낼 좋은 글을 쓸 수 없다. 내가 쓴 글을 읽는 사람들의 시간을 아껴줄 수 있는 글을 써야 한다.

# 37

## 사랑하는 사람이 많으면
## 볼 수 있는 세상도 넓어진다

---

나는 서로 주제가 다른 10개의 원고를 동시에 쓴다. 그게 가능한 이유는 비록 주제는 다르지만, 결국 모든 글은 독자를 사랑하는 하나의 마음에서 나오기 때문이다. 도움을 주려는 마음과 사랑을 받기보다는 주려는 마음이 강해질 때, 비로소 작가는 자신의 분야를 무한정 확장할 수 있다. 지식이나 지능이 아니라 사랑의 크기와 대상이 그걸 가진 사람의 시야를 확장시켜주는 것이다. 사랑은 세상이 구분한 경계를 지우고, 가장 귀한 공간에 나를 초대한다. 그 숭고한 글쓰기의 원리를 알게 되면 모든 것이 자연스럽게 변한다. 수도꼭지를 돌리면 물이 나오는 것처럼 사랑이 쏟아져 나오고, 우리는 그것을 10개의 서로 다른 통에 담기만 하면 된다. 사랑이 글을 쓴다.

# 38

## 그만 미루고
## 지금 시작하라

---

글쓰기를 자꾸 미루는 사람들의 특징은 바빠서 시간이 없다는 것이다. 그러나 또 하나의 특징은 시간이 아무리 남아도 그들은 글을 쓰지 않는다는 사실이다. 글을 쓸 수 있는 편안한 시절이 오기를 기다리지 말라. 인생은 절대로 편안한 시간을 당신에게 허락하지 않는다. 그래서 글쓰기는 언제나 스스로 자신에게 기회를 주는 일이다. 남이 주는 게 아니라, 내가 내게 줄 수 있는 인생을 바꿀 최고의 기회인 셈이다. 스스로 자신의 삶을 결정할 수 있는 가장 멋진 기회를 놓치지 말자.

# 39

## 가족도 당신이 쓴 글에는
## 관심이 없다

"누가 읽으면 어쩌지?"라는 생각은 아예 하지도 말라. 왜 그런 생각을 하나? 당신 글은 몰래 읽을 만큼 대단하지 않다. 사람들은 당신이 쓴 글에 아예 관심이 없다. '좋아요'가 100개 넘게 있고 댓글이 10개가 넘게 달렸다고? 그것도 걱정할 필요는 없다. 좋아요의 대부분은 첫 줄만 읽고 기계적으로 누른 것이고, 댓글은 마지막 줄만 읽고 예의상 쓴 글일 확률이 매우 높으니까. 조금 강하게 표현하면, 당신이 돈을 주며 "제발 내가 쓴 글을 읽어달라"라고 사정해도, 사람들은 오히려 당신에게 2배의 돈을 주며 "제발 당신이 쓴 글을 읽지 않을 수 있게 해주세요!"라고 사정할 것이다. 가족도 당신의 글은 읽지 않으니 아무런 걱정하지 말고, 쓰고 싶은 글은 다 써라.

# 40

## 그래, 지금 생각하는 그걸
## 글로 써라

"이게 글이 될 수 있을까요?"라고 그만 묻고, 지금 생각한 그걸 바로 글로 써라. 당신이 우물쭈물 시간만 보내며 쓰지 않으면 다른 사람이 그걸 주제로 글을 써낼 것이다. 사람의 생각은 거의 비슷비슷하다. 비슷한 시기에 기획을 하고 "이걸 쓸까?"라는 고민에 빠진다. 그러나 핵심은 "그걸 누가 더 빠르게 집중해서 글로 완성하느냐?"다. 영감이 떠오르면 당장 써라. 어떻게 표현해야 할지 모르겠다고? 표현이 생각날 때까지 계속 앉아서 혹은 서서 생각해라. 그럼, 아무런 고민과 사색도 없이 글이 그냥 써질 줄 알았나? 고민하는 시간까지 포함해서 '글쓰기'라는 사실을 기억하라.

# 41

## 쓸 수 있어야
## 지식이다

학교를 오래 다녀서 그 분야의 책을 많이 읽고, 이것저것 자격증을 취득하는 등 스스로 다양한 지식을 쌓았다고 생각하는 사람들은 자신을 전문가라고 생각한다. 그러나 전문가는 아는 사람이 아니라 그걸 글로 쓸 줄 아는 사람이다. 글로 쓸 수 없다면 그건 당신의 지식이 아니다. 세상에는 세 종류의 사람이 있다. 하나는 그것을 암기한 사람, 또 하나는 그것을 아는 사람, 마지막 하나가 바로 그것을 깨달은 사람이다. 스스로 깨닫는 수준에 도달하고 싶다면, 자신이 알고 있는 것에 대해서 쓸 수 있어야 한다.

# 42

## 귀한 마음을 품고
## 무조건 계속 써라

---

글쓰기에서 가장 중요한 부분이다. 주위를 둘러보라. 세상에 글을 쓰는 사람은 많고, 이 시간에도 책은 쏟아지고 있다. 읽는 사람보다 쓰는 사람이 더 많은 시대다. 하지만 꾸준히 글을 써서 온라인에 공개하고 그걸 책으로 엮는 작가는 많지 않다. 다시 말해서 귀하다. 귀한 존재가 되고 싶은가? 그렇다면 방법은 하나다. 귀한 마음을 품고 무조건 계속 써라. 생각만 하고 앉아 있으면 시간만 가지만, 뭐든 쓰면서 시간을 보내면 그 시간이 당신을 귀한 존재로 만들어준다.

나의 집필실은 책상이 있는 '방'이 아니라, 따뜻한 마음이 가득한 '사람' 속에 있다. 마음과 마음이 오가는 그 안에서 '책상'이 아닌 '마음'에 손을 올려놓고 그대여, 나는 당신에 대해 쓴다. 글은 바다이고, 사색은 냇물이다. 그렇게 매일 물은 치열하게 바다로 향한다. 365일 자신의 일상을 글로 쓰는 사람에게, 영감은 언제나 살아서 그를 돕는다. 물론 외로울 때도 많지만, 그는 이런 멋진 사실을 알고 있다.

**"혼자 떨면 차갑지만 함께 떨면 뜨겁다."**

그러니 이기거나 견디려는 마음을 버리고, 함께 느끼고 싶다는 마음을 가진다면, 쓰는 삶을 포기하지 않게 될 것이다.

# 43

## 아픈 마음은 글을 쓰며
## 저절로 치유된다

---

사는 게 너무나 힘들고 아픈가? 그럼, 당신이 지금 말하고 싶어서 미칠 것 같은 슬픔과 외로움에 대해서 글로 써보라. 물론 당장 말로 표현하는 게 편하고 시원할 수는 있다. 하지만 소리가 나오자마자 사라지듯, 당신의 시원한 감정도 미처 느낄 수도 없을 정도로 빠르게 사라질 것이다. 그 빈자리에는 처음보다 더 진한 외로움과 깊은 슬픔이 찾아온다. 그렇게 말로 표현한 슬픔은 언제나 더 깊은 슬픔만 준다. 하지만 글로 쓰면 다르다. 당신의 슬픔과 외로움의 이유를 사색하며 정확하게 표현할 수 있기 때문이다. 외로운 이유가 무엇인지, 어떤 방식으로 해결해야 할지, 그 모든 것이 글을 쓰면서 기적처럼 하나하나 해결된다. 그래서 글쓰기는 생산적이다. 그냥 쓰는 것이 아니라, 나의 문제를 해결할 방법을 사색하며 그 결과를 적는 거니까. 또한 당신은 외로움과 슬픔을 종이에 남겨두고 다시 새롭게 길을 떠날 수 있다. 말은 힘든 감정을 단순하게 표현만 하지만, 글은 그 감정을 분석해서 해결할 방법을 찾아낸다. 말하고 싶은 욕망을 잠시 멈추고 글로 표현해보라.

## 44

# 자신의 하루를 쓰는 작가라면
# 이렇게 생각해야 한다

작가라면 자신이 방금 본 것을 글로도 쓸 수 있어야 한다. 그것을 주제로 책 10권도 쓸 수 있을 만큼, 완벽하게 알 때까지 봤을 테니까. 또한, 작가라면 자신이 쓴 글에 대한 평가를 바라지 말아야 한다. 자신이 본 그것을 스스로 만족할 때까지, 수정에 수정을 반복했을 테니까. 마지막으로 작가라면 자신의 글이 최고라고 말할 수 있어야 한다. 스스로 완벽하게 알 때까지 본 그것을, 만족할 때까지 수정해서 완성한 글일 테니까!

# 45

# 글쓰기를 시작하려는
# 당신에게

---

당신이 글쓰기를 시작하려면 꼭 기억해야 할 말이 있다. 이건 지난 30년간 글을 썼던 나의 오래된 다짐과도 같다.

**하나, 모든 가정에 구비된 상비약처럼**
늘 준비하고 있어야 할 콘텐츠를 일상에서 찾아 정성을 다해 쓴다.

**둘, 글이 완전해지는 때를 기다리지 말자.**
초보 작가는 같은 주제로 5분을 쓰든, 5시간을 쓰든 결과에 별 차이가 없다. 아무리 시간을 투자해도 완벽해지지 않으니 생각나는 대로 짧게라도 틈틈이 쓰자.

**셋, 멋진 글을 기대하지 말자.**
아무도 너에게 멋진 글을 기대하지 않는다. 기대 수준을 최대한 낮춰야 쓸 수 있다. 너의 하늘이 아니라, 너의 바닥을 보여줘라. 그래도 괜찮다.

**넷, 이런 글 읽을 시간에**
한 줄이라도 더 써라.

**다섯, 가서 안 쓰고 뭐 하나?**

# 보고 듣고 깨달은 모든 것을
# 글로 쓰는 삶을 자신에게 허락하라

간혹 "여기 땅에 돈을 묻었으니 와서 찾아가라"라고 해도, 절대 가지 않을 정도로 낮은 강의료를 제시하는 곳이 있다. 와서 돈만 가지고 가라고 해도 가는 행위 자체가 비생산적이라 가지 않는 것이 낫다고 판단할 수밖에 없다. 하지만 놀랍게도 그보다 낮은 금액을 제시했지만 오히려 스스로 나서서 행복한 마음으로 가게 되는 강연도 있다. 메일을 읽자마자 나를 부르는 그 사람의 진심이 전해졌기 때문이다. 내가 글쓰기의 중요성을 강조하는 이유가 바로 여기에 있다. 그 크기와 깊이는 서로 다르겠지만, 진심은 누구에게나 있다. 문제는 "글로 자신의 진심을 얼마나 선명하게 보여줄 수 있느냐?"에 달려 있다. 간절한 마음으로 자기 일을 아무리 치열하게 해도 그만큼 결과가 나오지 않아 고민하는 사람들이 많다. 이유는 간단하다. 결국 우리는 모두 자신의 과정과 결과를 글이라는 도구를 통해 타인에게 보여줘야 하는데, 그게 마음처럼 잘되지 않아서 오해를 부르고 시기와 질투를 만들기 때문이다. 이렇듯 글쓰기가 그 사람의 생산성을 결정할 때가 많다. 글쓰기는 이제 취미나 특기가 아니라, 생존을 위한 최소한의 지적 도구다.

당신이 여기까지 강렬하게 실천하며 섬세한 마음으로 책을 읽었다면, 괴테의 삶을 통해 한 사람이 뜻을 품으면 얼마나 거대하게 성장할 수 있는지 깨닫게 되었을 것이다. 책을 읽고 변하고 있는 당신의 삶이 그걸 지금 증명하고 있을 테니까 말이다. 하루는 괴테가 이런 말을 한 적이 있다. "나는 서서 읽고, 서서 쓴다." 당신은 이 말에 대해서 어떻게 생각하나? 나는 이제 그 말을 경험하고 있기 때문에 삶으로 이해한다. 앉아서 쓰는 사람은 창조자가 아닌 모방가 혹은 아직 뭘 써야 하는지 모르는 초보자일 가능성이 높다. 반대로 서서 글을 창조한다는 것은, 자신에게 주어진 하루 24시간을 모두 창조에 투자한다는 의미이며, 보고 듣고 느낀 모든 다른 분야의 일을 자신의 분야로 이동시켜 연결할 능력이 있다는 증거다. "나는 서서 창조한다"라는 말은 그래서 그 사람의 지성과 삶의 태도를 모두 보여주는 가장 입체적인 표현이라고 볼 수 있다.

매우 중요한 부분이니 조금 더 추가로 설명하겠다. 글쓰기 초창기에 나는 언제나 앉아서 써냈다. 표현 그대로 어떻게든 써냈다. '창조'에 중점을 둔 게 아니라, '완성'에 중점을 둔 것이다. 당연히 쓰는 동안 그 안에 나만의 시각과 철학을 담지 못했다. 그래서 나는 경험으로 안다. 앉아서 어떻게든 끝내는 사람은 프로가 아니라 아마추어다. 프로는 물이 흐르듯 자연스럽게, 그리고 차분하게 끝과 만난다. 그래서 이건 치열한 과정을 보낸 후 선물처럼 주어지는 하나의 지적인 만남이다. 또한 그들은 끝을 언제나 스스로 결정한다. 납기를 지키는 것은 그에게 그리 중요한 일이 아니며, 상대도 그에게 납기를 지키라고 요구하지 않는다. 약속한 기한이 지나도 변함없이 기다리는 이유는, 그가 보내는 시간이 그럴 가치가 있다고 믿기 때문이다.

내가 사색가로 사는 이유는, 내 안에 있는 것을 밖으로 꺼내기 위해서다. 그리고 작가로 사는 이유는 꺼낸 것을 써서 표현하기 위해서다. 나는 내 삶 속에서 생각난 모든 것을 글로 쓸 뿐이다. 세상에 창조를 위해 태어난 사람은 별로 없다. 사람들은 내게 "당신은 글쓰기를 위해 태어난 사람이다"라고 말하지만, 나는 그저 지난 20년 이상 매일 원고지 50매의 글을 꾸준히 썼을 뿐이고, 글쓰기를 위해 태어난 사람이 아니라 24시간 사색한 것을 표현하기 위해 글이라는 도구를 선택했을 뿐이다.

마지막으로 여러분에게 꼭 전하고 싶은 2가지 조언이 있다. 하나는 '어려운 단어와 표현을 쓰면 읽는 사람이 공감하기 어렵다'라는 사실이다. 어려운 단어와 표현이 아니라, 일상에서 자주 사용하며 느낄 수 있는 단어와 표현을 써야 감동을 전할 수 있다. 나머지 하나는 '타인과의 비교는 아무런 의미가 없다'라는 사실이다. 세상에는 수많은 타인이 존재하며 그들의 수준은 제각각이라 비교가 불가능하기 때문이다. 그러므로 언제나 어제의 자신과 오늘의 자신을 비교하며 글을 써라. 그럼 자기만의 글을 쓸 수 있게 될 것이다.

부디 멈추지 말고, 꼭 써라. 나쁜 것들을 거부한다고 그 자체로 좋은 사람이 되는 건 아니다. 좋은 사람이 되려면 좋은 것을 실천해야 한다. 글쓰기도 마찬가지로, 실제로 써야 스스로를 변화시킬 수 있다. 써라, 우리는 쓰는 동안에만 존재한다. 나는 보고 듣는 것을 좋아한다. "다들 그렇지 않나요?"라고 말할 수도 있을 거다. 하지만 자세히 보면 진짜로 보고 듣는 사람은 별로 없다. 건성으로 보거나 의미 없이 스칠 뿐이다. 대부분은 제대로 보거나 듣지 않으니, 제대로 보고 듣는 것만으로도 대부분의 사람 그 이상이 될 수 있다.

진짜로 보고 들어라.
그리고 깨달은 것을 써라.

# 글은 어떻게 삶이 되는가

삶을 질적으로 변화시키는 글쓰기의 쓸모

**초판 1쇄 발행** 2023년 9월 4일
**초판 5쇄 발행** 2024년 8월 2일

**지은이** 김종원

**대표** 장선희  **총괄** 이영철
**책임편집** 현미나  **기획편집** 한이슬, 정시아, 오향림
**본문디자인** 최아영  **디자인** 양혜민  **표지디자인** 규디자인
**마케팅** 최의범, 김경률, 유효주, 박예은
**경영관리** 전선애

**펴낸곳** 서사원  **출판등록** 제2023-000199호
**주소** 서울시 마포구 성암로 330 DMC첨단산업센터 713호
**전화** 02-898-8778  **팩스** 02-6008-1673
**이메일** cr@seosawon.com
**네이버 포스트** post.naver.com/seosawon
**페이스북** www.facebook.com/seosawon
**인스타그램** www.instagram.com/seosawon

**ISBN** 979-11-6822-210-6  03800

서사원은 독자 여러분의 책에 관한 아이디어와 원고 투고를 설레는 마음으로 기다리고 있습니다.
책으로 엮기를 원하는 아이디어가 있는 분은 이메일 cr@seosawon.com으로 간단한 개요와 취지,
연락처 등을 보내주세요. 고민을 멈추고 실행해보세요. 꿈이 이루어집니다.